Fernando Molica

KRIEG IN MIRANDÃO

Krimi aus Rio

Aus dem Portugiesischen
übersetzt und mit einem Glossar
versehen von Michael Kegler

Im Anhang:
Interview mit Fernando Molica

Edition Nautilus

Die brasilianische
Originalausgabe des
vorliegenden Buches
erschien 2002 unter
dem Titel *Notícias do
Mirandão* bei Record,
Rio de Janeiro.

Die Übersetzung aus
dem Portugiesischen
wurde mit Mitteln des
Auswärtigen Amtes
unterstützt durch
die Gesellschaft zur
Förderung der Literatur
aus Afrika, Asien und
Lateinamerika e.V.

Umschlaggestaltung:
www.MajaBechert.de
unter Verwendung
einer Fotografie von
Elisabeth Blum

Deutsche Erstausgabe
August 2006
Printed in Germany

1. Auflage

ISBN 3-89401-495-4
ISBN 978-3-89401-495-7

Fernando Molica, geboren 1961 in Rio de Janeiro, ist seit 1996 Reporter des Fernsehsenders *TV Globo*. Er arbeitete als Rio-Korrespondent der Tageszeitung *O Estado de São Paulo*, war Reportagechef der Zeitung *O Globo* sowie zehn Jahre lang Reportagechef und Reporter für das Rio-Büro der Tageszeitung *Folha de São Paulo*.

Für Júlio, für Felipe

Für Gláucia, die keine Zeit mehr hatte, diese Geschichte zu lesen

Dank an:
Oscar Valporto und Sérgio Costa für die Lektüre des Manuskripts und ihre Anmerkungen
Bárbara Pereira für den Ansporn, für ihre Geduld

Erster Aufzug

Pläne [1]

Mit der linken Hand legt Fontoura den Telefonhörer auf, mit der rechten macht er ein paar letzte Notizen. Ein Toter, zwei Verletzte. Dreiunddreißig Festnahmen. Verkehrsunfall, Negerfamilie, Avenida Brasil, zehn Uhr nachts, Freitag. Bringt keinen Aufmacher, aber naja, besser mal weitergeben.

Verdammte Scheiße. Zehn Zeilen für die rechte Spalte. Leck mich am Arsch. Irgendwann mach ich 'ne Bar auf, 'ne Pinte, 'nen Puff. Ich hab die Schnauze voll von diesem Scheißleben.

Der Arbeiter Cosme da Anunciação (43) kam in der vergangenen Nacht bei einem Verkehrsunfall auf der Avenida Brasil in Realengo im Osten von Rio de Janeiro ums Leben. Die beiden Kinder des Arbeiters, Robertys Dhemettrius (10) und Cattheryne Vivyanne (12) wurden schwer verletzt, überlebten jedoch und wurden ins Albert-Schweitzer-Hospital eingeliefert.

Anunciação starb noch an der Unfallstelle. Nach Aussagen von Zeugen, die in der Nähe auf ihren Bus warteten, wurden er und seine Kinder von einem schwarzen Monza überfahren, der mit überhöhter Geschwindigkeit in Richtung Zentrum fuhr. Der Fahrer ist flüchtig. Anunciação und seine Kinder kamen zum Zeitpunkt des Unfalls von einem Gottesdienst in der evangelikalen Kirche »Caminhos Soberanos do Senhor«.

Roberty Dhemettrius und Cattheryne Vivyanne. Mein Gott, wie bescheuert. Meinen die Leute, sie könnten ihr Elend durch exotische Namen verschleiern? Dieses Land wird doch jeden Tag alberner. Früher hießen Armeleutekinder João, Pedro, Maria. So heißen heute die Kinder der Reichen. Und die Armen stopfen ihre Kinder voll Ypsilons, Hs und Doppelbuchstaben. Stell dir mal vor, in der Grundschule von Parada de Lucas werden die Namen aufgerufen: Anntthony da Silva? Anwesend. Beatricce Mary dos Santos? Anwesend.

Anne Carolline Pinto? Fehlt. »Ihre Mutter hat irgendwas und musste ins Krankenhaus«, antwortet dann so ein unterernährter Knirps aus der Tiefe des Klassenraumes.

Der arme Mensch auf dem Standesamt dreht doch irgendwann durch. Manche sind aber auch selbst Arschlöcher und schreiben die unmöglichsten Namen auf die Geburtsurkunden. Ich hab mal einen gekannt, der hieß Uélinton. Genau so, wie ich es hier buchstabiere: u, e, el, i, en, te, o, en. Oder die Geschichte mit der Frau, die wollte, dass ihr Kind Michael Jackson heißt. Der Typ auf dem Standesamt hat dann ganz korrekt hingeschrieben: Em, i, ce, ha, a, e, el. Da ist die Frau durchgedreht, hat fast den Schreibtisch zertrümmert und gebrüllt, ihr Kind solle so heißen wie der Sänger, genau so: Maicou! Maicou! brüllte sie. Maicou soll das Kind heißen und nicht Michael! Und nun heißt das Kind genauso: Maicou Oliveira de Jesus.

Ansonsten war es eine Nacht wie immer. Schießerei in Borel, Schießerei in Dona Marta, Schießerei in Alemão. Routine eben. Das Schlimmste sind diese Klugscheißer, die andauernd anrufen und melden, dass irgendwo in der Favela nebenan Schüsse zu hören sind. Und dass sie schon die Polizei angerufen haben, das Präsidium, aber niemand tut etwas. Dass das eine Sauerei ist, dass man die Armee wieder ranlassen sollte, es muss doch endlich was passieren. Der Fünften, die angerufen hat, habe ich gesagt, alles klar, dass ich nur mal eben meine halbautomatische AR-15 holen ginge und in zehn Minuten bei ihr sei. Ich kann Leser nicht leiden. Sie sind das Schlimmste an der Zeitung, außer natürlich dem Wochenenddienst, dem Schreiben auf Vorrat und dem *Accent Grave*. Gegen alle vier sollte die Gewerkschaft mal was unternehmen. Irgendwann bewerbe ich mich bei einer Zeitung für Taubstumme. Stell dir mal vor. Kein Leser ruft an. Göttliche Ruhe. Höchstens schreibt mal einer einen Brief, ab und zu. Besser noch: Arbeit und eine Frau im Taubstummenverband. Das wär was. Die Frau sitzt da, hält die Klappe, sagt keinen Ton. Meckert nicht über die Formel 1, Indianapolis, die Billard-Weltmeisterschaft. Droht nicht, Luciano do Vale, Galvão Bueno oder Januário de Oliveira zu töten. Brutal, super brutal. Das wäre genau das, was du dir immer gewünscht hast.

Und diese Kirche da, »Caminhos Soberanos do Senhor«, Erhabene Wege des Herrn. Ein Beschiss ohne Ende. Die Typen da haben wahrscheinlich so eine Art Taxameter für Hallelujahs. Und die armen Schweine bringen sich schier um für ein Hallelujah. Das ist Wahnsinn. Ein Hallelujah gebrüllt, sofort zahlen. Alles dreht sich um Geld bei denen, um Ruhm, neue Autos. Ich hab mal vorgeschlagen, was über die zu schreiben. Wollte mich als Gläubigen verkleiden und ihnen was erzählen von wegen arbeitslos, Alkoholproblem, nur um zu sehen, was sie mir alles versprechen würden. Und was hat dieser Vollidiot von Raimundo gesagt? Dass man mir mit meiner Fresse höchstens abnehmen würde, dass mich meine Frau betrügt, hat sich fast totgelacht und gesagt, dass kein Schwein mehr Reportagen über die Machenschaften dieser neuen Kirchen lesen will. Das wüssten schon alle, dass das Betrüger sind, und dass noch ein Artikel daran auch nichts ändern würde.

Das nervt, weißt du? Ich bin jetzt über zehn Jahre hier in der Bude. Zehn Jahre Lokalreporter. Ich halte es nicht mehr aus, Kleinkram zu schreiben oder Meldungen über tote Neger, die man im Wald aufgefunden hat oder vor der Tür des Gouverneurspalastes oder vor dem Haus der Tante des Bürgermeisters. Verdammt, ich hab schon mehr totes Fleisch verarbeitet als die Wurstfabriken von Sadia und Perdigão zusammen. Und das alles für ein mickriges Scheißgehalt. Und wenn man einmal etwas Besseres schreiben will, etwas Tiefgründiges, Ernstes, denn kommt dieser Typ und piesackt einen. Und schon ist es aus mit dem Traum, einmal den Esso-Preis zu gewinnen. Das wäre die Chance, mein Leben zu ändern, Anerkennung, oder wenigstens verdammt noch mal eine Gehaltserhöhung zu bekommen. So wie es im Moment läuft, mein Freund, so geht es nicht weiter. Ich hör auf. Ich hab keine Lust, irgendwann wie Eusébio zu enden, der sein Leben lang nur gebuckelt hat, Chefredakteur vom *Correio* war, Herausgeber der *Gazeta*, und am Ende doch arbeitslos. Und das nachdem er fünf Jahre lang Verkehrsunfälle gemacht hat. Heute hängt er 'rum, schreibt frei wie ein Blöder und hechelt hinter irgendwelchen Stadtverordneten her, um vielleicht einmal was als Pressesprecher in der Kreisverwaltung von São Gonçalo zu bekommen.

Mir reicht es, ich hab schon alles mit Naum abgesprochen. Wir kratzen unsere paar Kröten zusammen, mieten einen Laden und machen ein Ding von einer Bar auf. Eine coole Bar mit guten Drinks, bisschen was zu beißen … Weißt du, die Mariléia, die hier in der Redaktion putzt? Du glaubst nicht, wie gut die kocht. Jeden Tag verkauft sie Häppchen und Pizza hier in der Redaktion. Sie bekommt sicher nicht mehr als den Mindestlohn. Wir könnten ihr das Dreifache zahlen und einen Anteil am Trinkgeld und fertig. Einen Namen haben wir auch schon für die Bar: »Marronzinho«. Zu Ehren der braun gekleideten Hilfsbullen, die davor die Strafzettel verteilen. Böse, oder? Oder meinst du, das würde schlecht ankommen?

À propos Bar, lass uns gehen … Zehn Bier haben wir bestimmt schon, und Sônia hat gesagt, sie kommt heute früher nach Hause. Sie ist sowieso sauer auf mich. Sie meint, ich würde mich davor drücken, über unsere Beziehung zu reden und dass ich sie kaum mehr beachte … Naja, wie immer eben.

Zwischenruf

»Die objektive und leidenschaftslose Analyse der gegenwärtigen Situation führt uns in ein Dilemma. Der brasilianische Staat entstand und entwickelte sich aus einer auf Sklavenarbeit basierenden Gesellschaft, die der überwiegenden Mehrheit der Bevölkerung bis heute das Grundrecht eines jeden Menschen vorenthält: das Recht auf Mensch-Sein an sich. Und dies nicht im Sinne von theoretischen Konzeptionen wie Zivilgesellschaftlichkeit oder dem Recht auf politische oder institutionelle Teilhabe, dem Recht, Einfluss zu nehmen auf die Entscheidungen der Gesellschaft, der man angehört, sondern viel elementarer. Man enthält ihnen das Recht auf die bloße physische Existenz vor: Essen, schlafen ... überleben. Solche Dinge.

Im Verlauf der Jahrhunderte sind von Seiten der Ausbeuter unermessliche Profite angehäuft worden auf der Basis einer einzigen Grundkonstruktion: der Annahme einer Art göttlichem Recht auf Ausbeutung von Humankapital und Natur. Arme wurden zum Untermenschen degradiert, zu Nicht-Menschen, zu Kreaturen ohne Seele. Wie die früheren Sklaven. Oder genauer gesagt, exakt wie die Sklaven im klassischen Altertum, die, da ihnen der Besitz einer Seele abgesprochen wurde, nach Belieben ausgebeutet und gezüchtigt werden konnten. Wie Tiere. Doch das Problem ist, wie ich bereits ausgeführt habe, dass das Kapital, nach dieser langen Periode der Ausbeutung, heute über einen Mangel an qualifizierter Arbeitskraft klagt, die in der Lage wäre, den Prozess der Ausbeutung zu reproduzieren und zu multiplizieren.

Jahrhunderte der Ausbeutung haben eine verblödete, handzahme Bevölkerung hervorgebracht, die unfähig ist, sich als Teil der institutionellen Strukturen zu begreifen, die – zumindest theoretisch – die Verhältnisse in diesem Land beherrschen. Unsere Bevölkerung ist unzufrieden mit den Skandalen, dem mangelhaften Funktionieren jedweder öffentlicher Infrastruktur, der Qualität des Öffentlichen Nahverkehrs. Das ist nicht zu übersehen. Doch ebenso deutlich lehnt sie andererseits jede Option kollektiver Gegenwehr ab. Mehr noch als das. Sie zieht sie nicht einmal in Betracht. Sie ist für die Agrarreform, lehnt Landbesetzungen aber gleichzeitig ab.

Die einzig erkennbaren Lösungsversuche sind individueller Natur, wenngleich immerhin in Form von Übertretungen oder Verstößen gegen geltende Gesetze. Der Konflikt mit den Institutionen, der im Fall von Landbesetzungen nicht akzeptiert ist, wird für individuelle Vorteile durchaus in Kauf genommen. Die überwiegende Mehrheit der Bevölkerung will nicht einfach nur besser leben, sie sucht das große Glück. Stärker als Hass herrscht eine Art Neid auf Politiker und Unternehmer, die es – und wir alle wissen ja wie – geschafft haben. In einem Kontext wie diesem gerät das Konzept der Zivilgesellschaft an seine Grenzen: Jemand sieht einen importierten Luxuswagen auf dem Bürgersteig parken, und anstatt sich über das Falschparken, die missbräuchliche Okkupation des öffentlichen Raumes zu erregen – oder auch nur über die Tatsache, dass es Menschen gibt, die in einem Land wie dem unseren so viel Geld besitzen, dass sie sich ein importiertes Auto der Oberklasse leisten können –, träumt er davon, auch einmal einen solchen Wagen zu besitzen, um ihn eines Tages – Hurra! – auch mitten auf dem Bürgersteig parken zu können und damit zu demonstrieren, dass er es geschafft hat, dass es ihm gut geht, dass er es zu etwas gebracht hat.

Vor diesem Hintergrund, Genossinnen und Genossen, bin ich gezwungen, meiner Skepsis gegenüber einer kurz- oder auch nur mittelfristigen kollektiven Lösung Ausdruck zu verleihen. Mit jeder Verschärfung der Krise verschärft sich der Individualismus. Dies mag paradox erscheinen, doch in der Vorstellungswelt der Bevölkerung ist Individualismus tief verwurzelt. Ihr alle kennt das Sprichwort, das den Mangel an Mehl in Beziehung setzt zu dem Bedürfnis des Erzählers, zunächst einmal für sich selbst einen Kuchen zu backen …«

Die kurze Pause für einen Schluck Wasser nutzte Célio für seinen Zwischenruf. Er saß ganz hinten im Saal neben dem Fenster und sprach nun laut und zugleich wütend und provokant:

»Genosse, du bist also der Ansicht, dass wir mit der Diskussion revolutionärer Prozesse nur unsere Zeit vergeuden?« Er wartete nicht auf die Antwort. »Entschuldigt, aber ich glaube, unser Genosse hier ist nicht gekommen, um mit uns Erfahrungen auszutauschen und Szenarien zu entwickeln, sondern als ein Agent der Reaktion und des Stillstandes. Genosse, hör mal, wenn Revolution leicht zu machen wäre, dann hätte man sie schon gemacht. Der Prozess der Verbürgerlichung der Massen ist nichts Neues, er ist schon von diversen Revolutionären analysiert und vorausgesagt worden. Von Lenin übrigens auch. Die Hauptfrage, die sich gegenwärtig stellt, ist doch, wie wir, trotz all dieser Hindernisse, den revolutionären Prozess in Gang setzen. Es tut mir Leid, dass der Genosse Altino mit seinem reichen Erfahrungsschatz uns inzwischen erzählen will, es sei besser, an der Ecke einen Hamburger essen zu gehen und dazu Cola zu trinken. Die Situation ist doch die: Diese Scheiße von Neoliberalismus reitet die Leute endgültig in die Misere. Arbeitslosigkeit ist kein Schreckgespenst mehr, sondern ein sehr naher Verwandter inzwischen, ein guter Freund aller brasilianischen Familien. Ein Bär im Haus, wie der Genosse Pillar sagen würde, ein Hausfreund, den niemand gerufen hat, zumindest nicht der Hausherr.«

Auf diesen Vergleich ließ sich ein zwar schüchternes, aber doch anhaltendes Kichern unter den Anwesenden vernehmen, und das ermutigte Célio.

»Ganz im Gegensatz zu dem, was der Genosse Altino behauptet, besitzt diese massenhafte Freisetzung von Arbeitskraft ein enormes revolutionäres Potenzial. Vor 20 Jahren noch hatte das Proletariat reformistische Träume von einem besseren Leben. Der Typ am Band bei VW streikte für mehr Geld, um sich ein neues Auto leisten zu können, sein Haus auszubauen, Geld übrig zu haben, sich eine Geliebte zu halten, die Schule für die Kinder zu bezahlen, einen Farbfernseher zu kaufen. Streik war nicht revolutionär, er war Teil des Verbürgerlichungsprozesses, des Traumes, es zu etwas zu bringen im Leben. Der Verlust dieser Hoffnung sollte begrüßt werden als eine Möglichkeit, endlich fruchtbaren Boden für die Ideen der Revolution zu finden.«

Altino behielt, während Célio redete, sein Glas in der rechten Hand. Mit ablehnenden Reaktionen auf seine Ausführungen hatte er gerechnet, nicht aber damit, dass man ihn derart abkanzeln würde, so direkt, so klar, so verletzend. Und das Schlimmste war: Er selbst würde viel lieber noch so denken können wie dieser junge Mann dort, der den Atem der Revolution um jede Straßenecke wehen spürte. Doch ihm lag inzwischen ein anderer Duft in der Nase. Tod roch er und Folter, Vernichtung, Exil. Es amüsierte ihn beinahe, dass man ihn heute als Bremser beschimpfte, der nicht in der Lage sei, das Aufkeimen der Revolution zu erkennen, die vermutlich jeder der 15 bis 20 Burschen, von denen kaum einer älter war als 23, 25 Jahre, bereits klar und deutlich vor sich sah, in dieser Zeit der Massenentlassungen. Die allerdings waren wirklich nicht wegzudiskutieren.

Während er so nachdachte, beobachtete er auch den Jungen und seine Gesten. So manches hatte sich Célio von der Generation abgeschaut, die sich schon vor mehr als 30 Jahren so sicher gewesen war, das Rad der Geschichte in Händen zu halten. Zunächst noch etwas schüchtern, hatte er inzwischen seinen linken Fuß auf einen Stuhl gestellt, stützte seine linke Hand auf den Hosenbund, und mit der rechten beschrieb, unterstrich und bekräftigte er seine Ausführungen. Wenn er den Kopf bewegte, flog sein Haar, das ihm ansonsten bis auf die Schultern reichte und einen permanent sich bewegenden Rahmen um sein ironisches Heben der Brauen zog und um den Spott, der sich von Zeit zu Zeit in einem aufgesetzt breiten Grinsen entlud.

Célios Zwischenruf hatte sich inzwischen zu weit mehr entwickelt als einer reinen Erwiderung, war angeschwollen zu einem eigenen, fundierten Vortrag. Erschreckend fundiert, fand Altino. Wie durch ein Wunder verwandelten sich darin all die Probleme und Hindernisse, die er noch skizziert hatte, nun plötzlich in Chancen, Gewissheit. Enttäuschungen gab es nicht mehr, sondern nur noch das Wiedererstarken des Feuers der Revolution, das bis dahin nur geglimmt hatte.

»Der Verlust jeder Möglichkeit der Teilhabe an der bürgerlichen Gesellschaft im ganz formalen Sinn ist, liebe Genossinnen und Genossen, der Ausgangspunkt eines Prozesses, der, strategisch entwickelt, Hoffnung und Revolution wieder auferstehen lässt. Hoffnung und Revolte, die in anderen Ländern noch im Rahmen von parlamentarischen Wahlen zum Ausdruck kommen. Allerdings sind dies Länder, in denen traditionell höhere Ziele zugunsten von sozialen Zugeständnissen hintangestellt werden. Die Krise des Neoliberalismus manifestiert sich dort in dem Wiedereintritt von Sozialdemokraten und Sozialisten in die Regierungen. Hier allerdings ist dies kaum denkbar, Genossen. Sozialstaat ist ein Fremdwort hierzulande. Man kann nichts wiederherstellen, das noch nie existiert hat. Und in unserer Situation dient das Engagement linker Parteien in den Institutionen nur der Flankierung der Ausbeutung. Und zugleich tendieren die Parteien selbst immer mehr dazu, sich im herrschenden System zu etablieren und nach der Logik des Washingtoner Abkommens zu arbeiten. Politiker, die sich volksnah nennen und von euch, Genossinnen und Genossen, gewählt wurden, sprechen in Zeitungen und im Fernsehen inzwischen von der Schaffung von Arbeitsplätzen, von der Reformulierung der Produktionslogik. Doch was für Arbeitsplätze meinen sie, Genossen? Jobs zum Mindestlohn? Eine beschissene Logik ist das! Sie haben sich nicht nur verkauft, sie sind vernichtet, haben gelernt, ganz im Sinne der Kolonisatoren zu denken und sind höchstens noch in der Lage, Alternativen zu formulieren, die keine Alternativen sind. Eugênio, das Schwein, trägt inzwischen elegantere Anzüge als der Präsident und der Drecksack Eglédio, den wir in den Kommunalwahlen noch unterstützt haben, doziert von Privatisierung, Effizienz, Schuldenabbau und Verschlankung. Was im Klartext bedeutet, Leute zu entlassen, dem Arbeiter das Geld aus der Tasche zu ziehen und damit Unternehmen zu subventionieren, die dann wiederum Tätigkeiten übernehmen, die früher noch Aufgabe des Staates waren ...«

»Genosse. Bitte, Genosse.«

Célio, dessen Blick schon länger die Ecke gemieden hatte, in der sich Altino und Pillar aufhielten, verstummte und schaute sie an. Sein Blick fiel auf Pillars Hand, die ihm herrisch signalisierte, er solle aufhören zu reden.

»Bitte, Genosse Célio. Wir haben verstanden. Du bist mit

den Ausführungen des Genossen Professor Altino nicht einverstanden. Ich denke jedoch, solche Dinge sollten in angemessener und ruhiger Form behandelt werden, und zu gegebener Zeit. Auch weil, und das muss klar gesagt werden, wir im Moment nur versuchen, Informationen zu sammeln, die uns eine klarere Analyse der gegenwärtigen Situation ermöglichen. Unsere Gruppe widmet sich der Analyse und Erarbeitung alternativer Politikformen. Unser Kampf ist theoretisch. Das weißt du, Genosse. Wir wollen hier nicht die Fehler der Vergangenheit wiederholen. Einverstanden, Genosse?«

Célio murmelte etwas, zog seinen linken Fuß vom Stuhl herunter, ließ die Hände baumeln und setzte sich. Pillar fasste kurz das Gesagte zusammen, dankte Altino für seine Ausführungen, und dieser erklärte befangen, dass er nichts mehr hinzuzufügen hätte. Die Versammlung des Studienkreises war beendet.

Pillar

»Verdammt, willst du alles kaputt machen? Hätte nur noch gefehlt, dass du die Internationale angestimmt und Altino eine Knarre in die Hand gedrückt hättest.«

Pillar stapfte zwischen den im Kreis stehenden Stühlen nervös auf und ab und schimpfte, nur unterbrochen von heftigen Zügen an seiner Zigarette. Ab und zu fuhr er sich mit der linken Hand über den grauen Stoppelbart. Eine Geste, die – das wusste Célio – Anspannung signalisierte.

»Falls du es immer noch nicht begriffen hast, ich erkläre es gerne noch einmal. Wir holen uns diese Typen, weil wir wissen müssen, wie sie diesen ganzen Dreck hier sehen. Wir wollen sie nicht überzeugen, sie sind nicht wirklich wichtig. Sie sind scheiße, okay? Angepasst, gescheitert. Sie zeigen überall ihre Folternarben herum als Beweis für ihr Engagement, und dabei spielen sie voll mit und betteln das Kapital an, sich an die Spielregeln zu halten. Sie sind Weichspüler, und dafür sind sie da. Sie haben ihre historische Chance gehabt und haben nur Scheiße gebaut. Sie haben in der Analyse versagt, in den Methoden, in der Taktik und in der Strategie. Sie wollten die Revolution von Ipanema aus machen und die gesamte Armee mit zwei Dutzend 38ern und einer Handvoll Maschinengewehren bekämpfen, die sie zuvor aus der Kaserne geklaut hatten. Und das alles natürlich mit dem Geld aus der Kasse von Adhemar de Barros. Es sind Verlierer. Respekt verdienen sie für den Versuch, aber sie verdienen auch alle Verachtung für ihre Fehler. Wir wollen sie nicht überzeugen, verstanden?«

Pillar baute sich vor Célio auf. Schleuderte seine Zigarette auf den Boden, drückte sie mit der linken Schuhsohle aus und fixierte den jungen Genossen, der die ganze Zeit über auf seinem Stuhl sitzen geblieben war.

»Verstanden?«, wiederholte er.

Célio nickte mit dem Kopf. Er gab zu, dass er sich im Ton vergriffen hatte, um ein Haar alles versaut hatte. Der Zeitpunkt, alle Karten auf den Tisch zu legen, war noch nicht gekommen. Die Revolution jedenfalls war mit diesen Gestalten nicht mehr zu machen.

»Du hast recht, wir dürfen keine Zeit damit verlieren, diese Typen überzeugen zu wollen. Unser Ding wird ein anderes sein, wir werden an der Seite derjenigen kämpfen, die historisch gesehen diesen Kampf auch aufnehmen können.«

Und dann bat er um Entschuldigung, murmelte so etwas wie Selbstkritik und wechselte das Thema. Der Saal war inzwischen fast leer. Nur er war noch da und Pillar, der wichtigste Kopf des Revolutionären Bündnisses *Conexão Revolucionária*, der CR.

Pillar, 39 Jahre alt, abgebrochener Student irgendeiner technischen Fakultät, war Célios wichtigster Bezugspunkt. Er war parlamentarischer Mitarbeiter, ehemaliger Sprecher des Landesverbandes der Partei und vor allem Theoretiker des neuen revolutionären Prozesses. Er war einer der wenigen in der

Gruppe, die unter ihrem wirklichen Namen agierten. Ein Deckname wäre auch lächerlich gewesen, denn er hatte zur Stadtverordnetenversammlung kandidiert, war in Fernsehspots und mit vollem Namen und Foto auf Plakaten überall in der Stadt zu sehen gewesen.

So gut er in der Theorie war, so dürftig waren seine Wahlergebnisse gewesen, und das hatte ihn nach mehreren Niederlagen verbittert. Niederlagen, die ihn immer mehr in seiner Überzeugung von der Beschränktheit des parlamentarischen Weges bestärkt hatten. Wahlen hatten zunehmend vor allem mit Geld zu tun. Mit richtig viel Geld. Da war nichts mehr zu machen, wenn nur zwei Kandidaten aus der Partei des Staatspräsidenten zur Kommunalwahl mehr Geld zur Verfügung hatten, als die gesamte Kampagne der Sozialistischen Arbeiterpartei POS zu den Gouverneurswahlen gekostet hatte.

Der Kampf ging weiter. Alternativen zum parlamentarischen System mussten entwickelt werden. Die Misserfolge an der Urne wurden, positiv umgedeutet, zu einem Zeichen dafür, dass nicht die von ihm vertretenen Positionen das Problem seien, sondern der eingeschlagene Weg ihrer Umsetzung. Pillar war überzeugt: Die bürgerliche Demokratie würde niemals eine revolutionäre Position akzeptieren, jedenfalls keine radikale Position, die, wie das Wort andeutet, an die Wurzel der Verhältnisse geht. Radikal wie die Gruppe, die sich um ihn herum zusammengefunden hatte. Mehr noch: Das parlamentarische System war geschaffen und weiterentwickelt worden, um genau jene Bewegungen unter Kontrolle zu halten, die auch nur in die Versuchung geraten könnten, für tief greifendere soziale Veränderungen zu streiten.

Das System war ein Filter, in dem alles Unerwünschte hängen bleibt. Kaffee ohne Koffein, Light-Zigaretten, eine Linke mit geringem – ultra-lightem – Gehalt an Revolution. Genau dahin entwickelte sich auch die POS, zu einer immer stromlinienförmigeren, geglätteten und angepassteren Partei, die man inzwischen ins Fernsehen einlud, zu Unternehmerverbänden, und die früher oder später auch regierungsfähig werden würde.

Ein Aufstieg, den sie natürlich nur durch Allianzen bewerkstelligen konnte. Allianzen mit konservativen Kräften – und das war ein Euphemismus für die korrupte Bande von Arschlöchern, die sich schon immer am Staat schadlos halten. Erweiterung des politisch-sozialen Umfeldes nennen es diese Schwachköpfe, die Theoretiker der Homogenisierung, der Verwässerung. An die Macht würden sie damit kommen, um dann dort im Wesentlichen das vorgefundene Schema von Dominanz und Ausgrenzung zu übernehmen. Man kann das Rad nicht neu erfinden, würden sie zu ihrer Rechtfertigung sagen, wenn sie dann zum wiederholten Mal irgendwelche Reformen verkündeten, mit denen sie sich dem Gott der Marktwirtschaft vor die Füße würfen, einem mächtigeren und größeren Gott als dem, den Célio fürchtete.

Und das alles aus Achtung vor den Spielregeln der Demokratie. Einer Demokratie, die nicht mehr ist als ein Pakt der Eliten. So viele Jahre nach dem Ende der Militärdiktatur ist es der Demokratie nicht gelungen, auch nur einen einzigen Bauch satt zu bekommen – außer natürlich die Bäuche derjenigen, die schon damals recht fett waren ... Und die POS schwieg dazu, still und ehrfurchtsvoll, und unterstützte damit diese Farce auch noch.

Pillar machte sich keine Illusionen darüber, dass er und die Genossen aus der CR, der revolutionären Fraktion in der POS, genau die Rolle übernommen hatten, welche die POS im Konzert der bürgerlichen Politik spielte: eine konservative Logik zu legitimieren und mit einem Schuss revolutionärer Würze zu verfeinern. Er wollte nicht mehr die – immerhin noch rote – Kirsche auf der Torte der Reaktionäre sein.

Andererseits bot die Arbeit im Parlament für Pillar eine gewisse finanzielle Absicherung. Ein Gutteil des Geldes ging an seine drei Kinder aus seinen drei geschiedenen Ehen. Es blieb aber immer auch noch etwas übrig für ein Appartement in Glória, ein oder zwei Biere und natürlich zur Unterstützung der Kasse der CR, einer Organisation, die von ihren Mitgliedern ansonsten nicht viel zu erwarten hatte. Denn die waren in ihrer Mehrheit junge Leute wie Célio, mit bürgerlichem Namen Ricardo Lima Bueno, mehr oder weniger mittellose Studenten, Kinder einer Mittelschicht, die einmal davon geträumt hatte, im Süden der Stadt, in der *Zona Sul*, wohnen zu können oder, in der vorstädtischen Variante des Traums, bis nach Tijuca zu kommen oder, wer weiß, bis nach Barra. Eine Mittelschicht, die, wie im Fall der Familie von Célio, schließlich gezwungen gewesen war, den – wie er es scherzhaft nannte – strategischen Rückzug anzutreten und den gediegenen Wohnsitz in Méier gegen eine billigere Wohnung in Engenho do Dentro einzutauschen. Mach dir nichts daraus, Mutter, wenn erst einmal die neue Metro gebaut ist, sind wir sogar noch schneller am Strand als die Leute aus Tijuca.

Geruch

Schweigend geht Maromba durch die Favela. Die gelblichen Lichter der Straßenlampen werfen Schatten, die sich verändern, je nach dem, wie er mit hastigen Schritten durch eine der Wasserpfützen dribbelt. Je nach Entfernung der Pfosten und dem Gefälle des Weges ist Marombas Schatten mal schlank wie der eines hoch gewachsenen, lang gestreckten Menschen, dann wieder sieht er sich kleiner und gedrungener, als er in Wirklichkeit ist. Sie liebt mich, sie liebt mich nicht, Höhen und Tiefen. Symbolische Schatten seiner politisch-sozialen Aktivität, könnte er denken, doch er hat im Moment andere Sorgen. Die Einwohnervertretung, die Gemeinde, die Partei, die Wahl von Freitas und auch, wenn alles gut geht, seine eigene Kandidatur zur Stadtverordnetenversammlung in zwei Jahren. Und dann ist da noch die Geschichte mit der NGO, die Joana aufgebaut hat, mit Leuten von außerhalb und sogar einem ganz anständigen Batzen Geld aus dem Ausland.

Am meisten Sorge allerdings machte ihm heute die Sache mit der Zeitung, dieser Arsch von Reporter, der ihn zu einer Art *Zumbi dos Palmares* der Armenviertel hoch stilisiert hatte. Klar hatte er, Maromba, ein bisschen dick aufgetragen. Vielleicht hätte er nicht derart ausführlich über das revolutionäre Potenzial der geschundenen und von allen vergessenen Favela-Bewohner schwadronieren müssen, er hätte die kirchliche Sozialarbeit nicht derart über den grünen Klee loben müssen und die Befreiungstheologie, und Leonardo Boff zitieren, mein Gott! Er hätte auch nicht so betonen müssen, dass das Volk bereits unter Waffen steht und dass es diese im Moment nur falsch anwendete. Okay, okay, ich hab's übertrieben. Ich bin ihnen auf den Leim gegangen.

Aber wer hätte denn auch gedacht, dass so ein Blättchen, das von ein paar Studenten gemacht wird, dem Kardinal in die Hände fällt? Seine Eminenz war dahergekommen wie der Herr selbst: allwissend, allmächtig, allüberall. Kann sein, dass er es nicht selbst ist, aber seine Schäfchen sind wachsam und treu, und schon heulen alle Sirenen, beim kleinsten Anzeichen von Ungehorsam, oder, um es persönlicher und weniger klerikal auszudrücken: beim kleinsten Pisstropfen, der daneben geht.

Nun gut, morgen. Ich hab sowieso keine Wahl. Dann muss ich versuchen, den Schaden weiter in Grenzen zu halten. Noch einmal mit dem Pfarrer reden, dem Polizeikommandanten: »Nein, Coronel, ich möchte doch auch nicht, dass der Drogenhandel Ihr Revier überschwemmt. Ich möchte doch nur, dass Ihre Leute den Leuten aus der Favela mit mehr Respekt gegenübertreten. Ich weiß doch, Sie meinen es gut, aber Sie wissen doch, hier im Viertel, wenn es hart auf hart kommt ... Sie wissen doch, wie schwer das ist. Sie müssen auch unsere Seite verstehen...« Nein, nein, nein. Ich darf den Buckel nicht noch krummer machen, ich muss überzeugender wirken.

Na gut, ich kümmere mich später darum, denkt Maromba und versucht den Ball flach zu halten, vor sich selbst.

Es war schon nach elf und er hatte Hunger. Riesigen Hunger. Stärker noch als der Geruch in der Luft, eine Mischung aus Bohnen und verstopften Abwasserkanälen. Ein Geruch, der ihn daran erinnerte, dass die Stadtverwaltung schon wieder nicht den Termin eingehalten hatte, zu dem sie das Rinnsal, das die Favela durchschnitt, wenigstens in Betonrohre einfassen wollte. Und schon hatte er einen neuen Termin: Morgen anrufen beim Büro für soziale Entwicklung, auf die Einhaltung der Zusagen pochen, mit der Zeitung drohen, mit dem Fernsehen.

Auf dem Weg nach Hause schaute er noch kurz bei SdP vorbei. SdP betrieb eine der Drogenverkaufsstellen auf dem Hügel und rauchte gerade einen gewaltigen Joint, als wolle er seinem Spitznamen SdP – Só do Preto, nur vom Schwarzen – alle Ehre erweisen, mit dem eigentlich irgendwann einmal seine Affinität zu der gleichnamigen Samba-Gruppe gemeint gewesen war. SdP war stolz auf sein Berufsethos: Hasch rauchen und Koks verkaufen. Das hatte ihn zum Inhaber des wichtigsten Umschlagplatzes in der Favela gemacht. Alles Koks, das er bekam, wurde verkauft, niemals selbst konsumiert.

»Was gibt's?«, fragte SdP, nachdem er die Tüte auf seiner Pistole abgelegt hatte.

Pferd

30 Kilometer entfernt, in einer Wohnung im Stadtteil Flamengo, mutierten Marombas rhetorische Auswüchse zu einer Überdosis an Hoffnung für Célio. In Unterhosen, aufgeregt auf und ab gehend, las er die wichtigsten Passagen aus dem Interview laut vor:

»Ich kann nicht sagen, wie lange die geschundene Bevölkerung in den Elendsvierteln die Unterdrückung noch ertragen wird. Noch einmal fünfhundert Jahre? So lange werden wir nicht warten müssen. Wer weiß, ob sich das alles nicht schon in fünf Jahren erledigt, oder, wer weiß, in fünf

Monaten? – Fünf Monate, fünf Monate, hast du gehört, Drica? Fünf Monate sagt der Typ. Jetzt sofort also. Und hör mal hier: Waffen haben die Leute ja schon. Was fehlt, ist das Bewusstsein. Das kann man nach und nach herstellen. Hörst du, Drica?«

Drica, Adriana, hatte es gehört, es war auch nicht zu überhören gewesen. Die Revolution stand sozusagen unten vor der Haustür.

»Diesmal wird es ...«, sagte er.

»... wird es vor allem wieder in die Hose gehen«, ergänzte sie.

Drica hatte keine Ahnung, welche Rolle Célio – den sie Ricardo nannte – in dem revolutionären Prozess spielte, den seine CR sich ausgedacht hatte. Sie wusste allerdings, dass ihr Freund in der POS war, was in ihren Augen bereits jedes Maß des Vernünftigen überschritt. Sie hielt es für völlig indiskutabel, dass er sein Studium an der Wirtschaftsfakultät aufgegeben hatte, um sich mehr der Politik widmen zu können.

Sie hatte lange schwarze Haare, die ihr fast bis zur Hüfte hinunterfielen, feine Lippen, und ihre braunen Augen versteckten sich hinter dem schwarzen Rahmen der Brille, mit der sie ihre Kurzsichtigkeit korrigierte – ihr Blick war begrenzt durch zwei kleine Rechtecke, die schwer und harmonisch zugleich wirkten. Rahmen, die von Zeit zu Zeit ihre vorwurfsvollen Blicke unterstrichen, wenn sie fast anklagend sagte: »Mensch, du kannst doch dein Studium nicht hinschmeißen. Und sei es nur, um deine politische Arbeit auf eine solidere Grundlage zu stellen. Das ist doch widersprüchlich. Du setzt dich für bessere Bildung für alle ein, und dein Studium an einer öffentlichen Uni schmeißt du einfach so hin. Das ergibt doch keinen Sinn.«

Sie war 19, wie Célio, studierte Architektur und hatte ihn vor sechs Monaten kennen gelernt, während einer Kampagne zur Wahl der Delegierten zum nationalen StudentInnenrat. Er war in den Seminarraum gestürmt um zu agitieren, und sie hatte die Unterbrechung genutzt, um sich ein paar Notizen zu machen. Politik interessierte sie nicht besonders. Ein paar Stunden später hatten sie sich wieder getroffen in einer Bar auf dem Campus, wo er mit einem Kommilitonen ein Bier trank.

Im Gespräch entdeckten sie bald eine ganze Reihe von Unterschieden in ihrer jeweiligen Sicht auf die Welt. Sie fand ihn zu radikal, er sah in ihr eine von diesen Mittelschicht-Mädels aus Tijuca, die ihr eigenes Nichtstun mit einer selbst gebastelten Art von Sozialkritik rechtfertigten. Die alte Geschichte: Das Land ist sowieso am Ende, da ändert sich sowieso nichts. Ja, natürlich müsste man sich für eine bessere Gesellschaft einsetzen, aber wir dürfen auch unser eigenes Leben nicht aus dem Blick verlieren. Architektur hat doch auch eine soziale Komponente.

Währenddessen hatte Célio seinen Blick nicht von Adrianas Brüsten abwenden können. Nenn mich doch einfach Drica. Mit fast nichts von dem, was sie sagte, war er einverstanden, doch er beschloss, sich auf die Gemeinsamkeiten zu konzentrieren. Natürlich hatte Architektur auch eine soziale Komponente, und ja, ihr entzückendes Ohr machte ihn ganz verrückt. Auch Drica setzte auf das Verbindende. Sie wurden ein Paar. Doch das bedeutete nicht, dass damit auch ihre Divergenzen beseitigt worden wären.

»Du bist und bleibst skeptisch, verdammt. Es ist doch so klar, sehr klar sogar. Heute ist alles anders. Vieles ist anders als in den siebziger Jahren: Die Leute sind desillusioniert, haben die Schnauze voll, und es gibt Führungspersönlichkeiten, die aus dem Volk selbst kommen. Die Revolution wird diesmal in Irajá ausbrechen, nicht im feinen Ipanema. Und das sage nicht ich, sondern ein Typ von der Basis, der in der Favela geboren ist. Diesmal wird das Volk das Subjekt sein. Und das Wichtigste ist: Wir werden – nicht wir, sie werden – Waffen haben. Waffen im Überfluss. AR-15, Sig, AK-47, Pistolen, Granatwerfer, Bazookas. Bazookas, Drica! Drica …«

Drica war eingeschlafen. Zwischen Irajá und AK-47 hatte sie der Schlaf übermannt.

Célio blieb noch ein paar Stunden wach. So mit dem Kopf voller Träume war an Schlaf nicht zu denken. Erst recht nicht jetzt, nach diesem Interview mit diesem Typen, der, so hatte es zumindest die Genossin Joana gesagt, eine Schlüsselposition in der gesamten Aktion einnehmen konnte. Der Typ war wirklich gut. Er stellte die richtigen Fragen, war mutig, und, das war das Wichtigste, er hatte Hoffnung.

Célio platzte fast vor Aufregung, sein Hirn wollte schier zerspringen, schien nicht einmal mehr in seinem Körper Platz zu finden. Er fühlte sich wie das »Pferd« in den Ritualen der *Umbanda*, das Medium, das die Gottheit in sich aufnimmt, seinen Körper einem Geist zur Verfügung stellt, der sich in ihm seinen Ausdruck sucht. Célio war nun das »Pferd« einer noch höheren Bestimmung. Als empfinge er Geister von unendlich vielen Personen, Geister, die seit dem Anbeginn der Menschheit im Raum schwebten, von Menschen, die sich zu Lebzeiten für die Sache der Freiheit eingesetzt hatten und dafür verurteilt, gefoltert, ermordet worden waren.

Er fühlte sich wie besessen auch von jenen, die nicht gekämpft, aber gelitten hatten, gehungert, gedemütigt und mit Füßen getreten worden waren. Er war sogar »Pferd« all der lebenden Menschen, die sich zur Zeit über die Erde schleppten, der Landlosen und Obdachlosen, der Hungernden und derjenigen, die keine Schule besuchen konnten und kein Krankenhaus, der ihrer Würde Beraubten und der Hoffnungslosen. Es gab eine Schuld, die zu begleichen war, und er, Ricardo, in der Gestalt des Célio, würde bei dieser Aufgabe helfen. Célio ist ein Medium geworden, ein »Pferd«, eine Figur, die seinen ganzen Körper einnimmt, sein Gesicht, seine Stimme und sogar seine Ideen. Die Person aus Fleisch und Blut, die nötig ist, um diese Veränderung möglich zu machen.

Célio musste siegen, damit Ricardo endlich leben konnte. Würdig leben, in Ehren, ohne sich dafür schuldig zu fühlen, dass er Privilegien in Anspruch nahm, die aus der Ungleichheit der Gesellschaft erwuchsen. Sich schuldig zu fühlen, jeden Tag essen zu können, studieren zu können, etwas Geld als Übersetzer verdienen zu können, Zugang zu Büchern und Filmen zu haben, Spaß zu haben, mit Drica zusammenzusein.

Das schlechte Gewissen beschlich ihn bereits, wenn er in ein Restaurant ging und sich dort einen Tisch suchte, der möglichst weit weg von der Straße stand, um so den Straßenkindern aus dem Weg zu gehen, die an der Tür um etwas zu essen bettelten, das auf dem einen oder anderen Teller übrig blieb. »Brasilien ist dermaßen am Ende, dass sogar jemand, der in Engenho do Dentro wohnt und es sich leisten kann, in Méier ein Hühnchen essen zu gehen, privilegiert ist«, sagte er immer.

Ein Freund, der Geschichte studierte, hatte ihm einmal den Spitznamen Chiquinho verpasst in Anlehnung an die Mitglieder des Franziskanerordens mit ihren Idealen von Brüderlichkeit, Armut und Demut. Irgendwie kam er sich selbst manchmal wie ein Franz von Assisi vor: Komfort bedeutete ihm nichts, Sicherheit auch nicht; er hatte seinen Namen, seine Identität, abgelegt, um zu kämpfen, sich einzusetzen für eine bessere Welt.

Ab und zu erinnerte er sich an diesen Spitznamen und an das merkwürdige Verhältnis, das sich dadurch zu der katholischen Tradition seiner Familie eingestellt hatte. An die Diskussionen in seiner Jugend darüber, ob man Bettlern etwas geben sollte oder nicht. Trug ein gut gemeintes Almosen nicht nur dazu bei, die Verhältnisse zu stabilisieren, die Ausbeutung, die Abhängigkeit? Mehr noch: Soll man der Religion folgen, nur um Gnade im Leben und dereinst einen Platz im Himmel zu erlangen? Ist das nicht viel zu kurz gedacht? Hat uns Gott einen freien Willen gegeben, nur damit wir ihn wieder ablegen und blind einem Papst gehorchen? Und die Sünde? Was ist Sünde? Sex vor der Ehe oder auf Kosten anderer sein Geld zu verdienen?

Beides beleidigt den Herrn, hatte ihm damals ein dominikanischer Mönch geantwortet, der die Jugendgruppe leitete, in der er zwei Jahre lang mitgemacht hatte. Recht vage, diese

Antwort, und nicht sehr überzeugend. Doch sie hatte dazu beigetragen, dass er sich irgendwann einer illegalen Organisation angenähert hatte. Vielleicht war dies seine Berufung. Vielleicht gelang ihm darin eine Synthese von Himmel und Erde, die Lösung des Konflikts zwischen Schuld und Vergnügen.

Clara

Fontoura tritt ein, sucht sich einen freien Schreibtisch, tippt seinen Code in die Tastatur und öffnet das Terminal. Ein schneller Blick auf den Redaktionsplan auf der Suche nach seinem Namen. Die übliche Scheiße. Wenn sie drei Tage lang dieselben Meldungen bringen würden – es würde niemandem auffallen. Immerhin, um die Eröffnung der Familienmesse bin ich herumgekommen, um Raimundos spezielle Themenliste, die Einweihung der Metro-Station … und – Treffer! – wieder eine Leiche. Nicht eine, drei Leichen. Langsam komme ich mir vor wie ein Super-Sandwich von Cervantes, totes Fleisch bis zum Abwinken. Schlachtfest in Lote 15, einem Abschnitt der Baixada Fluminense, drei Tote. Eine Schießerei in der Baixada und nur drei Tote, wiederholt er und betont die letzten beiden Worte. Drei Tote … drei arme Schwarze, Mischlinge, vielleicht sogar Weiße – das ist doch noch kein Blutbad. In der Baixada gehören zu einem Blutbad, das diesen Namen verdient, mindestens fünf, besser noch sieben Tote. Drei Tote in der Baixada, das ist kein Blutbad, sondern bestenfalls das Ergebnis eines Schießwettbewerbes, die Bilanz eines Hip-Hop-Konzerts, der Versuch einer individuellen Anhebung des Pro-Kopf-Einkommens.

Knurrend tritt Fontoura in den Raum, wo die Fotografen sich aufhalten. Er bückt sich und brüllt Sebastião Madureira, der auf einem Sofa eingenickt ist, ins Ohr: »Meine Damen und Herren Crew-Mitglieder des Blutwurst-Express, bitte fertig machen zum Start in Richtung Lote 15, Baixada. Bitte halten Sie sich die Nasen zu, bringen Sie Ihr Ego in eine horizontale Position ... und begeben Sie sich geordnet zu einem der Notausgänge.«

Madureira hasste diese Art von Ironie, denn sie war nur das Vorgeplänkel zu Fontouras üblichem allgemeinen Gemecker. Über das Leben, die Arbeit, den Journalismus im Allgemeinen. Die Fahrt bis Lote 15 würde lang werden.

Als Fontoura auf den Aufzug wartete, fiel ihm eine junge Frau auf: Ungefähr 20, blond, kurze Haare, rosa T-Shirt und kurze hellblaue Hose – eng und knapp unter dem Po schon zu Ende. An den Füßen sandalenartige Holzlatschen. Sie war in Eile, soeben von der Straße hereingekommen und hatte einen Notizblock in der Hand. Toc, toc, toc – das Klappern ihrer Holzlatschen auf dem Granitbelag des Korridors ließ Fontoura für ein paar Sekunden das Schlachtfest vergessen, das ihn erwartete. Toc, toc, toc.

»Wer ist das?«, fragte er Madureira.

»Eine neue Praktikantin, Clara heißt sie, glaube ich«, antwortete der Fotograf und putzte das Objektiv seiner Kamera mit einem Flanelltuch. »Hübsch, nicht? Ein Engel, aber sie stammt vermutlich vom Mars. Eine von denen, die die Avenida Brasil höchstens betreten, um zum Flughafen zu fahren oder nach Itapaiva in Papis Landhaus. So eine ist das, weißt du? Gestern bin ich mit ihr rausgefahren. Stress mit ein paar Straßenhändlern in Campo Grande. Sie dachte, Campo Grande sei eine ganz andere Stadt: ›Ganz schön weit draußen, was?‹ Dann war sie total geschockt, dass der Zug keine Klimaanlage hat. Weißt du, was sie gesagt hat? Dass es in Campo Grande viel heißer sei als in Búzios.«

Das trug nicht gerade dazu bei, dass sich Fontouras Laune verbesserte: Der Journalismus war unübersehbar dabei, zu einem Beruf für ganz Arme zu werden – und zu einem Hobby für die Kinder der Reichen.

»Für die Armen ist es fantastisch, wenn sie tausend oder zweitausend Reais verdienen. Davon kann man die Miete in Penha bezahlen, einen gebrauchten Corsa kaufen, im *Garota de Irajá* ein Bier trinken gehen und eine Tussi ins Motel an der Via Dutra abschleppen. Reiche Gören wie diese Clara hier arbeiten auch gern für die paar Kröten. Papi hat sowieso genug Geld, und im schlimmsten Fall ist er ein Freund des Herausgebers. Das Gehalt, das unser Püppchen hier bekommt, reicht für das eine oder andere Accessoire, einen Besuch beim Frisör, ein paar Liter Benzin für den BMW.«

»Audi ...«

»Wie bitte, Madura?«

»Audi. Sie fährt einen Audi. Einen roten Audi. Keinen BMW.«

Brücke

»Zunächst einmal möchte ich dem Genossen versichern, dass wir alle, das gesamte Kollektiv, sehr beeindruckt sind von der Klarheit und Entschiedenheit seiner Standpunkte. Der Genosse hat deutlich gemacht, dass er die Widersprüche der brasilianischen Gesellschaft durchschaut, den Grad der Ausdünnung des sozialen Netzes und vor allem die Unfähigkeit des bestehenden Wirtschaftssystems, der Bevölkerung eine Hoffnung auf kollektive Verbesserung zu geben.«

Es klang wie die öffentliche Lobrede eines Professors für einen seiner Studenten, und das steigerte Marombas Unbehagen nur noch. Was war das hier eigentlich für ein Scheißspiel? Wer sind diese Typen? Seine Augen suchten nach den Augen von Joana. Joana gehörte zur kirchlichen Jugendarbeit, lebte in der Favela Mirandão und war mit ihm schon bei vielen sozialen Initiativen dabei gewesen. Seit einigen Wochen hatte sie ihn gedrängt, »ein paar Freunde« kennen zu lernen.

Der Einladung waren etliche Gespräche vorangegangen. Darin war es um die Gründung einer NGO in der Favela gegangen, einer Organisation, die Bildungsprojekte, Gesundheitsprojekte, zivilgesellschaftliches Engagement anstoßen soll. Die Teilhabe der Jugendlichen am Leben in der Stadt und im ganzen Land fördern, sie für den Arbeitsmarkt qualifizieren und dabei selbstverständlich auch die sozialen Schieflagen thematisieren. Mit Geld aus dem Ausland, aus Frankreich. Maromba hatte es übernommen, den Chef des Drogenhandels im Viertel um seine Genehmigung für diese Einrichtung zu bitten, denn ohne dessen Zustimmung ging gar nichts. Nachdem diese Hürde genommen war, kamen weitere Gespräche, in denen Joana von den Perspektiven einer sozialen Veränderung, von der Bedeutung einer solchen Einrichtung gesprochen hatte, aber auch von den Hindernissen, auf die ihre Arbeit stoßen würde. Vielleicht würde man noch einen Schritt weitergehen müssen, ein Stück radikaler werden, meinte sie.

Ja und dann kam sie wieder ständig mit diesen »Freunden«, mit denen er sich einmal zusammensetzen sollte. Zuletzt, als das mit dem Interview passiert war – der Artikel hatte die letzten Zweifel, die es noch an ihm gegeben hatte, ausgeräumt. Schließlich hatte Maromba einem Treffen zugestimmt. Jetzt allerdings fand er das alles sehr seltsam. Nicht dass ihn diese Diktion mit all ihren Schlagwörtern und Parolen irritiert hätte, schließlich war er selbst nach all seinen Jahren als Aktivist schon vertraut mit Begriffen und Ausdrücken, die man in Versammlungen wie dieser als eine Art Sesam-öffne-dich einsetzen konnte. Antrag zur Geschäftsordnung etwa war so ein unschlagbares Zauberwort, egal ob es eine Geschäftsordnung gab oder nicht.

Und doch konnte er sich mit diesem ›Genosse‹ hier, ›Genosse‹ da immer noch nicht anfreunden. Vor vielen Jahren hatte ihn einmal ein Tischler, der zum ersten Mal an einer Bewohnerversammlung teilgenommen hatte, angeschnauzt: »Junge, deine Ideen sind ja gar nicht so doof, aber zum Teufel, hör auf, meine Frau ständig Genossin zu nennen, verdammt!«

Die Erinnerung an seine Anfangsjahre auf diesem Weg – als er noch nicht diesen Spitznamen trug, unter dem ihn heute jeder kannte – ließ Maromba still in sich hineinlächeln. Zehn Jahre danach saß er nun also hier, in einer Gruppe von Leuten, die viel jünger waren als er und, von Joana einmal abgesehen, nicht aussahen, als seien sie in der Favela geboren. Und hörte sich Lobeshymnen an auf dieses elende Interview, das ihn beinahe seinen Job bei der Kirche gekostet hatte – Pater Genésio hatte ihm erzählt, wie viel Mühe es ihn gekostet hatte, den Kardinal wieder zu beruhigen.

»Und wir sind der festen Überzeugung, dass sich aus diesem Bündnis, der Konzentration unserer Kräfte der Weg entwickeln wird, der zur Revolution führt.«

Dieses Wort scheuchte schlagartig den Kardinal aus Marombas Gedanken und haute ihn fast von seinem Stuhl. Dieser langhaarige Kerl da, der beim Reden immer einen Fuß auf den Stuhl stellte, hatte von Revolution gesprochen. Erst einmal applaudierte er, wie alle Anwesenden. Dann aber beschloss er, genau zuzuhören, was seine neuen Genossen da von sich gaben. Und allmählich verstand er auch, dass sie in seinem Interview so etwas wie die Synthese ihrer politischen Vorstellungen sahen. Grob gesagt, diese Typen waren der Überzeugung, sie seien in der Lage, einen revolutionären Prozess zu entfachen. In den Kampf zu ziehen, wie es einer von ihnen ausdrückte.

Und er, der Genosse Maromba, spielte eine zentrale Rolle in diesem Kampf. Seine Aufgabe war es, eine Brücke zu schlagen zwischen der Gruppe und dem, was sie die »bewaffnete Basis« nannten. Im Klartext: Er sollte Waffen und Leute aus dem Drogenmilieu für den revolutionären Kampf gewinnen – »Genossen am Rande der Gesellschaft, die in ihrem täglichen Leben bereits Ansätze eines Bürgerkrieges gegen die Unterdrückungsmaschinerie der bürgerlichen Staatsmacht führen«. Die Organisation hatte zahlreiche Diskussionen geführt und sich lange mit der Genossin Joana beraten. Diese hatte ihnen versichert, dass er, Maromba, vertrauenswürdig und in der Lage sei, eine solche Verantwortung zu übernehmen.

Nun erhielt Maromba das Wort. Zwanzig Minuten lang legte er all seine Erfahrung aus den Jahren sozialer Aktivität in eine Rede, in der er versuchte, diese Verantwortung zwar anzunehmen, den Beginn der Auseinandersetzung aber noch ein bisschen zu verzögern. Er bestätigte das revolutionäre Potenzial der Bevölkerung in den Armenvierteln, sprach davon, dass genau diese Menschen darüber aufgeklärt werden müssten, wie hinderlich der Neoliberalismus für jeden Versuch einer Verbesserung ihrer Lebensbedingungen war. Doch gleichzeitig erklärte er ihnen, dass, obwohl es schon viele Jugendliche gab, die in der Einwohnervertretung und der Gemeinde aktiv waren, es den allermeisten doch herzlich egal war. Entweder versuchten sie irgendwie an eine Ausbildung zu kommen und vor allem an Arbeit, oder sie schlossen sich schon in jungen Jahren der so genannten *Bewegung* an – dem organisierten Drogenhandel in den Favelas.

Die allermeisten jedoch folgten überhaupt keinem Ziel, lungerten herum, spielten Fußball, ließen Papierdrachen steigen, schlurften durch die Gegend und quatschten dummes Zeug vor den Eingängen der Schnapsbuden. Sie kifften, hörten Musik und malten sich aus, was sie wohl täten, wenn sie Geld hätten. Sie gingen nicht zur Schule, arbeiteten nicht, außer manchmal als Aushilfe auf einem Funk-Konzert, halfen bei Umzügen oder jobbten sonstwo mal einen Tag lang. Am Tag darauf sah man sie wieder durch das Viertel schlurfen.

Die Mädchen waren nicht anders: Wenn sie nicht schon als Jugendliche schwanger wurden, träumten sie davon, Models zu werden oder zumindest Vortänzerin einer Sambaschule – in einer der wenigen Sambaschulen, in denen Mädchen überhaupt noch Vortänzerinnen werden konnten, wenn sie aus *Stadtvierteln mit niedrigem Einkommensniveau* stammten – wie man so schön sagte, um nicht den stigmatisierenden Begriff *Favela* zu verwenden.

Die meiste Zeit des Tages beschäftigten sie sich mit ihren Haaren – bleichten sie, glätteten sie – und ließen sich auf den Flachdächern neben kleinen Plastikplanschbecken in der Sonne bräunen. Jedenfalls die Mädchen, die nicht schon im Morgengrauen zur Arbeit gehen mussten und mit den noch warmen Henkelmännern unter dem Arm Morgen für Morgen zu den Bushaltestellen und Bahnhöfen strömten.

»Jeder, der auch nur je einen Fuß in die ärmeren Viertel gesetzt hat, kennt dieses Problem«, postulierte Maromba nicht ganz ohne ironischen Unterton.

Ihm war klar, dass die meisten der Anwesenden eine Favela höchstens von der Straße aus kannten und die Hügel allenfalls einmal von unten und aus der Ferne bestaunt hatten. Individualismus, fuhr er fort, sei weit verbreitet, geistige oder soziale Werte fast nicht existent. Den Jungs gehe es vor allem darum, sich Turnschuhe kaufen, Mädels vernaschen und Markenklamotten tragen zu können.

»Alles, was sie interessiert, ist reich zu werden. Es wird nicht einfach, diese Leute zum Kämpfen zu bringen«, schimpfte er.

Der Junge, der die Versammlung eröffnet hatte, bat nun um das Wort: »Genosse, hast du den revolutionären Prozess in Kolumbien verfolgt ...?«

Das war natürlich keine Frage, sondern die Einleitung zu einer Erklärung darüber, dass die Revolutionären Streitkräfte Kolumbiens (FARC) im Nachbarland das erreicht hätten, was als unmöglich gegolten hatte: Eine Allianz mit den Kokabauern zu schmieden – de facto.

»Sie haben keine bürgerlichen Skrupel gehabt, mit dem organisierten Rauschgifthandel in Kontakt zu treten. Und so konnten sie Geld und Waffen für die Revolution mobilisieren. Schmutziges Geld? Ist das Geld der Unterdrücker vielleicht sauber? Ist Geld vielleicht sauber, das aus der Ausbeutung der Arbeiter stammt, aus dem Mehrwert, aus Steuerhinterziehung? Seit wann ist Geld sauber, das von Bankiers stammt und von Unternehmern? Die Ausbeuter aber haben keine moralischen Probleme damit, dieses Geld zu verwenden, um das Volk weiterzuknechten.«

Maromba war klar, dass darauf keine Antwort erwartet wurde. Am besten schwieg er und hörte sich noch ein paar Einzelheiten an.

»Wir haben keine Wahl, Genosse. Wir müssen dem Beispiel der kolumbianischen Genossen folgen und die einzige reale Chance zum Kampf, die uns bleibt, nutzen. Auch sie hatten damals Probleme, die Bauern davon zu überzeugen, dass der bewaffnete Kampf der einzig mögliche Weg ist, doch nach und nach ist es ihnen gelungen. Heute lassen sich die Bauern freiwillig in die FARC aufnehmen. Wir alle wissen, dass es nicht leicht werden wird, Genosse. Wir wissen, dass ein langer Weg vor uns liegt. Wir müssen nicht nur die Waffen der Reaktion besiegen, sondern einen ganzen Komplex von Wertvorstellungen, die der Kapitalismus über die Jahre in die Köpfe der Unterprivilegierten gehämmert hat.

Doch wir müssen heute das fertigbringen, was vor 30 Jahren nicht geschafft wurde: Auf dem, was schon vorhanden ist, aufbauen, von den Widersprüchen ausgehen, die inzwischen in einer Gesellschaft aufgebrochen sind, die sich bereits im Krieg gegen die repressiven Kräfte des Staates befindet. Genosse, du weißt besser als jeder andere hier, welchen Hass die Bevölkerung gegen die Polizei hat; gegen diese Mörderbande, die die Armen erpresst, unterdrückt und ermordet. Du weißt auch, Genosse, dass das Volk, zum ersten Mal seit vielen, vielen Jahren, Waffen auf seiner Seite hat. Deine Ausführungen in dem Interview waren prophetisch, Genosse. Nun ist es an uns, diese Prophezeiungen wahr zu machen. Die Stunde zu nutzen.«

Célio bekam viel Applaus. Zwei junge Leute standen sogar auf und beglückwünschten ihn. Nicht ein einziges Mal ließ er dabei Maromba aus den Augen.

Jefferson

Der erste Knall der Feuerwerkskörper stach in Deuzidetes Herz. Es war kein Sonntag, es gab kein Fußballspiel, es war auch nicht die Jahreszeit, in der die Leute Ballons steigen ließen. Der Lärm dieser Feuerwerkskörper bedeutete nichts weiter, als dass es losging. Ein paar Sekunden noch … da, die erste Salve. Noch eine, noch eine, noch eine. Das Inferno brach wieder los. Am Nachmittag, wenn viele Leute von der

Arbeit heimkehrten, Kinder aus der Schule kamen. Wieso bloß nimmt die Polizei darauf keine Rücksicht? Wie kann man nur um diese Zeit eine Razzia in der Favela machen? Wie ein Gebet wiederholte Deuzidete diese zwei Sätze, atemlos, während sie durch die Gassen stürmte und nach Jefferson rief, ihrem Enkel, der um diese Zeit immer auf dem Weg nach Hause war.

Ihr Weg erinnerte an die Choreografie dieser alten Flippergeräte – angestoßen von mechanischen oder elektrischen Impulsen beschreibt die Metallkugel einen scheinbar völlig unlogischen Weg, bei dem schwer zu unterscheiden ist, ob es sich um eine geplante Bewegung handelt oder um ein zufälliges Abprallen. Der Trick bei dem Spiel ist, die Kugel so lange wie möglich in Bewegung zu halten und zu verhindern, dass sie in ein Loch fällt. Eine Bewegung, die nirgendwohin führt, außer zu einer neuen Bewegung. Deuzidete prallte an Wänden aus unverputzten Ziegelsteinen ab, streifte Pfützen, versuchte dem Pfeifen der Geschosse auszuweichen, die von überall her zu kommen schienen. Und sie war nur eine von vielen Flipperkugeln, die auf diesem Spielfeld aus gestampfter Erde und Zement hin und her flitzten. Kugeln, die von den Wänden abzuprallen schienen, hin und wider zusammenstießen und dabei stolperten.

Vós Schrei aus einem der Fenster der Kirche ließ Deuzidete abrupt innehalten. Mit einer Handvoll anderer Kinder hatte sich Jefferson in die Kirche gerettet, als er bemerkt hatte, dass die Schießerei losging. Er kannte sich schon aus mit solchen Dingen. Zu wissen, was zu tun ist, wenn man in eine Schießerei gerät, war für alle, die dort lebten, so wichtig wie zu wissen, dass man nach rechts und links schauen muss, wenn man eine Straße überquert. Wie von einem Billardqueue angestoßen rannte die Großmutter auf die andere Straßenseite, huschte durch die Kirchentür und klammerte sich an ihren Enkel. Nun hieß es nur noch beten, dass keine Kugel die Wände durchschlägt. Diese Runde des Spiels schien beendet. Nach und nach kehrte die Favela zu ihrem gewohnten Rhythmus zurück – die Fenster wurden wieder geöffnet, und die Bewohner bewegten sich wieder wie gewohnt durch die engen Gassen.

Schmetterlinge

Maromba saß im Stadtbus in der zweiten Reihe, schaute aus dem Fenster und lächelte. Ein verstohlenes, schüchternes Lächeln; halb ironisch, halb selbstmitleidig. »Worauf habe ich mich da eingelassen ... oder besser, wo haben die mich da hineingezogen?« Mit gesenktem Kopf dachte er nach und malte sich aus, was seine Frau sagen würde. Wahrscheinlich hat Kátia sogar Recht. Das geht mit dem Teufel zu. Kann nur so sein.

»Es ist der Teufel, der dir immer diesen Blödsinn in den Kopf setzt. Ich habe schon mit dem Pfarrer gesprochen. Er hat gesagt, dass der Teufel ganz genauso vorgeht. Er setzt sich im Kopf einer armen Seele fest, bleibt dort und tobt sich aus. Mitten im Hirn. Er flüstert seinem Opfer Dinge ins Ohr, tu dies und tu jenes, und da steht dann dieser arme Schwachkopf und denkt, er sei der Größte, und zack, macht er alles falsch und sagt Dinge, die er nicht sagen sollte. Ich hab dir schon gesagt, Herculano, hör auf damit, tritt aus dieser Kirche aus und nimm Jesus an. Hör auf, diese Götzen anzubeten, die nichts Heiliges an sich haben. Das alles ist Blendwerk des gefallenen Engels. Gott straft den Götzendienst, das steht in der Bibel, du weißt das selbst, Herculano. Und hör auf, diesen entsetzlichen Spitznamen zu tragen, lass nicht zu, dass sie dich so nennen ... das ist kein christlicher Name, das ist *Macumba*, afrikanischer Zauber ...«

Seit sie dem Katholizismus abgeschworen hatte und einer evangelikalen Sekte beigetreten war, sah Kátia in allem, was im Leben ihres Mannes nicht geradeaus lief, den Teufel: politischer Ärger, Auseinandersetzungen mit der Polizei, Geldschwierigkeiten. Maromba kam finanziell über die Runden, indem er Projekte von katholischen Laienorganisationen betreute. Das Geld reichte, um zu überleben, aber Kátia war überzeugt, dass sie aus ihrer Armut niemals herauskommen würden, solange der Satan sie in den Klauen gefangen hielt. Die Veröffentlichung dieses Interviews hatte ihr nur bestätigt, was sie schon lange vermutete: Der Teufel höchstselbst sprach aus Herculano. »Lass das bleiben, komm in die Kirche«, flehte sie ihn an.

Maromba reagierte darauf, indem er sich so lange wie möglich von zu Hause fernhielt. Nun, im Bus, mischten sich Ungeduld, Angst und Sarkasmus. »Ja, das kann nur das Werk eines Dämons sein. Eines besonders perfiden Dämons: erst der Kardinal, dann die Polizei und das Interview, und nun diese Typen, die mit mir Revolution machen wollen.«

Und während er nachdachte, fuhr er mit den Fingern die Maschen seiner Wollmütze entlang, einer Mütze, wie sie in manchen Gruppen der Schwarzenbewegung als Zeichen des politischen Engagements getragen wurde. Wie sagte doch dieser Langhaarige – Célio hieß er wohl: Die Zeit ist reif. Genauer gesagt: Sie fanden, dass die Zeit reif sei. Auf der historischen Uhr, die Maromba benutzte, war diese Stunde noch lang nicht gekommen, bisher hatte er ihr nicht einmal besondere Beachtung geschenkt.

Natürlich glaubte Maromba wie alle anderen, die in dieser Versammlung gesessen hatten, daran, dass man Bündnisse schließen und dass es möglich sein musste, den Kampf auf eine breitere Basis zu stellen, auch an – ja warum eigentlich nicht – Revolution, die Revolte, die Tag für Tag in den Favelas zu spüren war und hier und dort auch in Konflikten zum Ausdruck kam. Er hatte selbst schon einmal versucht, mit Toninho Pega-Leve ins Gespräch zu kommen, dem früheren Chef auf dem Hügel, der mit 22 in einer dieser Schießereien ums Leben gekommen war. Sein Nachfolger, Charles, Carlinhos, genannt Marra, hatte sich auch immer mal wieder ein bisschen empfänglich gezeigt für ein paar dieser Ideen von der sozialen Gerechtigkeit. Einmal hatte Carlinhos sogar über Kuba geredet. Nichts Besonderes, aber so etwas wie »Ja, dieser Fidel, der ist in Ordnung«. Immerhin. Kurz danach hatte er erfahren, dass SdP den Fans von

Flamengo eine Fahne spendiert hatte, auf der über den roten und schwarzen Streifen des Fußballvereins dieses klassische Konterfei von Che Guevara von Alberto Korda prangte. SdP hatte einmal eine solche Fahne im Fernsehen gesehen, sie hatte ihm gefallen und dann wollte er auch so eine haben.

Worte und Begriffe wie »Banditen in Nadelstreifen«, »Ausgrenzung«, »Opfer des Systems« konnte man schon ab und zu in den Gassen der Favela zu hören bekommen. Auch in Interviews, die der eine oder andere Bewohner manchmal im Fernsehen gab. Ganz zu schweigen von den jungen Leuten, die sich in Theaterprojekten engagierten oder Rap machten. Klar, die meisten ihrer Texte drehten sich um Sex und Schweinkram, aber der eine oder andere wagte sich schon einmal weiter vor mit Texten gegen Drogenkonsum und Verbrechen, wobei die Entscheidung der *brothers*, die es vorzogen, »im Untergrund« zu leben, immer gerechtfertigt wurde. »Das Schreibzeug der Ausgestoßenen ist die Waffe« – Maromba murmelte den Refrain eines der meistgehörten Raps in der Favela vor sich hin.

Doch all diese Zeichen der Revolte waren zwar ermutigend, aber sehr schwach und schon gar nicht verlässlich. Wie hieß es doch hier auf dem Hügel so schön: Es war keine Kraft darin zu spüren. Die aggressivsten, die heftigsten Worte waren nur Schmetterlinge, die ein paar zornige oder politisch bewusste Bewohner im Flug aufgeschnappt hatten: aus dem Fernsehen, aus Politikerreden. Und irgendwann waren sie aufgenommen worden in das Repertoire der Leute, wurden wiedergegeben auf Spruchbändern, Plakaten, Parolen.

Worte, die Sinn machten und natürlich auch der Versuch waren, den Grund dieses Elends zu erfassen. Sie wiesen in eine richtige Richtung. Doch sie waren zerbrechlich, fand Maromba, hatten kein Potenzial für wirkliche Flüge.

Ließen die Leute sie in die Luft, in Interviews, auf Protestversammlungen – ja auch so etwas gab es ja ab und an in ihrem Viertel –, dann gewannen sie nie wirklich Höhe, führten zu nichts, blieben einfach nur stehen, flatterten ein wenig herum, gefangen in einer unsichtbaren Falle, und flogen direkt hinein in das erstbeste Schmetterlingsnetz. Es fehlte ganz einfach an einer sozialen Organisation, die all diesen Worten Struktur hätte geben können, sie verstärken und zu einer permanenten Belästigung der feinen Ohren in der Regierung und der Eliten machen könnte.

Worte flogen umher, chaotisch und zufällig, wie verlorene Kugeln bei einer Schießerei: Tödlich konnten sie schon sein, doch eine Richtung war nicht zu erkennen, keine politische Intention – wie es dieser Langhaarige ausdrücken würde. So korrekt und stark sie auch sein mochten, am Ende hingen sie, wie auf Stecknadeln aufgespießt, in irgendeiner einzelnen Reportage oder einer Unterschriftensammlung, die vergessen in einer Schublade endete. Wie Schmetterlinge, die in Glas gegossen zu Briefbeschwerern wurden, die die ausländischen Touristen so liebten.

Maromba hatte auch schon versucht, mit Rappern ins Gespräch zu kommen, dabei aber nur wenig erreicht – seine guten Kontakte zu den Behörden, den NGOs aus dem Südteil der Stadt, zur Presse und zur Erzdiözese wurden hier eher misstrauisch beäugt, von einem Bündnis war er noch sehr weit entfernt. Aber im Moment war das Wichtigste, sich auf das vorzubereiten, was zu tun war, was er antworten würde, wenn Joanas Freunde ihn tatsächlich fragten.

»Diesmal soll Gott mir den Weg weisen und nicht der Teufel.«

Haus

In dem kleinen Raum der Wohnung in Lapa, einer Zweizimmerwohnung, die der CR als Büro diente und als Unterkunft für Aktivisten von außerhalb, öffnete Pillar eine Flasche Bier, goss zwei Gläser ein und stellte Fragen. Viele Fragen. Um zu erfahren, was Célio von dem Treffen mit Maromba hielt.

»Können wir den Hasen aus seinem Busch locken?«

Pillar liebte solche altertümlichen Ausdrücke, denn damit könne er, meinte er, ein wenig der stereotypen Sprache der revolutionären Linken entkommen, und zugleich fügte er so seiner Rede einen Hauch von historischer Verbundenheit mit der Weisheit des Volkes hinzu. Aus Sicherheitsgründen war er nicht selbst auf der Versammlung gewesen. Erst wollte er abwarten, ob Maromba sich auch formell ihrer Gruppe anschloss. Célio nahm einen Schluck Bier und machte den Eindruck, als habe er gute Nachrichten.

»Der Typ hat Substanz. Und es sieht aus, als habe er sogar einen brauchbaren theoretischen Hintergrund. Wenn man bedenkt, dass er sein Leben lang in der Favela gelebt hat, ist er sogar überraschend gut. Er spricht ordentlich, macht fast keine Fehler, hat, wie ich, noch ein Hühnchen mit dem Katholizismus zu rupfen, und war deswegen wohl erst einmal etwas erschrocken über unsere Organisation. Ich hab mich voll ins Zeug gelegt. Sogar Geraldo Vandré habe ich zitiert – Wer Bescheid weiß, nutzt die Stunde –, verflucht noch einmal ... Eingeschleimt hab ich mich, das gebe ich zu, aber ich glaube, es hat funktioniert. Ich habe ziemlich auf diesem Interview herumgeritten, das er gegeben hat – das war witzig, ich habe ihm die ganze Zeit eingeredet, wie sehr *wir* mit *seinen* Positionen übereinstimmen. Also, ich hab die ganze Zeit so getan, als seien die Vorschläge von ihm, aus dem Volk. Er schien sogar ein bisschen stolz darauf zu sein. Jetzt müssen wir dran bleiben, nicht locker lassen, so tun, als sei es bereits beschlossen, dass er bei uns mitmacht.«

Pillar war auch dieser Meinung. Der Weg musste jetzt weiter gegangen werden. Es war schließlich bereits ihr dritter Versuch. Die beiden ersten waren jeweils in einem frühen Stadium gescheitert. Beim ersten Mal hatte die CR noch kein Gespür für die Realitäten im Drogenmilieu gehabt. Sie waren knapp mit dem Leben davongekommen, denn man hatte sie für Zivilbullen gehalten. Beim zweiten Mal war der Vertreter des Viertels schuld gewesen, der den Kontakt zu den

Drogenbossen hatte herstellen sollen – das war ein Feigling gewesen, ein Maulheld der Revolution, war vom Hügel fortgezogen und, schlimmer noch: Als ihm klar geworden war, auf was er sich eingelassen hatte, war er ganz aus Rio abgehauen.

Wegen dieser Fehlschläge musste nun mit ganz besonderer Vorsicht vorgegangen werden. Noch ein Misserfolg konnte das Ende aller Pläne der CR bedeuten. Alle Beteiligten – Célio und Joana vor allem – mussten nun in die zweite Phase ihres Projekts gehen: den Bau des Hauses bis zum Ende des kommenden Monats. Joana war sehr gut gewesen in der Beschaffung von Geld und bei der Mobilisierung von Sponsoren und Unterstützern von außen. Und dadurch hatte sich auch Maromba engagieren müssen, denn wenn er jetzt nicht mitmachte, würde er einen Teil seines politischen Gewichts in der Favela einbüßen.

Das Haus würde die Basis ihrer Arbeit darstellen. Ein Bezugspunkt sein für die Bewohner der Favela und eine Fassade für die Legalisierung von Geldern. Und vor allem würde es die Anwesenheit der Revolutionäre von *draußen* rechtfertigen. Eine weitere NGO in einem Armenviertel von Rio würde nicht weiter auffallen – nicht einmal der Polizei, die sich allmählich an deren Anwesenheit auf den Hügeln gewöhnt hatte.

Propheten

Sonntag. Fußball? Gutes Essen? Strand? Nachmittags grillen? Nein, Sonntag heißt Wochenenddienst. Schlimmer noch, Frühdienst. Vom Wecker aus dem Schlaf gerissen werden, um acht Uhr in der Redaktion sein. Gibt es Schlimmeres? Sicher, selbst Botafogo hat schon schlechter gespielt – Cremílson und Puruca, die Luschen. Es gab schon Zeiten, da hatte er, je nach Terminkalender, sogar am heiligen Sonntag im Anzug und Schlips in der Redaktion erscheinen müssen – verkleidet wie ein Mormone, am liebsten hätte ich mir eine

Bibel unter den Arm geklemmt, dann hätte sich wenigstens niemand über meine Verkleidung gewundert. Also Kopf hoch, Mann. Immerhin hast du heute keinen Dreiteiler an. Freue dich. Nicht weil dir Gutes geschieht, doch immerhin ist es nur das kleinste der Übel.

Der Tag lässt sich ruhig an und deprimierend. Nur eine Eröffnung auf dem Terminkalender. Um 10 Uhr: Mitanambu, ein neues Projekt in Mirandão, einer Favela irgendwo in der Gegend von Leopoldina. Wichtig. Kam von ganz oben, aus der Redaktionsleitung. Zeichen der Zeit, denkt Fontoura. Früher hatte man ihn von ganz oben immer nur zu Unternehmerverbänden geschickt oder zu Presseterminen der Erzdiözese. Amtseinführung am Sitz des Industrieverbandes oder der Einzelhändlervereinigung, Prozessionen, die Messe zu Ehren des Heiligen Franziskus von Paula, dem Schutzheiligen der Zeitungsverkäufer – mit denen musste man sich schließlich gut stellen, denn sie verkaufen unsere Zeitung. Jetzt also bekommt die Einweihung eines Sozialzentrums in einer Favela schon den Segen eines obligatorischen Pressetermins. Es geht doch nichts über die Angst vor Entführung oder davor, überfallen zu werden. Nun haben also auch diese Typen kapiert, dass es arme Leute gibt in Rio. Dekadenz kennt keine Grenzen: Mein Sonntag beginnt damit, dass man mich auf höchsten Befehl zu den Armen schickt. Fehlt nicht viel, bis es makaber wird.

Die Pressemitteilung – sieh an, sogar Presseabteilungen haben sie inzwischen in ihren Selbsthilfeprojekten – informiert, dass Mitanambu »Haus der Freunde« bedeutet, in irgendeiner afrikanischen Sprache. Es sei ein Selbsthilfeprojekt zur Förderung der beruflichen Bildung von Jugendlichen aus dem Stadtviertel und werde Kurse in Musik, Kunst und Computer anbieten. Außerdem sollen dort Vorträge über Sexualität, Bürgerrechte und den Arbeitsmarkt stattfinden.

Also wie immer, fasste Fontoura zusammen. Ein weiterer gut gemeinter Versuch einiger gut situierter junger Leute, die, weil sie nichts Besseres zu tun haben – wie wär's denn mal mit Ficken, zum Beispiel –, aus lauter Langeweile einmal pro

Woche den Hügel hinaufsteigen, um den Armen zu zeigen, wie man Pariser über eine Banane zieht.

Schlimmer sind nur noch die in Rio gestrandeten Gestalten aus Bahia, die den Jungs aus den Armenvierteln unbedingt Trommeln beibringen wollen, als seien sie daheim auf ihrem *Pelourinho*. Verflucht sei Paul Simon, der diese Typen damals aus der Gosse geholt hat. Kam nach Brasilien, hat ein einziges Stück hier aufgenommen, einen Arsch voll Geld eingesackt und sich dann schnell verkrümelt. Wenn er diese Schwachköpfe so toll fand, warum hat er sie dann nicht gleich mitgenommen? Alle zusammen am besten. Alle Bahianos. Da könnte er dann mal sehen, was er davon hat. Wenn sie zu spät zum Konzert kommen und sagen »Ach Paulinho, ich bin heut bissi müde, könn' wir nicht andermal spielen?«, »Paulinho, wo gibt's hier Dendê-Öl zu kaufen?« Aber nein: Er kam, hat diesen Leuten Flausen in den Kopf gesetzt und sich schnell wieder verpisst. Und was das Schlimmste ist: Diese Trommelschläger haben sich vermehrt, über die Grenzen von Bahia hinaus ausgebreitet und sind nun zu großen Vorbildern für die Leute in den Favelas von Rio geworden.

Beim Anblick des Mitanambu-Zentrums – einem einfachen, aber solide gebauten Haus – und all der Unternehmer und Künstler, die auf den Beginn der Eröffnung warteten, dachte Fontoura, dass man mit diesem NGO-Kram wahrscheinlich sogar Geld machen konnte, richtig Kohle verdienen. »Warum mache ich nicht selbst so was auf?«, überlegte er.

Das Gebäude war gute 50 Meter hinter dem ersten Haus der Favela gebaut worden, vier Häuser hinter dem der Einwohnervertretung. Es gab einen kleinen Eingangsbereich, ein Klo, eine Teeküche und zwei weitere Räume. Einen kleineren mit ungefähr zwölf Quadratmetern, an dem »Neue Herausforderung« stand – das war der Internetraum, in dem sechs alte Computer, die irgendein multinationaler Konzern gespendet hatte, standen, die nun zur »Verbindung der Community mit der globalisierten Welt« werden sollten. Der andere, kaum größere Raum war der Veranstaltungsraum, das Auditorium, wo später Vorträge gehalten werden sollten und wo nun die Eröffnung begann.

Trotz seiner Einfachheit fiel das gelb gestrichene Haus in der chaotischen Ansiedlung von unverputzten oder mit roher Kalkfarbe getünchten Häuschen auf. Das Geld für den Bau, stellte Fontoura fest, kam von einer ausländischen Organisation mit Sitz in Frankreich, die irgendwie mit der katholischen Kirche verbandelt war. Dieser Verein, »Affamés du Monde«, hatte sich auch verpflichtet, zwei Jahre lang den größten Teil der Kosten der neuen Einrichtung zu übernehmen.

Der erste Teil seiner Arbeit war getan. Fontoura hatte den Vorsitzenden der Bewohnervereinigung interviewt, den Vertreter von *Affamés*, einen der Unternehmer, einen Künstler – »natürlich aus Bahia…« – und hatte selbstverständlich eine Bewohnerin zu Wort kommen lassen. Mütter müssen immer in diese Art von Bericht hinein – sie sagen dann, dass jetzt alles besser wird, dass ihr Kind lernen wird, mit Computern umzugehen. Ätzend ist immer nur, wenn sie dann anfangen zu jammern, dass das eigentliche Problem diese riesige Abwasserrinne sei, die den ganzen Hügel hinabführte: Über so etwas schreibt ihr natürlich nie. Ihr kommt immer nur her, wenn es was zu feiern gibt, aber die wirklichen Schweinereien, die sich direkt vor unseren Haustüren abspielen und unsere Kinder krank machen, darüber schreibt ihr nie etwas!

Während Fontoura noch seine Gesprächspartnerin belog – ja, er würde versuchen, ihr Anliegen in den Artikel einfließen zu lassen, aber Sie wissen ja, wie das ist, die Chefs … ich werde das schreiben, aber ich kann Ihnen nicht garantieren, dass es veröffentlicht wird –, hielt ein kaum ein Meter 60 großer Schwarzer mit muskulösen Armen, die die Ärmel seines T-Shirts zu sprengen drohten, eine Rede.

Er sprach von der Bedeutung des Zentrums, von der Verpflichtung gegenüber der Bevölkerung des Mirandão, bedankte sich für die gespendeten Computer, Tische und Stühle, alles Spenden von Unternehmern; dies sei ein ganz besonderer Augenblick, hob er hervor, die Begegnung von Menschen, die in einer einzigen Stadt, die doch so zerrissen und so ungerecht sei, so weit voneinander entfernt lebten.

In beiden Händen hielt er eine grün-gelb-schwarz-rot gestreifte Wollmütze und sagte, dies sei ein guter Moment, über das Wohin einer Gesellschaft nachzudenken, die zwischen Elend und Gewalt aufgerieben werde. Sie alle sollten ihr Gewissen befragen, inwieweit sie selbst Teil dieses Problems seien. Nun gut, aber heute seien sie schließlich hier zusammengekommen, um den Beginn einer neuen Etappe zu feiern, in der Solidarität an die Stelle des Egoismus treten werde. Maromba beendete seine Ansprache mit einem Bibelzitat aus dem Buch Jesaja: »Lernet Gutes tun, trachtet nach Recht, helft den Unterdrückten!«

Das Gesicht kam Fontoura bekannt vor, er meinte ihn irgendwoher zu kennen, aus dem Fernsehen vielleicht. Ich habe diesen Kerl schon mal gesehen, wie er ein Interview gegeben hat, mit diesem lächerlichen Mützchen auf dem Kopf. Als er das Bibelzitat hörte, ärgerte sich Fontoura noch mehr – diese Jesustypen sind widerlich, überall hängen sie sich rein, schlimmer als sie ist nur das Getrommel von *Olodum*. Und diesmal liefen Fontouras Gedanken und die Realität derart synchron, dass die Jungs vom Olodumrandão, dem *Afro-Bloco* aus der Favela, genau in diesem Augenblick anfingen zu spielen.

«Ich warte schon einmal im Auto«, sagte er zu Madureira und eilte hastig den Hügel hinunter.

Verbindungen

Pillar saß alleine im Wohnzimmer seiner Wohnung in der Rua Cândido Mendes und kritzelte etwas auf ein Blatt Papier. Ein paar Linien nach oben, nach unten – sein ständiger Versuch, aus dem Kopf das Wappen des Fußballclubs Fluminense nachzuzeichnen, das komplizierte Symbol nachzuempfinden, mit all diesen Farben und den imponierenden, elitären Buchstaben in Serifenschrift. Es war eine Art Obsession, die ihn seit seiner Kindheit verfolgte.

Eine halbwegs befriedigende Version würde er nie hinbekommen, das hatte er irgendwann eingesehen. Nie würde er dieses dreifarbige Wappen zeichnen können, die Farben, die für Tradition stehen. Mit zwölf hatte er erkannt, dass er auf die Fans von CR Vasco da Gama oder von Botafogo neidisch war: Ein Malteserkreuz, ein einsamer Stern, fertig, der Ehre des Lieblingsvereins war Genüge getan.

Ab und zu überraschte er seine Hand dabei, wie sie, wie auch jetzt wieder, einen Moment der Zerstreuung missbrauchte, um die Suche nach den richtigen Kurven und Linien wieder aufzunehmen. In diesen Momenten lachte er über sich selbst, wie ein Alter, der in seiner Milde über die Streiche seines Enkels hinwegsieht. Diesmal war es seine Hand, die unartig war, er selbst also. Aber es war auch ein Zeichen, dass nicht einmal er alles kontrollieren konnte. Nicht einmal die Bewegungen seiner eigenen Hand.

Nein, zu kontrollieren war die Hand nicht, aber sie ließ sich einbinden. Die Fußballbegeisterung führt zu bewusstem Gekritzel, darauf fußt ein Gedankengang, der wiederum bringt einen logischen, rationalen Prozess in Gang. Das Papier wird zum Träger seiner Gedankenspiele. Und damit folgt die Hand doch seinem Willen. Gelegentliche Einbrüche von Optimismus lassen Verbindungslinien zwischen bis dahin isoliert stehenden Kreisen entstehen. Und diese Verbindungslinien werden still und leise bewundert. Sie stehen für Synthesen, mögliche Gemeinsamkeiten von Ideen und Zielen.

Pillar entwirft Szenarien auf dem Papier, formuliert Ziele, erörtert verschiedene Möglichkeiten. Die gesamte jüngere Vergangenheit aller Kämpfe der revolutionären Linken muss auf den Prüfstand und neu bewertet werden. Die Gründe erkennen für begangene Fehler, Voluntarismus, Isolation. Erkennen, warum all die Ideen, die zur Befreiung des Volkes führen sollten, am Widerstand genau dieses Volkes gescheitert sind. Die Analyse muss akribisch sein. Doch: Die Kritik muss umschlagen. In Aktion. Man muss Brücken bauen, Punkte miteinander verbinden. Bündnisse schließen.

In vier Jahren ist viel erreicht worden. Eine Struktur ist entstanden, es sind Zentren entstanden. Es ist sogar gelungen, Kontakt zu einigen Köpfen der FARC in Kolumbien aufzubauen. Einen Monat lang war Pillar in San Vicente del Caguán gewesen, der heimlichen Hauptstadt des von der Guerilla kontrollierten Gebietes. Dort, mitten im kolumbianischen Urwald, hatte er einige mittlere Kader der Guerilla treffen können – die mehr zugehört als gesagt hatten: Nein, Compañero, materielle Unterstützung für die Revolution in Brasilien ist leider nicht drin, wir haben selbst genug Probleme bei uns. Immerhin hatte er ein paar Publikationen ergattert, Erfahrungen austauschen und in einem Lager der Guerilla übernachten können. Genug, um zu erkennen, wo die Unterschiede lagen zwischen einer echten Guerilla und dem Aufstand, den sie in Brasilien in den sechziger und siebziger Jahren versucht hatten.

Der größte Fehler dieser gescheiterten Revolutionäre war nun bereinigt: Dieses Mal würde die Revolution nicht als ein fertiges Rezept daherkommen, das man einfach so in der Apotheke abgibt. Dieses Mal wird die Idee einer solidarischen Gesellschaft und ihrer sozialen Gedanken nach und nach aufgebaut, auf der Grundlage von Erfahrungen anderer Gruppen, die bereits in der Bevölkerung verankert waren.

Ungefähr wie in der Fokustheorie – nicht einfach loslegen und auf den unwahrscheinlichen Fall warten, dass die Bevölkerung sich spontan der Revolution anschließt. Vielfalt der Vorgehensweisen, Bündelung der Ziele – so malte er es sich aus. Ein langsameres Vorgehen, für einige wahrscheinlich zu langsam. Aber Erfolge zeichneten sich ganz deutlich ab.

Die Proteste der Bevölkerung hatten zunehmend Substanz, auch das, was einzelne Leute für sich in Anspruch nahmen, und sogar die Texte der Rap-Musiker. Mehr und mehr wurde Polizei gleichgesetzt mit dem Staat, dem Staat als Unterdrücker, als rassistisches, ausgrenzendes Instrument der

Eliten. Die Polizei war eine große Hilfe. Denn jede Razzia, jeder Übergriff, jedes Mal, wenn wieder jemand erschossen wurde, hatte dies mehr Effekt als Stunden und Stunden der revolutionären Katechese.

Die Übergriffe der Polizei erklärten alles ganz einfach und ganz unmittelbar. Es brauchte dann keine Worte mehr über die ideologischen Apparate des bürgerlichen Staates, denn die Leute bekamen deutlich zu spüren, auf welcher Seite die Polizei stand. Auf der anderen nämlich. Auf der Seite von *denen*.

Die große Frage, die sich dem anschloss, war allerdings, wie man diese Empörung in revolutionäres Bewusstsein überführen konnte. Wie man die Phase des Linienbusse-in-Brand-steckens, des Der-herrschenden-Klasse-die-Zunge-herausstreckens, dieses »passt bloß auf, bis wir irgendwann zu euch herunterkommen« auf eine höhere Stufe transferieren konnte. Und dann war da noch das mit dem Individualismus, von dem Maromba nach Célios Schilderung gesprochen hatte, der Traum, es im Leben doch irgendwie und irgendwann einmal zu etwas zu bringen. Naja, an diesem Punkt war noch zu arbeiten, diese Tendenz musste natürlich umgekehrt werden. Es war wie ein Kampf gegen eine reißende Strömung. Man durfte nicht blind dagegen ankämpfen, wie es die Alten seit drei Jahrzehnten taten, sondern musste quer zu ihr schwimmen, sie nutzen.

Die ideologische Arbeit durfte dabei selbstverständlich nicht vernachlässigt werden. Man musste diesen Menschen schon zeigen, dass die Gesellschaft ihnen nichts zu bieten hatte außer einer Existenz als Dienstbote oder Drogenhändler. Ja, es gelang dem einen oder anderen sogar, als Sambamusiker Geld zu verdienen oder als Fußballspieler oder auch – das allerdings seltener – durch hervorragende Leistungen in der Schule. Die berühmten Ausnahmen, die die Regel von der Ausgrenzung nur bestätigten. Solche Inhalte mussten transportiert werden und in den Diskussionen mit den Jugendlichen stets mitschwingen.

Aber Pillar wusste auch, dass dies nicht genug war. Die

Anführer der »Bewegung« saßen eingeigelt in ihren befestigten Positionen auf dem Hügel und würden ihre Macht nicht so mir nichts dir nichts gegen die Aussicht auf bessere Zeiten, die Revolution, eintauschen. Es war alles viel komplizierter, erforderte viel Pragmatismus und Improvisation. Viel Pragmatismus und viel Diplomatie. Schließlich hatten sie es hier mit kleinen Staatschefs zu tun. Echten kleinen Staatsgebilden mit eigenem Territorium und eigener Armee. Genau genommen sogar mit einer eigenen Währung, denn verdammt, Waffen und Shit, das sind doch Werte!

Das Bündnis würden sie nicht umsonst bekommen. Sie mussten schon mit der Aussicht auf noch mehr Macht, noch mehr Gewinn winken. Einer Art Allianz, einem Vertrag zwischen zwei Staatsgebilden. Nach und nach und im Verlauf des Prozesses würde das Volk sich dann organisieren und sich seiner Macht, seiner historischen Bestimmung als historischem Subjekt bewusst werden und den ihm zustehenden Platz einnehmen. Diesen diplomatischen Ansatz galt es nun zu skizzieren – die einzelnen Punkte verbinden, Bündnisse schließen. Pillar erinnerte sich an einen Satz, den sein Großvater, ein früherer Immobilienmakler, immer gesagt hatte: Ein Geschäft ist gut, wenn es beiden Seiten nützt. Er hatte viele Leute damit hereingelegt, der Alte. Diesmal aber ging es nicht darum, jemanden hereinzulegen, sondern darum, Wege zu finden und geschickt die Klippen im Wasser zu umschiffen.

Die wichtigste Investition war Maromba. Er war der Schlüssel für alles, was die CR plante. Er würde sie zu den Herren über die Hügel und zu ihren Waffen führen. Von dem Moment an, in dem diese Waffen zur Verfügung standen, würde alles viel einfacher sein. Und man musste diese Waffen nicht einmal mehr umdrehen, denn der Feind blieb derselbe: Die Polizei, die gegen den Drogenhandel vorgeht und Leute verprügelt, misshandelt. Dieselbe, die gegen eine Revolution in Bewegung gesetzt werden würde. Das musste eines ihrer Prinzipien sein. Die Vorstellung eines gemeinsamen

Feindes. Schwieriger würde es werden, einen Zeitplan zu entwerfen, der beiden Seiten gerecht würde.

In der ersten Phase durfte vor allem so wenig Aufsehen wie möglich erregt werden, damit nicht die Armee auf den Plan gerufen wurde. Pillar wusste, dass die ärmeren Bevölkerungsschichten der Armee immer noch einen gewissen Respekt entgegenbrachten, auch wenn die CR ständig darauf hinwies, dass auch die Armee sich erst kürzlich an Aktionen gegen den Drogenhandel und das organisierte Verbrechen beteiligt hatte.

Natürlich waren diese Aktionen nichts weiter als Inszenierungen vor den Wahlen gewesen. Für die Mittelklasse. Doch sie hatten genügt, um einen Teil der Bevölkerung in der Favela den starken Arm der Armee spüren zu lassen. Inszenieren aber konnte auch die CR: Fotos von Soldaten, die Kinder durchsuchten, von Geschützen, die auf Wohnviertel zielten, wurden auf den Versammlungen mit den Bewohnern gezeigt. Der Feind ist derselbe, der Feind ist immer derselbe, egal welche Uniform er trägt, egal ob sie blau ist oder grün.

Pillar zog einen großen Kreis um die Skizzen, die er auf das Papier gekritzelt hatte. Damit gehörte alles zu einem großen Zusammenhang, alles befand sich innerhalb einer einzigen Logik. Jetzt müssen nur noch die Verbindungen stimmen. Doch es ist ja alles schon da. Für einen kurzen Moment kam er sich vor wie ein Fußballtrainer in der Kabine, der eine unfehlbare Taktik vorgibt. Die geschlossene Abwehr, der Mittelfeldspieler, der die Gegner stoppt und den Schuss vorbereitet, der Stürmer, der ihn umsetzt. »Man muss die Gedanken des Gegners mitdenken, Fußball ist ein Überraschungsspiel«, sagte er zu sich selbst auf dem Weg zum Fernseher. Gleich war Anpfiff.

Richtigstellung

A*nders als auf Seite 14 in einem Teil unserer gestrigen Auflage gemeldet, lautet die korrekte Übersetzung des Namens der Organisation* »Affamés du Monde« »Hungernde der Welt«.

»›Prominente der Welt‹ – so heißt wahrscheinlich der Puff, in dem deine Mutter verkehrt hat, du Arschloch!«

Acht Biere später hing dieser Satz von Raimundo immer noch in Fontouras Gehörgängen. Schuld ist nur dieses Flittchen vom Fernsehen, das behauptet hatte, dass sie Französisch kann, dass sie in der Alliance Française studiert hätte. Schlimmer noch war, dass sie es im Fernsehen dann richtig gebracht hatten: »Hungernde der Welt«. Klar, beim Fernsehen gab es bestimmt irgendwo eine Schwuchtel, die tatsächlich Französisch konnte. Nur ich Idiot habe mal wieder dieser Schlampe vertraut und bin der Gekniffene. Irgendwann haue ich noch einmal in den Sack, schmeiße alles hin. Und dann geb ich Französischunterricht.

Marra

»... **U**nd ich kümmere mich um meinen eigenen Scheiß, das ist schwierig genug.«

Der Satz klang definitiv, unumstößlich. Marra hatte keinerlei Interesse an einem Gespräch mit Marombas Freunden.

»Hör doch auf, weiß sein zu wollen, Maromba. Was für'n Scheiß is' das mit dem Freund da, der mit mir sprechen will? Was soll das mit den Waffen? Was hab ich denn davon? Hab genug Stress mit den Bullen, denen aus Alemão, den ›Terceiro‹. Und was laberst du mir hier von Freunden, von Kämpfen? Verdammt!«

Marra saß in einer Ecke auf der Terrasse seines Backsteinhauses und zog sich noch eine Linie. Maromba schwieg. Er kannte diese Logik und dieses Verhalten. Wenn er es jetzt überspannte, war jede Chance vertan. Ein paar Minuten abwarten, und dann wollte er eine neue Idee ins Gespräch bringen – so hatte er es auch mit Célio abgesprochen. Nichts überstürzen, nur ein paar Andeutungen machen.

»Also, Maromba, was springt für mich dabei raus?«

Macht, dachte Maromba.

»Stärke«, antwortete er. »Mehr Respekt. Du wirst stärker sein. Meine Freunde haben einiges drauf ... Sie stehen auch auf der anderen Seite und bewegen sich doch ohne Angst durch die Stadt. Laufen einfach so auf den Straßen herum, können verreisen. Die müssen sich nicht hier verkriechen wie du, den ganzen Tag Stress, immer das Risiko, dass die Bullen hier aufkreuzen und Razzia machen.

Die Typen können dir neue Kanäle öffnen, aber sie brauchen dazu deine Waffen und deine Leute. Eine Hand wäscht die andere.«

Vorsichtig versuchte Maromba nun, in einer Sprache, die auch Marra verstand, grob zusammenzufassen, wie sich die Führung der CR ihre Strategie vorstellte – er war inzwischen in die Organisation aufgenommen, als Sub-Koordinator für Basisorganisation.

Fast einen Monat hatte Maromba gebraucht, um diese Entscheidung zu treffen, war sogar ein paar Verabredungen mit Célio aus dem Weg gegangen. Es lief doch gerade alles so gut – seine Position war gefestigt, er war ständig in den Medien, hatte Ansehen, sogar in manchen akademischen Kreisen, war sicher, dass man ihn bei den Kommunalwahlen aufstellen würde, und sogar der Kardinal hatte sich ein wenig beruhigt. Alles lief wie am Schnürchen. Aber ihm war auch klar, dass er nicht anfangen durfte, diese ganze Struktur durcheinanderzubringen. Die Typen von der CR hatten Einfluss, hatten ihre Finger in verschiedenen NGOs überall in den Favelas von Rio. Sie waren im Stande, sein Prestige zu beschädigen, seine Aussichten auf eine Kandidatur. Sie hatten die

Macht, ihm den Boden zu entziehen, einige der Wege zu untergraben, auf denen er sich inzwischen sicher durch die verschiedensten Milieus bewegte.

Und natürlich war da auch ein gewisser Stolz, dass man ausgerechnet ihn auserwählt hatte. Das war schließlich auch eine Anerkennung seiner Führungsqualität, seiner Fähigkeit zur Kommunikation, Bündnisse zwischen den verschiedenen Seiten der besagten geteilten Stadt zu schmieden. Maromba war sich bewusst, dass das Bündnis mit der anderen Seite, der offiziellen, der Seite der Regierung – oft beschworen und angekündigt – zu nichts führen würde. Niemand verzichtete freiwillig auf irgendetwas. Im besten Fall sprang dabei eine Gesundheitsstation heraus, ein paar Dinge für die Grundschule, das Versprechen, ein paar Arbeitsplätze zu schaffen und dass die Polizei etwas weniger gewalttätig sein würde.

Ein System, das seine Beschränkungen hatte, ihm aber im Verlauf der vergangenen Jahre eine gewisse Bekanntheit eingebracht hatte. Er war sichtbar geworden. Man hatte ihn sogar einmal als Brücke bezeichnet, die die geteilte Stadt wieder zusammenführte: »Maromba – eine Brücke über die Gräben« war eine Reportage in einer Wochenzeitung überschrieben gewesen. Er allerdings wusste, dass diese Brücke, aus Staatsgeldern errichtet, nicht weit genug reichte. Wahrscheinlich mussten jetzt neue Verbindungen her.

Maromba war bewusst, dass er, wenn er sich dem revolutionären Projekt anschloss, alles aufs Spiel setzte, was er erreicht hatte. Selbst das Leben, dass er sich mit Kátia und den Kindern aufgebaut hatte. Aber ihm war auch klar, dass er sich damit für eine politische Haltung entschied, die seiner Person entsprach und zu dem Weg passte, den er all die Jahre gegangen war. So sehr er auch an den Ideen und Vorhaben der CR zweifelte, so sehr wollte er doch an die Möglichkeit glauben, dass eine radikale Veränderung möglich sei, eine Erlösung auf Erden. Auf das Himmelreich zu warten, war illusorisch – selbst der Kardinal musste zugeben, dass die sozialen Strukturen nicht gerecht waren und verändert gehörten.

Sicher, es gab eine abgrundtiefe Differenz zwischen ihm und dem Prälaten, in den Konzeptionen und vor allem in seinem Verhältnis zur Zeit. Seine Eminenz, pflegte Maromba einigen Freunden aus der Gemeinde zu sagen, arbeitete unter der Prämisse der Ewigkeit, von uneingeschränkt zur Verfügung stehender Zeit. Aber ihm als Aktivisten an der Basis war klar, dass Zeit knapp war. Besser gesagt, abgelaufen, und das Zusammenleben unmöglich geworden war in einer Gesellschaft, die derart auseinanderklaffte. Das Elend, die Perspektivlosigkeit, die Unmöglichkeit, von einem besseren Leben inzwischen auch nur zu träumen, hatten jede Illusion widerlegt, dass eine wie auch immer geartete, über die Jahre in Balance gehaltene, friedliche Koexistenz aufrecht zu erhalten war.

Maromba erinnerte sich an Dinge, die in seiner Kindheit noch von den Müttern – und besonders von seiner Mutter – weitergegeben wurden, Variationen des »Du sollst nicht stehlen«: arm, aber ehrlich. Ehrlichkeit war eine Tugend, die der Armut eine gewisse Würde verlieh und, dank der adversativen Konjunktion »aber«, sie sogar zu einem gewissen Punkt rechtfertigte. Sie waren nicht reich, aber sie konnten mit gutem Gewissen ruhig schlafen.

Auch heute war Ehrlichkeit natürlich nicht aus der Favela verschwunden. Wahrscheinlich war sie dort sogar immer noch stärker präsent als auf der anderen Seite der von ihm verkörperten metaphorischen Brücke. Es gab auch immer noch Mütter und ihre Ratschläge, doch sie hatten an Kraft und Bedeutung verloren angesichts einer Gesellschaft, die sich hartnäckig weigerte, ihren Teil des Vertrages mit den Armen bezüglich der Legalität und der Aufrechterhaltung und Legitimation ihrer Ordnung zu erfüllen.

Ganz im Gegenteil: Reichtum war zunehmend aggressiv und arrogant. Zu erkennen an all den Skandalen, von denen die Seiten der Zeitungen und die Fernsehnachrichten voll waren. Wer sagt denn, dass sich Verbrechen nicht lohnt? Den Jugendlichen in der »Bewegung« war klar: lieber mit 20 schon tot sein, aber Geld gehabt haben, als ein Leben lang buckeln und am Ende kaputt sein und eine Rente bekommen, die fürs Sterben nicht langt. Das relativierte jeden Ratschlag, jeden gut gemeinten Spruch jeder Mutter.

So oder so, er stand nun auf dem Spielfeld. Bereit, den Ball anzunehmen, den die CR ihm jetzt zuspielte. Ihn über die Seitenlinie ins Aus spielen ging nicht. Über die Mittellinie zurückspielen auch nicht. Aus diesem Spiel kam er nicht mehr heraus, auch wenn er nur auf krummen Wegen in diese Mannschaft hineingeraten war. Es war sein Lebensweg gewesen, der ihn in diese Versammlung mit diesen Freunden von Joana geführt hatte. Es war seine Chance, Einfluss zu nehmen, der Welt ein wenig von seinem Rhythmus aufzuzwingen, von seiner Auffassung des Spiels. Es wäre auch nicht richtig, die Revolution wieder einmal denen zu überlassen, die Hunger nur aus ihren Büchern kennen.

Er wusste, dass er aus der ganzen Geschichte nur gestärkt hervorgehen konnte, es sei denn, sie endete in einer totalen Katastrophe. Schließlich war er selbst das personifizierte kleine Wunder, hatte sich nie damit begnügt, einfach Arbeiter zu werden, Schuhputzer oder Drogenkurier, und er hatte es entgegen allen Erwartungen geschafft. Alles, was er erreicht hatte, hatte er geschafft, weil er bereit gewesen war, Risiken einzugehen. Und nun musste er wieder etwas riskieren.

»Genossen, ich bin dabei. Ich habe mir für die Entscheidung viel Zeit genommen, denn ich war mir nicht im Klaren über die Strategie unserer Organisation. Ich habe viel nachgedacht, habe mich mit meiner Basis beraten und mich nun entschlossen, mich dem Prozess anzuschließen. Dieser Kampf ist mehr mein Kampf als eurer«, hatte ein feierlicher Maromba auf einer Versammlung im Büro des Mitanambu verkündet.

Célio hatte Maromba kräftig die Hand geschüttelt und ihn umarmt. Und Joana hatte ihm einen Kuss gegeben, ihm, den sie seit ihrer Kindheit für seine Aktivität in der Favela zu schätzen gelernt hatte.

Geschäfte

Maromba hatte Marra aufwachsen sehen. Hatte dessen Laufbahn aus nächster Nähe verfolgen können, und die war eng verknüpft mit seiner eigenen Geschichte. Sein jüngerer Bruder Henrique war seit seiner Kindheit mit Charles Roberto befreundet gewesen, so hieß Marra damals noch, und sein Leben unterschied sich nur wenig von dem vieler anderer Jungs in der Favela. Sein Vater war weg, die Mutter ging putzen, seine Schwester wurde mit 13 bereits schwanger, er brach die Schule ab, projizierte alle seine Wünsche auf Markenklamotten, die allgegenwärtigen importierten Turnschuhe und die – offiziellen – Trikots der europäischen Fußballvereine.

Banale, nicht sehr originelle Geschichten. Redundant wie die ewig sich wiederholenden Waisenkinder und die unheilbaren Krankheiten in den mexikanischen Soap Operas, die Kátia sich so gerne im Fernsehen anschaute. Henriques Tod – der damals schon Fininho genannt wurde und mit nur 17 Jahren bereits einen kleinen Drogenumschlagplatz betrieb – hatte dem Ganzen noch eine gewisse Dramatik hinzugefügt und das Vertrauensverhältnis zwischen Maromba und Marra verstärkt.

Diese Beziehung gab Maromba auch das Recht, so mit Marra zu sprechen: ganz ernsthaft und ohne jede Umschweife. Marra hatte Respekt vor dem Bruder seines toten Freundes. Er beneidete ihn um die Möglichkeit, einfach so und ohne Angst aus der Favela hinausgehen zu können und dabei sicher zu sein, dass er auch zurückkam. Er hörte ihn gern reden, vor allem, wenn er Interviews gab, im Fernsehen. Er bewunderte seine Redegewandtheit, seine Fähigkeit, einen Sachverhalt gut erläutern zu können, sich mit der Obrigkeit anzulegen und die schärfsten Fragen der Journalisten zu parieren.

Für ihn, Charles Roberto, war Maromba ein bisschen das,

was er selbst gerne geworden wäre. Daher akzeptierte er, dass Maromba fast nie eine Einladung zu einem seiner großen Grillfeste annahm – vermutlich um sich keinem Verdacht auszusetzen, was natürlich leicht geschehen konnte, wenn man ihn Seite an Seite mit dem Chef über Mirandão sah. Und er hörte ihm immer zu, wenn Maromba ihn, was selten genug vorkam, um ein Gespräch bat, selbst wenn das Anliegen so seltsam und, ja, auch gefährlich war, wie dieses Mal. Gefährlich selbst für einen, der so lebte wie Marra.

Maromba erklärte, er habe Freunde, die, wie er, etwas gegen die Polizei hatten. Denen es, wie ihm, gegen den Strich ging, dieses Elend mit ansehen zu müssen, die vielen kranken Kinder, die keine Schule besuchten. Auch seine Freunde wurden wütend, wenn die Polizei auf Arbeiter losging oder den Hügel hinaufstürmte und wie die Barbaren nach allen Seiten um sich schoss. Sie hatten einen Hass auf die Reichen, die Unternehmer, die teure ausländische Autos fuhren und ihren Arbeitern nur einen Hungerlohn zahlten. Auf die Luxusapartments am Strand und die Korruption der Politiker. Und sie haben, wie wir, die Schnauze voll von dem Blabla der Politiker, die immer nur labern und labern und labern, und nichts verändert sich. Und sie waren der Meinung, dass alles anders werden müsse, und dass diese Veränderung von den Anführern der Bevölkerung selbst ausgehen müsse, auch von den Anführern der »Bewegung«.

»Nein, sie sind nicht für den Handel mit Drogen, aber sie sind auch nicht dagegen. Sie finden, dass es ungerecht ist, dass die Leute hier oben auf dem Hügel die Prügel einstecken und erschossen werden, weil sie das Pulver verkaufen, das auch da unten konsumiert wird, wo die Straßen asphaltiert sind. Denn in die Luxusapartments setzt die Polizei keinen Fuß und stürmt auch nicht mit gezogener Waffe in die Residenzen der Reichen. Sie wissen genau, dass die ›Bewegung‹ ein Teil der Gemeinschaft hier oben ist, so oder so. Wer sich ihr angeschlossen hat, hat das getan, weil es nichts Besseres gab. Du, Carlinhos, und deine Männer, ihr seid doch alle hier geboren und aufgewachsen. Eure Mütter, eure Kinder leben hier. Deine Kinder gehen zur Schule, stimmt's? Aber du weißt auch genau, dass es schwer für sie sein wird, später einmal zu studieren. Sie hätten schon längst von hier wegziehen müssen ... Kinder eines Favela-Bosses sind ständig in Gefahr.«

Marra hörte ihm schweigend zu, mit gesenktem Blick. Hin und wieder ließ er eine gewisse Ungeduld erkennen, rieb sich die Hände oder zog imaginäre Linien über den Betonboden. Als Maromba seine Kinder erwähnte, stand er auf und drehte ihm den Rücken zu. Schaute nach unten, den Hügel hinunter. Die Straßen dort unten lagen schon halb im Dunkel, die Kneipen begannen sich zu beleben. Und dann fragte er:

»Also? Was wollen deine Freunde? Und was haben meine Kinder damit zu tun? Diese Freunde da, geben die uns Autos? Nehmen die den Geldsäcken ihre Apartments weg? Schießen sie auf die Bullen? Du laberst doch schon wie einer von diesen Politikern, die manchmal hier heraufkommen. Manche labern nur, die anderen labern und wollen noch dazu Geld. Du weißt, ich kann dich gut leiden, aber das, was du da sagst, das klingt eigenartig ...«

Jetzt stand Maromba auch auf. Er ging ans Geländer der Terrasse und schaute wie Marra auf die Favela hinab. Einige Minuten später lenkte er seinen Blick weiter auf die Straßen, die die Favela umgaben. Vorstadtstraßen, an denen alte Häuser und mehr oder weniger neue Gebäude standen. Kleine Läden, Schulen, unzählige evangelikale Kirchen, Apotheken und Autowerkstätten – darunter einige größere und modernere, spezialisiert auf Reifen oder den Einbau von Stereo-Anlagen. Zwei Supermärkte konnte man erkennen, die Brücke über die Eisenbahnlinie und die Fabriken in der Nähe des Bahnhofs: eine Eisenschmelze, die Verpackungsfabrik und eine, in der Dessous hergestellt wurden.

Ein Stadtviertel, das den Häusern auf dem Hügel schon einmal näher gewesen war – ruhigere Zeiten waren das gewesen und das Zusammenleben war friedlicher. Kinder hatten auf den gepflasterten Straßen Fußball gespielt, Autos gab es damals noch nicht so viele. Es hatte weniger Gitter und Zäune gegeben, die Mauern waren niedriger gewesen, die Häuser offener zur Straße hin, und abends, wenn es kühler wurde, breitete sich das Leben regelmäßig auf den Bürgersteig aus, wenn die Leute ihre Stühle hinausstellten, um frische Luft zu schnappen.

Die Armut nebenan, die Favela, hatte auch damals schon gestört, doch man hatte sie hingenommen mit einem gewissen Pragmatismus, denn diese unmittelbare Nachbarschaft hatte auch Vorteile: Dienstmädchen, Automechaniker, Gelegenheitsarbeiter, Kinder, die einem auf selbst gebauten Schubkarren die Einkäufe nach Hause brachten – der Hügel lieferte billige und ergebene Arbeitskräfte. Und damals herrschte noch das ungeschriebene Gesetz, dass ein Einbrecher niemals in ein Haus in der Nachbarschaft einstieg; man wollte keinen Ärger im Viertel, aus Respekt vor den Nachbarn, aber vor allem, um keine Polizei anzulocken.

Wann genau all dies umgeschlagen war, ließ sich inzwischen nicht mehr nachvollziehen. Es war wahrscheinlich allmählich passiert, und doch viel zu schnell. Jemand, der vielleicht fünf Jahre nicht mehr hier gewesen war, würde vieles nicht mehr wiedererkennen, die Straßen, die Häuser, die Plätze. Letztere waren inzwischen zu Parkplätzen verkommen, längst luden sie nicht mehr zu einem Schwätzchen unter Nachbarn ein. Man blieb jetzt lieber in den eigenen vier Wänden. Auf der Straße war es gefährlich geworden. Die Häuser waren von schweren Eisengittern umzäunt. Fenster, die zum Hügel hinaus gingen, gab es schon gar nicht mehr. Gitter hatten da nicht mehr gereicht. Sie waren zugemauert worden, in der Hoffnung, dass Backsteine auch den Geschossen standhielten. Die Verarmung der Leute auf der einen und das Bedürfnis nach Sicherheit auf der anderen Seite hatten das Viertel hässlich und brutal werden lassen. Die neuen Gitter hatten keine Muster mehr, keine Ornamente wie die alten, die noch an die portugiesischen Wurzeln ihrer ersten Bewohner erinnerten. Heute war alles nur gerade, scharfkantig und objektiv.

Auch jede Sorgfalt in der Gestaltung, alle Details beim Anstrich der Fassaden waren verdrängt worden von der Notwendigkeit, der vorrückenden Kriminalität Einhalt zu gebieten. Die Schritte auf der Straße waren hastiger geworden, man versuchte, schnell an den Toren vorbeizukommen. Wer noch schneller war, dem gelang es, sein Haus zu verkaufen und Nachbarn, Verwandte, die eigene Geschichte hinter sich zu lassen.

Auch die Favela hatte sich äußerlich verändert. Statt Holz war nun Backstein das bevorzugte Baumaterial, und auf die eine oder andere Weise hatten inzwischen auch die Bewohner Strom bekommen und seine lärmenden Zöglinge dazu: Elektrogeräte, Fernseher, Stereoanlagen – die Favela war komfortabler und lauter geworden. Nähme man die Dichte an Elektrogeräten pro Haushalt zum Maßstab, so könnte man zu dem Schluss kommen, dass die Lebensverhältnisse in der Favela dem von Familien der Mittelklasse vergleichbar seien. Doch auch diese Statistik würde lügen, denn trotz der Geräte blieb die Favela das, was sie war: Die Bewohner stapelten sich in ihren zu engen Häusern mit Fußböden aus blankem Beton oder billigen Fliesen, Vorhänge dienten als Türen und trennten das Schlafzimmer vom Wohnzimmer, und in letzteren diente das Sofa nachts als Bett, meist für den ältesten Sohn der Familie.

Die Inneneinrichtung verriet allerdings viel über die herrschenden Vorstellungen vom Wohl einer Familie. Diese fanden ihren Ausdruck im Besitz der besagten Elektrogeräte, im Anstrich der Wände, den Fliesen in Küche und Bad. Eine krude Form der Verschönerung, die in krassem Gegensatz zu dem Zustand außerhalb der Behausungen stand. Fast alle Häuser waren unverputzt und ließen die rohen Backsteine erkennen. Ein lyrisch veranlagter Mensch würde sagen, die Favela stellt ihr Inneres offen zur Schau. Nüchterner ausge- drückt: Wie diejenigen, die ihre Hunde zum Kacken auf den Bürgersteig zerren, entledigen sich die Armen ihres Elends in den öffentlichen Raum hinaus. Wichtig ist nur, was sich innerhalb der eigenen Wände befindet. Die Gassen draußen dagegen waren sogar noch enger geworden, weil die Häuser immer mehr ausgebaut wurden.

Auch die Bewohner hatten sich verändert. Die aus der Sklavenhaltergesellschaft übernommene Unterwürfigkeit, die sich seinerzeit sogar in grotesken Anredeformen ausgedrückt hatte, war zugunsten einer eher arroganten Haltung der Jungen verschwunden. Maromba gehörte noch einer Generation an, die man als Kind hatte am Kopf tätscheln und »Negerlein« oder »schlaues Krausköpfchen« hatte nennen dürfen. Als Jugendliche hatten die Angehörigen dieser Generation noch erlebt, dass Begriffe wie »Schlechtes Haar« oder »Haare wie Stahlwolle« schweigend und teilnahmslos hingenommen wurden, und dass Schwarze, ohne sich der Brutalität der Verse bewusst zu sein, selbst davon sangen, dass man auch jemand Andersfarbigen lieben könne, denn »die Haut färbt ja nicht ab, braunes Mädchen«.

In den zehn Jahren, die Maromba von Henrique, seinem jüngsten Bruder, und von Marra trennten, war ein radikaler Wechsel eingetreten. Die Unterwürfigkeit hatte einer Arroganz Platz gemacht, die auf Revolte basierte und ihren Ausdruck im Rap fand, in den Funk-Konzerten und in Waffen. Selbst die große Mehrheit der Leute, die der »Bewegung« nicht angehörte, übernahm die Ästhetik ihrer Anführer, ihre Art zu sprechen und sich zu kleiden. Damit demonstrierte sie Überlegenheit, im Viertel selbst und auch draußen, auf der Straße. Zumindest in der Gruppe wurden sie so respektiert, manchmal sogar gemocht, zumindest aber gefürchtet, wenn sie das Terrain der Weißen betraten.

Nur der Geruch änderte sich nie. Der immerwährende Geruch der Favela, ein Geruch, der nicht durch das Fernsehen dringt oder ins Kino, der keinem Zeitungspapier anhaftet und keinem Buch. Ein unmenschlicher, beunruhigender Gestank: Ein didaktischer Gestank, denn er macht darauf aufmerksam, dass dort Menschen leben, die diesem Gestank nicht Tag für Tag, Nacht für Nacht ausgesetzt sein dürften.

An den Gestank hatte Maromba sich nie gewöhnen können. Den Gestank, den er, so widersprüchlich es war, als seinen eigenen angenommen hatte. Er hatte schon manchmal Angst gehabt, dass sich dieser Geruch in der Kleidung festgesetzt hatte, am Körper selbst. Unmengen Parfüm hatte er eingesetzt, als er zum ersten Mal als Vertreter der Menschen seines Viertels draußen auf einer Versammlung gewesen war. Als er jung war, hatte ihn der Geruch nach Favela auch daran gehindert, Mädchen von außerhalb kennen zu lernen. Vor dem Sex ein Bad zu nehmen, war zu einer Art Ritual geworden. Doch der Geruch hatte über die Jahre auch eine gewisse Symbolkraft entwickelt. Dass die Situation der Leute sich wirklich verbessert hätte, würde man erst sagen können, wenn dieser Geruch weg war.

Jetzt, wo er hier neben Marra stand, erwähnte Maromba diesen Gestank nicht. Er fragte ihn nur, wie viele Jahre er noch zu leben gedachte, ob er ernsthaft glaubte, eines Tages einmal außerhalb von Mirandão leben zu können, das Privileg zu haben, auch nur eine einzige Nacht einmal in Frieden zu schlafen. Er fragte ihn auch, ob er nicht fand, dass seine Kinder und die Kinder seiner Kinder das verdammte Recht hatten, von einem anderen Leben träumen zu dürfen. Oder waren auch sie bereits jetzt schon dazu verurteilt, sich hier mit ihm, Marra, verkriechen zu müssen? Wie lange war er nicht mehr am Strand gewesen? Wie lang war es her, dass er auf einem anderen Platz Fußball gespielt hatte als auf dem Bolzplatz ganz oben auf seinem Hügel?

»Das nennst du Leben, kleiner Bruder?«

»Es ist mein Leben, verdammt«, antwortete dieser gereizt. »Du redest so schön, aber du steckst doch in derselben Scheiße wie ich. Du lebst auch hier und trampelst auf demselben Scheißboden herum. Deine Kinder gehen in dieselbe Schule wie meine, und wir alle hängen hier rum, im selben Dreck.«

Aus seinen Worten sprudelte Hass. Diese ganze Geschichte ging ihm auf die Nerven. Er hatte keine Lust, dass man ihn zwang, darüber nachzudenken, was er tat und warum. Er tat es eben. Es gab Leute, die wollten Drogen kaufen, also musste es auch jemanden geben, der sie verkaufte. Und er, Marra, musste überleben, musste irgendwie an Geld kommen. Echtes Geld, nicht die paar Almosen, die man den Negerlein hinwarf, wenn sie sich auf dem Bau krumm machten, in der Fabrik, in einer Autowerkstatt. Und wenn man töten musste, um an diese Kohle zu kommen, ja leck mich, dann musste er eben töten. »Mein Leben war noch nie etwas wert, also warum soll ich Rücksicht nehmen auf das Leben der anderen? Soll sich doch jeder um sich selbst kümmern.«

Wenn er deswegen leben musste wie ein gehetztes Tier, im Schlaf hochschreckte, die Pistole unter dem Kopfkissen versteckt hatte, Gorillas vor der eigenen Haustür – ja leck mich doch! Ihm war schon klar, dass er nicht alt werden würde. Er war doch selbst erst zum Herrn über den Hügel geworden, nachdem etliche andere über die Klinge gesprungen und deren Stellen im Kartell frei geworden waren. Wer bei den »12« dabei ist, bei der »Bewegung«, der wird nur alt, wenn er geschnappt wird oder sich ganz zu Anfang schon in die Kirche verkrümelt – und dann noch viel Glück hat.

In den Knast wollte er nicht gehen, und auch kein Betbruder werden, und erst recht nicht sich totschuften und fast nichts dafür bekommen. Jeder auf seine Weise. Das mit den Autos und den Apartments – klar hätte er die gerne. Nicht eins, sondern viele. Irgendwann werden sie sehen, wer hier wirklich ein Kerl ist. Ein Auto zu kriegen, war kein Problem – man braucht nur so ein Arschloch an der Ampel aussteigen zu lassen und die Kiste zu nehmen. Klar, man kann sie nicht lange behalten, denn die Polizei hat ein Auge drauf. Genug aber, um mal zu sehen, wie es ist, so ein bisschen rumzucruisen. Ein Apartment am Strand? Seit wann lassen die da überhaupt Neger rein? Bin ich ein Musiker oder so was? Spiele ich Fußball?

Maromba spürte, dass der Moment gekommen war, einen Schritt weiterzugehen, konkreter zu werden, wie Célio zu sagen pflegte.

»Aber das ist es doch, was wir ändern wollen, verdammt. Du hast lange genug wie eine Ratte gelebt, die Sklavenhütte, das war gestern. Siehst du die Straßen da unten? Da unten müssen wir das Sagen bekommen. Die Straßen, die Häuser, die Läden, das alles wird uns gehören. Wir gehen da hinunter und sagen ihnen, dass nun wir zu bestimmen haben. Dass von nun an jeder Händler, jeder Fabrikbesitzer an uns Steuern zahlen muss. Nicht mehr an die Regierung, nicht an die Stadtverwaltung, an den Staat, an überhaupt niemanden mehr. Was sie früher denen zahlen mussten, das zahlen sie dann uns. Und die Kohle nehmen wir und machen das, was die Schweine schon längst hätten tun müssen: anständige Schulen bauen, Gesundheitsstationen. Wir werden diesen Scheißbach trockenlegen, der hier den Berg runterfließt, und den Fußballplatz da oben in Ordnung bringen. Und wir garantieren den ganzen Leuten da unten dafür, dass es keine Überfälle mehr gibt, keine Einbrüche, keiner wird mehr zusammengeschlagen. Nichts, nichts, nichts. Die wollen doch Sicherheit. Also. Wir geben ihnen Sicherheit – unsere, und die ist besser als die von den Bullen. Auch weil, im Gegensatz zu den Bullen, deine Leute niemandem sein Geld abknöpfen werden, niemand wird mehr ausgenommen. Und du wirst wieder mit erhobenem Kopf dort unten auf die Straße gehen können. Alles, was du hier tust, wirst du dann auch dort unten tun können. Und alle Welt wird Respekt vor dir haben.«

Marra wirkte erschrocken von all diesen Visionen. Er ging auf und ab, schaute SdP in die Augen, der am Fuß der Treppe hockte, dem ganzen Gespräch zugehört hatte und sich dabei einen Joint drehte. Für ihn war das alles ziemlich konfus, aber die Stelle, in der es um die Erweiterung seines Territoriums und seiner Macht gegangen war, die hatte ihm gefallen ... Wieder blieb er stehen und schaute nun den Hügel hinauf.

Maromba spürte, dass sein Reden Wirkung zeigte, Marra nun irgendwie angebissen hatte. Und er riskierte eine Antwort auf die Frage, von der er dachte, dass sie dem anderen durch den Kopf ging.

»An deinem Geschäft wird sich nichts ändern. Das heißt, es wird sogar wachsen. Du machst weiter das, was du machst, nur mit mehr Sicherheit und mehr Ruhe. Für dich und für deine Kunden. Hier wird befreites Gebiet sein.«

Zuversichtlich, dass dies der richtige Weg war, fuhr Maromba fort, dass im Plan seiner Freunde auch der Anschluss von weiteren Favelas vorgesehen war. Menschen, die zusammenarbeiteten, auch beim Verkauf der Drogen. Marra protestierte.

»Was soll das, zusammenarbeiten? Ich verliere mein Territorium und irgendwelche Penner von anderen Hügeln werden hier mitreden können oder was?«

Nein, so war das nicht gemeint, erklärte Maromba, und bemühte eines von Célios Beispielen. Das mit dem Netz: Alle sind miteinander verbunden, aber alle behalten ihre Unabhängigkeit. Sie würden alle mehr Kraft haben, denn sie würden zusammenarbeiten, besseren Stoff einkaufen können und zu besseren Preisen. Sie würden sogar neue Wege erschließen, um Waffen und Munition zu besorgen. Klar, dieses Netzwerk würde aus befreundeten Hügeln gebildet, wo sie sicher waren, dass keine Verräter dabei wären.

»Und die aus Alemão, und die vom *Terceiro Comando*?«

Diese Frage hatte Maromba erwartet.

»Denen tun wir erst einmal gar nichts, lassen sie ganz in Ruhe, unorganisiert, ganz mit sich selbst beschäftigt. Und währenddessen verbünden wir uns, werden stärker. Und wenn wir ganz stark geworden sind, machen wir sie fertig. Glaub mir, das war ernst gemeint, als ich gesagt habe, dass du aus dieser ganzen Geschichte stärker rauskommen wirst. Ich will dich nicht reinlegen, Carlinhos. Zum ersten Mal werden wir ein Ding gemeinsam durchziehen. Das ist es. Und es ist gut für beide Seiten.«

Sambas

»Sie versündigte sich am Leben / In einem bescheidenen Haus / das arme Mädchen Joana / wegen eines gewissen João.« Während er in der Redaktionskantine eine *Guaraná* trank, ging Fontoura ein alter Samba nicht aus dem Kopf, dessen Text wie eine Zeitungsmeldung verfasst war. »Niemand kann zurückholen, was früher einmal war«, trällerte er vor sich hin.

Seine Geschichte mit Sônia war einmal. Über den Schmerz, den man empfindet, steht nie etwas in der Zeitung. Immerhin hatte sie nicht versucht, sich oder jemand anderen umzubringen in ihrem »bescheidenen Haus«, einer Zweizimmerwohnung in Botafogo. Nichts weiter als einen gewaltigen und schallenden Tritt in den Arsch hatte sie ihm gegeben. Den hatte er kommen sehen. Vier Jahre ist eine lange Zeit – eine Ehe, die weit über den Durchschnitt im Ranking der Redaktionen von Rio de Janeiro hinausging. Sie war auch Journalistin, Reporterin wie er, zuständig für alles Mögliche, und arbeitete ganz in der Nähe, kaum weiter als einen Kilometer entfernt.

Fontoura hatte es wohl versucht, nur war es ihm nicht gelungen, diese Trennung zu vermeiden. Nicht dass er noch in Sônia verliebt gewesen wäre, nur hatte er keine Lust mehr gehabt auf den Trennungsschmerz und all die anderen Probleme, mit denen das Ende einer Beziehung immer einherging. Wie sagte doch Eduardo Tastini aus der Sportredaktion immer so schön, am Ende würde er dastehen wie die Rua Catete: »Eine Pension neben der anderen.«

Seine erste Ehe hatte zwei Jahre gehalten, mit Ângela, einer Psychologin. »Du hast keine Frau gesucht, sondern eine Therapeutin im Haus, damit du die Sprechstunden nicht bezahlen musst.« Das waren ihre letzten Worte gewesen. Sie hatten nie mehr miteinander gesprochen, nicht einmal mehr über Lucas, ihren gemeinsamen Sohn, der inzwischen schon sieben Jahre alt war und den er gerade einmal alle vierzehn Tage zu sehen bekam. Die gesamte Kommunikation lief über Ângelas Schwester, die ihn nur »diesen besoffenen Loser« nannte.

Nun also Sônia, die beschlossen hatte, einen Schlussstrich unter diese »Allianz der Ängstlichen« zu ziehen, wie sie die Beziehung zwischen ihnen beiden zu nennen pflegte. Sie waren beide gestandene Journalisten mit guten zehn Jahren Berufserfahrung, hatten beide einen ganz guten Ruf in der Szene – wenn man das Szene nennen konnte, was sich da im Bermudadreieck der paar Zeitungen abspielte, die um die Gunst der Leserschaft Rio de Janeiros buhlten. Es gab ein paar kleinere Redaktionen, Außenstellen von Zeitungen und Zeitschriften aus São Paulo, Radio- und Fernsehstationen, Pressestellen irgendwo anders in der Stadt, doch die meisten Journalisten bewegten sich tatsächlich innerhalb dieses Dreiecks, einer geometrischen Figur von zweifelhafter Stabilität: Eine Erschütterung an einer Ecke führte überall zu Wellen der Instabilität. Diese Erschütterungen hatten die unterschiedlichsten Namen und Ursprünge, je nach dem Unternehmen, das sie auslöste. Die zuverlässigsten von ihnen winkten ab und zu mit Begriffen wie Umstrukturierung, Synergien, Optimierung, Diversifikation, die weniger soliden zahlten schlicht die Gehälter zu spät aus. Am Horizont schwebte stets drohend der Schatten der Massenentlassung – ein geflügelter Phallus, der in rasantem Sinkflug über den Redaktionen kreiste. Flog er zurück in seinen Unterschlupf, trug er all jene Stellen im Schnabel, die nie wieder besetzt werden würden.

Informatisierung und das Verschwinden bestimmter Funktionen in den Zeitungen hatten in den letzten 20 Jahren zu Stellenabbau geführt. Immerhin waren die Löhne meistens gestiegen. Und doch kamen Fontoura und Sônia zusammen nie auf mehr als 7.000 Reais. Es ging nicht anders: Wer mehr verdienen wollte, musste mehr arbeiten und engagierter arbeiten, bessere Geschichten beschaffen, exklusive am besten, Geschichten, die einen Bürgermeister zu Fall brachten, hoffnungsvolle Karrieren in den Parlamenten beendeten, an der Spitze der Sicherheitsorgane zu permanenten Personalwechseln führten. Prestigeträchtige Reportagen, die die Namen ihrer Autoren auch bei der Konkurrenz bekannt machten. Denn ein Abwerbeversuch einer anderen Zeitung war eine der ganz wenigen Möglichkeiten, ein besseres Gehalt auszuhandeln.

Doch Fontoura und Sônia wollten nicht einfach nur mehr verdienen, sie wollten auch ihrem Schicksal als »gute Reporter« entkommen – Reporter, die stets ordentlich recherchieren, fehlerfrei schreiben, fast immer bereit sind, auch außer der Reihe zu arbeiten und ohne Problem eine längere Urlaubszeit in der Chefetage überbrücken können; deren Karriere jedoch aufgrund fehlender Genialität oder dem Mangel an Glück irgendwo ins Stocken geraten ist. Man entlässt sie nicht, doch befördert werden sie auch nicht. Sie sind die Innenverteidiger der Redaktion: unentbehrlich, aber kein Mensch nimmt sie wahr.

Das Bedürfnis, diesem Schicksal vieler Berufskollegen zu entkommen, hatte zu dieser »Allianz der Ängstlichen« geführt. Sie waren ein Paar, doch sie waren auch Konkurrenten. Jeder von ihnen spürte, wenn der andere an einer exklusiven Sache arbeitete, und in dieser Zeit wurde gezielt über andere Dinge geredet. Das omnipräsente Thema Arbeit trat für einige Zeit in den Hintergrund, denn derjenige, der gerade an einer bombastischen Sache dran war, versuchte zu Hause über Dinge zu reden, die möglichst wenig damit zu tun hatten. Jeder Hinweis war zu vermeiden. Keiner von beiden hätte den anderen je hintergangen, doch die Klappe zu halten war auch nie verkehrt.

Die Allgegenwart ihrer Arbeit hatte auch dazu geführt, dass sie einige Pläne auf später verschoben. Kinder zum Beispiel. Für Sônia wäre es das erste Kind gewesen. Jetzt noch nicht, hieß es, erst muss das Geld für die Anzahlung einer besseren Wohnung da sein. Und Fontoura hatte noch einen anderen Grund: Angst, noch ein Kind zu haben. Er hatte ständig ein schlechtes Gewissen, weil er schon so wenig Zeit für Lucas hatte. Aber wer weiß, in zwei Jahren vielleicht.

Für Sônia hätte eine Schwangerschaft einige Einschränkungen gebracht. Weniger riskante Einsätze, fünf Monate Mutterschutz, die sie zu Hause hätte bleiben müssen, fünf Monate ohne auch nur eine Zeile zu schreiben, ohne dass ihr Name in der Zeitung stand. Sie war schon 33, und dieses ständige Aufschieben machte ihr Angst, aber was soll's, nächstes Jahr ist auch noch ein Jahr. Es wären immerhin auch fünf Monate ohne Stress am Freitagabend wegen des Redaktionsschlusses der Sonntagsausgabe, fünf Monate ohne Wochenenddienst, fünf Monate ohne Angst, die Zeitung aufzuschlagen und zu entdecken, dass man sie hereingelegt hatte.

Nach und nach hatten sich Sônias Prioritäten verschoben. Das Kind stand nun nicht mehr im Vordergrund und auch nicht die bessere Wohnung. Ihr größtes Problem war direkt verbunden mit dem Erfolg ihrer Arbeit. Selbst im Bett klappte es besser, wenn es einem von beiden gelungen war, einen guten Artikel zu schreiben. Doch Fontouras fortschreitender Frust, seine fixe Idee, sich anderweitig zu verwirklichen, was er nie in die Tat umsetzte, seine miese Stimmung nach jedem Artikel, der unveröffentlicht blieb, jedem Text, den er für die Mülltonne schrieb und jeder vermuteten Schweinerei seines Chefs Raimundo, das alles war beklemmend und anstrengend.

Immer öfter dachte Sônia daran, bei der Zeitung zu kündigen, irgendwo in einer Pressestelle arbeiten zu gehen. Kein Wochenenddienst mehr, nie mehr einen Freitagabend verpassen. Pünktlich kommen und womöglich sogar pünktlich gehen können. Vielleicht würde sie sich sogar in einem Fitnessstudio anmelden, wieder anfangen Englisch zu lernen. »Ich brauche mehr Lebensqualität«, wiederholte sie und versuchte, sich selbst zu überzeugen. Alles würde einfacher werden, selbst das mit der Schwangerschaft, wenn es sein musste auch mit einem anderen Mann, am besten mit einem, der kein Journalist war.

Dass ihre Beziehung zu Ende war, wusste Sônia, als Fontoura betrunken und viel zu spät zu einem Essen bei ihren

Eltern erschienen war. Zur großen Erschütterung der Schwiegereltern brüllte er seine Frau an, freute sich lautstark darüber, dass der Gesundheitsminister über einen Artikel gestürzt war, der in seiner Zeitung gestanden hatte: »Wir haben euch fertig gemacht! Wir haben euch fertig gemacht!« Und dabei war der Artikel nicht einmal von ihm gewesen.

An diesem Abend war ihre Ehe zu Ende, eine Woche darauf kündigte Sônia bei der Zeitung und nahm eine Stelle als Pressesprecherin einer Bank an. »Nun bin ich doch bei der Bank gelandet«, erklärte sie im Scherz und in Anspielung auf den Spruch, mit dem viele Journalistenkollegen ihre fehlende Routiniertheit rechtfertigten: »Wer geregelte Arbeitszeiten will, der soll doch bei der Bank anfangen.«

»Steh auf, schüttle den Staub ab, komm wieder auf die Beine« – noch so ein alter Samba, der Fontoura in den Sinn kam. Fast eine Parole für solche Niederlagen. Immer noch den Pappbecher mit der Limonade in der Hand suchte er die Redaktion nach einem freien Rechner ab. Seit die Computer hier Einzug gehalten hatten, gab es in der Redaktion praktisch keine festen Arbeitsplätze mehr, keine »eigenen« Schreibtische. Mit den Schreibmaschinen war auch das besitzanzeigende Fürwort in Rente geschickt worden. Ein Rechner konnte einem zwar immer noch gehören, aber nur für kurze Zeit, bis der Artikel fertig war. Eine Zeit, die nicht lang sein durfte, denn es gab immer einen anderen Reporter, der auf der verzweifelten Suche nach einem freien Computer durch die Räume streifte.

Schwieriger noch als ein Platz, an dem man seine Artikel in die Maschine hauen konnte, war nur, eine billige Wohnung zu finden. Vielleicht fand er etwas in Botafogo oder in der Gegend von Glória. Eine Metro-Station musste in der Nähe sein, denn das Auto hatte Sônia behalten, und so schnell würde er sich kein neues leisten können. Erst musste er ein Vermögen für Möbel und Haushaltsgeräte hinblättern, den Unterhalt für Lucas nicht zu vergessen. Sonst würde er womöglich bald in der Rua Mem de Sá im Knast enden und sich dort eine gemütliche Zelle mit einem Transvestiten teilen können.

Drei Monate waren seit dieser blöden Geschichte mit der Richtigstellung vergangen. Nichts wirklich Schlimmes, vom Spott und den bescheuerten Witzen einmal abgesehen, die er über sich hatte ergehen lassen müssen: »Prominente der Welt«. Damit könne er doch eine schöne, bunte Dritte-Welt-Illustrierte aufmachen, hatten sie gemeint und auch Titelvorschläge gemacht – »Am Arsch und abgerissen« oder »Nobodys«. Schon gut, irgendwann werden sie mir das büßen, grinste er in sich hinein und überlegte, während er seinen Limonadenbecher entsorgte, wie er sich rächen konnte. Da wurde ein Computer frei, und Fontoura beeilte sich, ihn zu belegen. Dabei stolperte er fast über Clara. »Entschuldige«, sagte er linkisch und versuchte zu erspähen, ob sie wieder diese Latschen anhatte. Hatte sie. Schade nur, dass der Teppichboden der Redaktion dieses verräterische Geräusch schluckte: toc, toc,toc. Und noch dazu roch sie gut. Sie wirkte immer wie frisch geduscht.

Seiten

Die CR war eine junge Organisation und erst vor vier Jahren gegründet worden. Am Anfang war sie ein loser Zusammenschluss von einigen Aktiven der POS gewesen, Studenten zumeist oder Universitätsmitarbeiter und Oberschüler, die unzufrieden waren mit den Beschränkungen des Parlamentarismus. Den revolutionär gefärbten theoretischen Diskurs der Gruppe mit den Erwartungen der Wählerinnen und Wähler in Einklang zu bringen, war alles andere als einfach gewesen. Sie stiegen die Hügel hinauf in die Favelas, um dort mit den Leuten über strukturelle Veränderungen zu reden. Wenn sie wieder herunterstiegen, hatten sie Dutzende von Unmutsbekundungen gegen die Politik über sich ergehen lassen müssen – ihr seid doch alle gleich, ihr kommt doch auch nur vor den Wahlen hier hoch zu uns. Hinzu kamen die vielen Leute, die sie um Arbeit anbettelten, um einen Platz in einer besseren Schule, am besten in einer, die sich ihre Schüler aussuchen konnte.

Und nach den Wahlen immer das gleiche: Gewählt wurde die CR in den Neubaugebieten und von der Mittelklasse. Nie reichten die Stimmen, um einen eigenen Stadtverordneten oder gar Parlamentsabgeordneten durchzubekommen, und so flossen die Stimmen immer der Gesamtstimmenzahl der POS zu, wodurch stets die prominenten Kandidaten der Partei, die ganz oben auf der Liste standen und bei den Wählerinnen und Wählern beliebter waren, gewählt wurden. Also weniger radikale Politiker mit Verbindungen zu irgendwelchen Verbänden oder bestimmten Minderheiten in der Partei. »Wir wählen Rot und bekommen Orange«, beschwerte sich Célio.

Ihre Organisation gab es in verschiedenen Bundesstaaten, doch in Rio konzentrierten sich ihre Kräfte. Daher auch der Entschluss, hier zuerst aktiv zu werden. Das »revolutionäre Potenzial« der bewaffneten Favelas hatte diese Entscheidung erleichtert. Die Schwierigkeit bestand nun in der theoretischen Synthese des Projekts mit seiner konkreten Umsetzung. Die Umsetzung jener romantischen Vorstellung, dass die Bewohner der Favelas eines Tages von ihren Hügeln in die Stadt herabsteigen würden. Die alte Geschichte: Sind erst einmal die Hügel dran, dann singt die ganze Stadt.

Hat die Favela überhaupt darum gebeten, an die Reihe zu kommen? Irgendwie schon. Und mehr noch als das. Die Favela – zumindest ein Teil von ihr – verschaffte sich ungebeten Zutritt, mit Waffengewalt. Sie hatte es satt, auf den viel besungenen Tag der Befreiung zu warten und schuf sich ihre eigenen Alternativen. Die allerdings hatten nichts mit dem Modell einer Umwälzung gemein, das sich Generationen von revolutionären Theoretikern ausgemalt hatten. Dies war ein anderer Bürgerkrieg, individuell ausgerichtet und mit dem Ziel der Bereicherung, dem Verlangen nach Macht. Mit der Idee einer sozialistischen, solidarischen Gesellschaft hatte das wenig zu tun.

Einen Prozess einzuleiten, der ihre revolutionäre Ausrichtung mit dem Pragmatismus und der Aktion der bewaffneten Gruppen – insbesondere jener, die dem Drogenhandel zuzuordnen waren – verband, war die große Herausforderung, der sich die CR stellen musste. Eine Herausforderung, die noch erschwert wurde durch eine weitere Problematik: Sie hatten keine Ahnung von der Logik jenes bewaffneten Teils der Bevölkerung. Wie dachte ein Drogenhändler, welche Sicht auf die Welt hatte er, wovon träumte so einer und wie stand er zur Gesellschaft? Die Basis der CR wurde mobilisiert, um mit Leuten Kontakt aufzunehmen, die Verbindungen zur »Bewegung« hatten.

Sie sollten ihnen zuhören, sie zu verstehen versuchen, ihrer verschlüsselten, codierten und unklaren Sprache einen Sinn entlocken. Ihre so genannte explizite Ausdrucksweise war voll von Mäandern und spiegelte das Labyrinth der Favela wieder, die Gassen, die Berghänge. Eine Sprache, die mehr verbarg als erklärte und die Realitäten der zwei Welten noch weiter voneinander entfernt wirken ließ, als sie ohnehin waren. Joana war dabei von strategischer Bedeutung gewesen. Ihr war es gelungen, genaue und realistische Berichte zu verfassen. Berichte, die der Führung der CR vorgelegt wurden, die ihrerseits weitere Dokumente verfasst hatte, in denen versucht wurde, die globalen Ziele der Organisation mit diesen in Feldstudien gesammelten Erkenntnissen in Einklang zu bringen.

Die Bosse der verschiedenen Armenviertel wurden darin als Geschäftsleute klassifiziert, deren Interesse auf Distribution und Verkauf von Produkten gerichtet ist, auf die Erschließung von neuen Absatzmärkten und die Errichtung von neuen Verkaufsstellen sowie dem Kampf gegen die Konkurrenz. Und dann war da noch dieses kleine Detail, dass es sich dabei um verbotene Produkte handelte, aber das war nur ein Detail. Eine Fußnote, die jener Produktionskette allerdings eine besondere Dynamik verlieh, denn sie bedingte den Umgang mit Waffen, mit Tötungsdelikten, mit Teilen der Polizei. Doch verdammt!, auch die so genannten Pioniere des Kapitalismus haben moralische Regeln verletzt, Massenmorde in Auftrag gegeben, ganze Völker versklavt, Völkermorde und Kriege angezettelt, um von ihren kommerziellen Interessen abzulenken. Wir führen schließlich keinen Moralfeldzug, wir wollen nicht in den Himmel kommen. Wir stecken mitten in einem revolutionären Kampf, in einem Befreiungskampf.

»So oder so, diese Händler von illegalen Produkten träumen davon, in die Gesellschaft integriert zu sein. Das wird in der Analyse ihrer Konsumgewohnheiten deutlich. Sie versuchen die Logik der herrschenden Klassen zu imitieren: Autos, Kleidung, Accessoires, Elektronik. Sie sind konservativ, trotz allem. Wir müssen, wie es der Genosse Célio ausgedrückt hat, die Stimme der Aufklärung werden. Darüber, dass sie, im Gegensatz zu den ersten Kapitalisten, niemals ein Teil der Gesellschaft werden, dass man sie nie einladen wird zu dem ganz großen Ball. Erinnert euch, Genossen, was vor ein paar Jahren mit den so genannten Bankiers der illegalen Tier-Lotterie passiert ist. Ihnen war es nach und nach gelungen, eine gewisse Akzeptanz zu erreichen – sie gaben Interviews im Fernsehen, wurden vom Gouverneur empfangen, empfingen selbst hoch gestellte Persönlichkeiten in ihren Logen im Sambadrom. Und dann passierte, was passieren musste: Sie wurden festgenommen, gedemütigt, verurteilt. Und das nur, weil sie sich zu weit aus dem Fenster gelehnt hatten. Ihre Welt sollten die Vorstädte bleiben, die Eisenbahnlinie, die Sambaschulen. Das müssen unsere zukünftigen Genossen begreifen. Es gibt keinen Ausweg für sie. Ihre Seite ist unsere Seite der Barrikade«, hatte Pillar vor zwei Jahren auf einer nationalen Versammlung des Vorstandes der CR erklärt.

Zweiter Aufzug

Schüsse

Neues Jahr, neue Leiche. Portugiese, paarundsechzig Jahre alt, Geschäftsmann und wohnhaft in Olaria, mit mehr als 20 Schüssen vor seinem Metzgerladen getötet.

»Zwanzig Schüsse. Meine Fresse! Der Typ hat wahrscheinlich an Silvester die Frau von irgend so einem Banditen gevögelt. Drei Tage später ist er dann tot, durchlöchert. Ist schon klar, die Kerle haben genug Munition, aber gleich zwanzig Kugeln ... das ist verflixt noch mal 'ne ganze Menge. Das war kein Überfall, das war Rache, Madura.«

Der Fotograf auf dem Vordersitz murmelte etwas, das Fontoura schon kannte. Ein Geräusch, das nach den Konventionen, die sich in Jahren des gemeinsamen Herumfahrens im Redaktionsauto herausgebildet hatten, so etwas bedeutete wie »Klar, Fontoura, du hast recht, du bist ein ganz toller Typ, der beste Reporter der Welt, aber jetzt halt die Klappe und lass mich bitteschön noch kurz die Augen zumachen.«

Die Metzgerei befand sich in einer kleinen Straße ganz in der Nähe der Bahnlinie. Die Szenerie ähnelte der von vielen anderen Morden: Ein Körper, der mit alten Zeitungen bedeckt war, Kerzen, viele Leute drumherum, eine laut heulende Witwe, zwei Polizeiautos, ein Kommissar, der an die Zentrale durchgab, dass die Spurensicherung vor fünf Minuten eingetroffen, der Tatort aber bereits völlig verwüstet sei. Ein Radioreporter gab per Handy eine Blitzmeldung durch. »Es besteht der Verdacht, dass der Tote das Opfer von Dealern aus der nahe gelegenen Favela Mirandão geworden ist.« Fontoura lachte in sich hinein. Das Wort Dealer hatte inzwischen andere Begriffe wie Mörder, Einbrecher, Räuber, Täter vollkommen verdrängt – jeder Verbrecher war inzwischen ein Dealer, egal ob er je auch nur ein Bröckchen Shit unter die Leute gebracht hatte. Bist du Bandit, bist du Dealer. Dealer, die stehlen, Dealer, die einbrechen, Dealer, die Omas die Handtasche klauen, und sogar Dealer, die mit Rauschgift handeln.

An einer Bar steht Hauptkommissar Jairo herum, schlürft ein Erfrischungsgetränk aus der Dose und unterhält sich mit Ferreirinha, dem Ermittler Ferreira, den man nach einer internen Überprüfung durch die Verwaltungsaufsicht in diese Vorstadt-Dienststelle versetzt hatte. Irgendetwas mit Raub und Autoschiebereien. Die Untersuchung war eingestellt worden, doch nur wenige Tage später war Ivair de Mello Ferreira, Ermittler und seinerzeit König der Mordkommission, hierher versetzt worden.

»Hallo Jairo, altes Haus!«, brüllte Fontoura und raunte ihm kurz darauf ein »Neue Leiche, neues Glück« zu.

Jairo deutete ein Lächeln an. Der Reporter fuhr fort:

»Also? Hat der Herr Manuel bisschen zu tief ins Glas geschaut, sich die Tussi von so einem Strauchdieb gegriffen, und jetzt liegt er tot in der Ecke?«

Der Polizist schnitt eine Grimasse, machte ein Gesicht, als wolle er seinen Schnurrbart fest an die Nasenlöcher drücken.

»Ein Beziehungsdrama? Gut möglich, diese Typen haben Unmengen Munition verplempert und nichts mitgehen lassen.«

Fontoura grinste. Das war ja schon in der Redaktion seine Hypothese gewesen. Schade, dass Clara nicht hier ist und sieht, was ich für ein Kerl bin.

Doch obwohl das Motiv damit fast zu hundert Prozent sicher war, stellte Fontoura noch eine zweite Version in den Raum: Was, wenn der Metzger den Leuten der »Bewegung« Geld schuldete? Wer weiß, ob er nicht außer Gehacktem und Hüftsteak noch andere, stimulierendere Produkte im Sortiment gehabt hatte?

»Unsinn, der Portugiese war sauber, Mitglied der Marianischen Kongregation, ein großer Verehrer der Muttergottes von Fátima. Sogar seine Waage war richtig geeicht. Schreib einfach in deine Zeitung da rein, dass es Mord aus Leidenschaft war: die Muschi von einer Mulattin ist schuld.«

Fontoura ließ den Wachtmeister stehen und ging eine Runde durchs Stadtviertel drehen – natürlich hatte niemand etwas gesehen, und der, der die Schüsse gehört hat, will nicht, dass sein Name in der Zeitung steht. Wie immer. Er gab Madureira ein Zeichen und kehrte zum Auto zurück. Auf dem Weg traf er Ferreira, der noch ein paar Details beisteuerte:

»Ich hab mit dem Typen von der Spurensicherung gesprochen. Es waren fast 30 Schüsse, Munition aller Art: 38er, neun Millimeter, AR-15 ... so wie die Typen gewütet haben, glaube ich, dass der Typ mindestens die Mutter, die Tochter und auch noch die Schwester von so 'nem Drogenboss vernascht haben muss.«

Fontoura grinste, kratzte sich am Kopf und notierte sich Kaliber und Marke der Waffen.

Steuern

»Ver-damm-te Schei-ße!«

Der Fluch brach regelrecht aus ihm heraus, akzentuiert und mit Nachdruck.

»Leck mich doch am Arsch!« – schon wieder, diesmal nicht auf jeder Silbe betont, aber doch mit gleicher Emphase.

Kátia, im Kinderzimmer, schreckte hoch, als sie die Ausdrücke ihres Mannes hörte. Empört streckte sie ihre Arme gen Himmel, schaute nach oben und betete.

»Jesus, mein Jesus! Vertreibe diesen Dämon aus dem Mund meines Mannes, o Jesus!« Dann ging sie ins Wohnzimmer und fragte Maromba, was denn passiert sei.

»Ach, nichts Besonderes. Die Jugendmannschaft von Flamengo hat gestern vier Tore kassiert. Entschuldige bitte die Schimpfwörter, okay?« Maromba lenkte ab.

Die Mannschaft hatte tatsächlich verloren, doch nicht

deswegen hatte er so gebrüllt. Etwas Anderes war ihm aus der Zeitung entgegengesprungen, war regelrecht explodiert. Den ganzen gestrigen Tag hatte er auf einer Versammlung mit Vertretern von afro-brasilianischen Gruppen in der Diözese von Nova Iguaçu verbracht. Er war erst gegen Morgen nach Hause gekommen und hatte nicht mitbekommen, was in dieser Zeit im Viertel passiert war.

Er stellte die Kaffeetasse auf den Tisch und hielt die Zeitung mit beiden Händen, als gäbe ihm dies etwas mehr Sicherheit. Scheiße und leck mich am Arsch, jeder weitere Absatz bestätigte ihm, was inzwischen nur noch in leisem Gemurmel seinen Ausdruck fand, schließlich war Kátia immer noch in der Nähe. Es ging also los. Dieses Verbrechen war kein einfacher Mord. Der arme Portugiese war – wie sagte Célio immer – gerichtet worden. Francisco António Nogueira, genannt Chico, der Portugiese, war das erste Opfer der Revolution.

Maromba wusste, dass es ein paar Probleme gegeben hatte, hier und da, weil einige Geschäftsleute im Revier ihre Abgaben nicht zahlten, den Beitrag, den die »Bewegung« dafür verlangte, dass sie allen, die dort ein Geschäft hatten, Schutz bot. Das Angebot war einfach: Alle Geschäftsleute und auch die Fabrikbesitzer mussten 5% ihres Gewinns abtreten. Und zwar auf der Grundlage ihrer tatsächlichen Einnahmen – nicht der Zahlen, die sie dem Finanzamt meldeten. Also genau 5% des Geldes, das sie verdienten. Dafür erhielten sie die Garantie, dass sie weder überfallen noch entführt würden. Absolute Sicherheit in dieser Gegend. Sie mussten sich keine Sorgen mehr machen.

Die ganz Ängstlichen konnten zusätzlich Sicherheitsleute anheuern, aus der Favela. Ja, der Chef sah es gerne, wenn seine Leute Arbeit hatten, in den Geschäften und in den Fabriken. Leute vom Hügel sollten bevorzugt eingestellt werden, wenn es Arbeit gab. Die Geschäftsleute konnten sogar aufhören, ihre Steuern an die Regierung zu zahlen, wenn sie wollten. Die »Bewegung« hielt ihnen die Steuerfahndung vom Hals. Das Geld, da könnt ihr ganz sicher sein, wird gut investiert: in den Ausbau von Schulen und Kindertagesstätten; und Witwen – auch Jugendliche, die bei einer Schießerei ihren Freund verloren haben – und die Frauen der Gefangenen erhalten eine monatliche Rente.

Das Angebot war jedem einzelnen Laden unterbreitet worden, von Marras Leuten, die dürr und ohne Hemd, in kurzen, auf den Hüftknochen hängenden Hosen, so gar nicht nach Emissären aussahen. Doch genau das waren sie: Diplomaten, die potenzielle Alliierte aufsuchten, um ihnen ein Friedensangebot zu unterbreiten. So gesehen waren sie offizielle Abgesandte, ähnlich den Diplomaten und Ministern dieser Welt, die man aus dem Fernsehen kannte: Und wie jene trugen sie eine Friedenstaube in der einen Hand und in der anderen Waffen. Auch sie sprachen nur vom Frieden: Das Ziel sei es, Ruhe und soziale Gerechtigkeit hier im Viertel zu sichern. Und gute Diplomaten, die sie waren, stellten sie klar, dass die Ablehnung ihrer Angebote unangenehme Folgen nach sich ziehen könnte.

»Der Chef engagiert sich, ihm liegt sehr viel daran, dass alles gut läuft. Sie kennen ihn, er ist ein Dickschädel. Er versteht nicht, wie jemand ein solches Angebot ablehnen kann. Er schätzt die Leute hier, er ist hier geboren, hat hier auf den Straßen Fußball gespielt, hat hier als Kind Drachen steigen lassen, er möchte, dass hier alles gut funktioniert. Das verstehen Sie, oder? Bei ihm wird kein Geld einfach versickern. Geld, das den Kindern gehört und den Witwen, ist heilig. 'ne ganze Menge Leute aus der ›Bewegung‹, gute Leute, Brüder sogar, sind schon umgelegt worden, weil sie sich Geld eingesteckt haben, das ihnen nicht gehört. Manchmal bleibt nicht mal für den Chef was übrig, auch er muss alles abgeben: den Kindern, den Alten, den Bullen, seine Aufpasser bezahlen und seine Straßenhändler. Und dann zieht er Bilanz, und dann ist nur noch Kleingeld übrig. Das ist nicht fair. Also, was er will, ist ganz einfach: ein gutes Leben für alle ehrlichen Leute. Und nur für die. Er hat keine Lust mehr, sein Geld an die Bullen zu geben. Sollen sie doch einen anderen Hügel aussaugen.«

Bäcker, Metzger, Besitzer von Kneipen und Autowerkstätten, die Geschäftsführer des Getränkevertriebs, der Fabriken, der Poliklinik, des Stahlwerks, des Bus-Unternehmens und der zwei Supermärkte. Sie alle bekamen gesagt, dass sie sich von diesem Moment an einer neuen Regierung zu unterwerfen hatten, einer Regierung, deren Gesicht noch nicht klar war, die viele Gesichter hatte – eine dunkelhäutige Regierung in bunten Turnschuhen und mit kurz geschorenen Haaren, mageren Körpern, die in ihren zu großen kurzen Hosen zu tanzen schienen. Eine Regierung mit Waffen am Gürtel, die sich auf knatternden Motorrädern und klapprigen Fahrrädern fortbewegte. Eine Regierung, die Steuern erhob und die, kaum dass sie sich gebildet hatte, Arbeitsplätze forderte, die kostenlose Aufnahme armer Kinder an Privatschulen und verbilligte Fahrkarten im Bus. Eine engagierte Regierung, die kein Zögern und keinen Verrat duldete.

Francisco António Nogueira, 65 Jahre alt, verheiratet, drei Töchter, schon fast 50 Jahre in Brasilien ansässig, mochte weder Regierungen noch Steuern. Erstere wählte er nicht, also hinterzog er auch letztere: »Meine Stimme haben sie nicht, also kriegen sie auch nicht mein Geld«, rechtfertigte er sich. Und da er der offiziellen Regierung nichts zahlte, würde er sich auch dieser Bande von herumlungernden Schwarzen nicht unterwerfen. An diesem Morgen hatte Chico, der Portugiese, die Methoden einer anderen Art Regierung kennen gelernt.

In der Zeitung stand etwas von einer Geliebten, einem Verbrechen aus Leidenschaft. Maromba aber wusste, es war ein politischer Mord. Er faltete die Zeitung zusammen und ihm war klar, nun gab es kein Zurück mehr. Schließlich war er einer der Ideengeber der neuen Regierung. Seinen Milchkaffee ließ er stehen, legte die Zeitung auf die Stereoanlage, ging in sein Zimmer, zog sich um, gab Kátia einen Kuss und ging auf die Straße. Er wollte eine Runde durch die Stadt drehen, ein paar Schritte außerhalb des Viertels tun. Célio wollte er später aufsuchen. Es schien ihm aber angebracht, erst einmal in der Gemeinde vorbeizuschauen, ein paar Worte mit Pater Genésio wechseln, ein bisschen beten. »Ich hänge mit drin in dieser Scheiße.«

Spiele

Die Überzeugungsarbeit bei Marra war ein langsamer, bisweilen auch schmerzlicher Prozess gewesen. Célio und Pillar hatten nicht damit gerechnet, dass der Drogenboss so misstrauisch sein würde. Bei Maromba war es einfacher gewesen. Er hatte politische Gründe, sich an dem Kampf zu beteiligen. Es war riskant, aber Teil eines Spiels, an dem mitzumachen er sich schon vor langer Zeit entschlossen hatte. Anders bei Marra. Jeden Tag wurde deutlicher, dass Célio und Pillar in den Augen des Drogenbosses ein Teil des gegnerischen Universums waren, das von Polizei, Unternehmern und Politikern beherrscht wurde.

Für ihn waren sie nichts als ein anderer Flügel ein und derselben Sambaschule, Mehl aus demselben Sack sozusagen. Weiß, Kinder der Mittelklasse, die, wenngleich verarmt, deutlich sichtbar ihre Überlegenheit über die Menschen, die in Favelas wohnten, zur Schau trug. Allerhöchstens traute er Célio und Pillar zu, gute Kunden zu werden, Teil jener weißen Minderheit, die sich freitags und samstags unter das Gros seiner Kundschaft mischte, die ansonsten aus Busfahrern, Schaffnern, Kellnern, Arbeitern und Tagelöhnern bestand. Alles Leute, die inzwischen selbst Kokain konsumierten, eine Droge, die im Alltag der Favela eine immer größere Rolle spielte. Oft bildeten sich lange, disziplinierte Schlangen in den engen Gassen, die Leute warteten manchmal 20, 30 Minuten lang, bis sie an der Reihe waren. Kunden in der Größenordnung von zwei, drei Reais. Das reichte für eine kleine Menge weißes, verschnittenes Pulver, zwei oder drei Linien.

Célio war tatsächlich schon einmal die Hügel hinaufgestiegen, um etwas »Schwarzen« und auch ein bisschen Pulver zu kaufen, mehr von dem Schwarzen als Pulver, aber das war zu Schulzeiten gewesen. Danach war er nur noch zum Wahlkampf in die Favelas gegangen, diese aussichtslosen Wahlkämpfe für Pillar. Hier war er allerdings noch nie gewesen, auf diesem Hügel, den sie aus pragmatischen Erwägungen zum neuen Fokus des revolutionären Prozesses erkoren hatten. Weil hier Joana wohnte, eine Sympathisantin der CR und Studentin der Sozialarbeit, die ihre Aufnahmeprüfung an der Uni dank der Vorbereitungskurse geschafft hatte, die die Franziskaner hier anboten.

Und auch Maromba lebte dort, ein schwieriger Typ, fand Pillar. Auch Célio traute ihm nicht viel zu, und doch war er eine wichtige Figur in diesem Prozess. Dank seinem guten Ruf hatten diese Typen von »Affamés« ihre Mitanambu genau hier errichtet. Er war es auch, der Marras Genehmigung eingeholt hatte, damit die NGO überhaupt geschaffen werden konnte.

Joana hatten sie zur Geschäftsführerin der neuen NGO gemacht, die sie zu einem zentralen Element der neuen Strategie ausbaute. Mitanambu diente als Rechtfertigung für die Anwesenheit der vielen Fremden dort auf dem Hügel, Sympathisanten der CR unterrichteten die Jugendlichen, und vor allem bewies die Einrichtung, dass es möglich war, dort gute Sozialarbeit zu betreiben. Neben den besagten Kursen gab es noch Nähkurse, Alphabetisierung für Erwachsene und Informatikkurse. Joana war es auch gelungen, die Politiker der Region von der Einrichtung fern zu halten. Wenig später wurden sie aus dem gesamten Gebiet der Favela verbannt.

Nur noch die Rapper mussten überzeugt werden. Sie blieben stur und misstrauisch den weißen Gutmenschen gegenüber, die so scharf darauf zu sein schienen, die Realität in der Favela zu verändern.

»Aber ich bin doch schwarz, so wie du«, sagte Joana nun schon zum x-ten Mal zu Mandela MC, einem der Rapper aus der Favela.

»Glaubst du wirklich, dass diese Typen hier irgendwas an dieser Scheiße ändern? Sie sind doch schuld an der Armut hier, verdammt. Sie oder ihre Eltern oder ihre Großeltern, was weiß denn ich«, erwiderte Mandela.

Das Einzige, was Joana schließlich erreichte, war, sie davon zu überzeugen, dass sie nicht automatisch zu Weißen wurden, wenn sie an einem der Kurse im Mitanambu teilnahmen. Sie zu einer systematischen Zusammenarbeit zu bewegen, ging nicht. Vielleicht würden sie später noch mitmachen.

Marra setzte nie einen Fuß in die Mitanambu-Zentrale. Das war Teil der Vereinbarung. Jeder Eindruck einer Verbindung zwischen ihm und der Einrichtung musste vermieden werden. Aber er ließ sich darüber informieren, was dort gespielt wurde. »Das ist noch nichts gegen das, was wir gemeinsam erreichen können«, sagte Maromba, dem ab und zu nun auch Célio zur Seite sprang – Pillar ging aus Sicherheitsgründen nur selten in die Favela. »Dies ist doch erst der Anfang«, sagte Maromba. Doch Marras Widerstand war fast unüberwindbar. Seine Logik arbeitete mit extremen Gewinnen und Verlusten, und so fiel es ihm schwer, diese Typen ernst zu nehmen, die hier heraufgestiegen waren, weil sie seine Waffen und seine Leute haben wollten, um »dieses Scheißland zu verändern«.

Marras Welt war viel einfacher, seine Schlachten endeten immer mit »Du hast verloren«, was er sowohl schon selbst gebrüllt, als auch gehört hatte. Als es ihm gelungen war zu verhindern, dass die Konkurrenz vom »Terceiro Comando« sein Revier übernahm, hatte er triumphierend gebrüllt. Als er einmal von der Polizei festgehalten worden war und innerhalb von drei Stunden 80.000 Reais auftreiben musste, um nicht eingebuchtet zu werden, hatte der Ruf ihm gegolten. Es war alles ganz einfach, wie im Kinderspiel. Ein Spiel mit klaren Regeln, in dem es nicht viele Variationen gab.

Die Aussicht auf eine bessere, gerechtere Welt berührte Marra durchaus. Aber sie war nicht der Grund dafür gewesen, dass er den Vorschlägen der Gruppe schließlich zugestimmt hatte. Er hatte genug Lebenserfahrung, um nicht an große Veränderungen zu glauben. Auf dem Hügel war er geboren, war dort aufgewachsen und lebte immer noch dort. Seine Mutter auch und zumindest nach dem, was man ihm erzählt hatte, sein Vater. Seine Kinder würden es nicht anders machen. Klar, Marra hatte momentan viel mehr Geld, als seine Mutter je gehabt hatte. Von den Summen, mit denen er umging, konnte sie nicht mal träumen. Er war geachtet, gefürchtet, konnte sich seine Frau auf dem Hügel aussuchen, gute Klamotten kaufen, wann immer er wollte, Kokain schnupfen. Doch, wie es Maromba schon gesagt hatte, er blieb immer in diesem Loch hier stecken. Schlimmer noch: Er hatte nicht einmal Hoffnung, dort je herauszukommen.

Dieses ganze Gelaber von Maromba und diesem Langhaarigen, das führte doch zu nichts. Wirklich nichts? Sein Freund hatte von Macht gesprochen – diese Aussicht hatte etwas. Macht brauchte er. So mächtig er bereits war, er wusste auch, dass diese Macht beschränkt war, zeitlich beschränkt, und jeden Tag, jede Nacht neu erkämpft werden musste. Ausruhen? Nicht mal im Schlaf. Darauf warteten das »Terceiro Comando«, die Polizei, die Verräter doch nur. Und da war Silviano, der sich irgendwie an ihm festgebissen hatte – als Polizei-Sergeant, der vor gar nicht langer Zeit in die Favela eingedrungen war und sich eine Schießerei mit Dealern geliefert hatte, andererseits aber auch Geschäftspartner war und Lieferant von Waffen und Drogen.

Sie hingen alle hier rum, schlichen um ihn rum – beschlichen ihn, wie es Biu, der Besitzer eines der Kioske, ausdrückte. Marra musste nur einmal nicht aufpassen, und alles ging den Bach runter. Frauen, Waffen, Drogen, Geld – alles am Arsch. Das Schlimmste war, so gewaltig war das mit dem Geld gar nicht. Die Polizei verlangte immer höhere Anteile, für Drogen und Munition, dafür, dass er nicht ins Gefängnis wanderte. Dann musste er auch die Knete für seine Brüder locker machen, die im Gefängnis saßen, und das Geld für die Witwen. Macht, Macht – das Wort hämmerte in Marras Kopf. Ein befreites Gebiet, keine Polizei, keine Feinde. Die Aussicht darauf, dass seine Kinder aus der Favela herauskämen, dass die Favela aufhörte, Favela zu sein.

Fast vier Monate vergingen in dieser Unentschlossenheit. Célio und Pillar rückten Maromba auf die Pelle und verlangten eine Entscheidung. »Das ist schließlich nicht die einzige Favela in dieser Stadt. Dieses Weichei von Marra ist nicht der einzige Dealer in Rio, und du bist nicht der einzige Aktivist, der bereit wäre, mit uns zusammenzuarbeiten.« Maromba versuchte den Druck von beiden Seiten aufzufangen und machte sich lustig über die Angst der Genossen.

»Ihr habt es aber eilig, zu eilig, meine Lieben. Ich kenne Marra ganz gut. Er denkt nach. Er wägt ab. Oder glaubt ihr, ein Dealer ist blöde und denkt nicht nach?«

Doch lange mussten sie nicht warten. Vier Tage nach diesem Gespräch wurde die Favela überfallen. Von den »Terceiro«. Die rivalisierende Gruppe eröffnete das Feuer gegen Marras Leute und natürlich auch gegen die anderen Bewohner des Hügels, die mit der ganzen Geschichte gar nichts zu tun hatten. Die Schießerei ging bis in die frühen Morgenstunden. Jemand rief die Polizei, und Fontoura war genervt von seinen Lesern, die ununterbrochen bei der Zeitung anriefen und verlangten, dass endlich etwas getan werden müsse.

Marras Leute gelang es, den Angriff zurückzuschlagen und die Bilanz der Toten war unentschieden: zwei auf jeder Seite. Schlimmer war, dass am Morgen darauf die Polizei kam. Mit ungefähr 40 Leuten besetzte sie die Favela, Marra konnte noch reagieren, wusste aber, dass es in diesem Fall besser war, Drogen und Waffen schnell zu verstecken, sich selbst auch irgendwo und zu warten, bis alles vorbei war. Die Polizei würde nicht lange dort bleiben, nur so lange, wie die Zeitungen darüber berichteten.

Der Hügel würde wieder im Fernsehen erscheinen, die Radios würden mit dem Polizeikommandanten, der den Auftrag hatte, den Frieden in der Favela wieder herzustellen, ein paar Interviews führen. Der Verkauf von Drogen würde für eine Weile zurückgehen – fast könnte man glauben, die »Terceiro« arbeiteten mit den Bullen zusammen, um uns fertigzumachen, so wie das alles zusammenkommt –, die Nachbarn in den umliegenden Straßen würden sich allmählich beruhigen, und der eine oder andere Polizist würde Gefallen an dem einen oder anderen Rauschmittel finden.

Nach einer Woche wäre der Spuk vorbei, die Feinde würden sich für eine Weile fern halten, die Polizei würde zu ihrer Routine der regelmäßigen kleinen Übergriffe zurückkehren. Wie vorhersehbar das alles war, ärgerte Marra. Jedes Mal dieselbe Scheiße. Bis jetzt hatte er dazu keine Alternative gehabt. So ist es eben, das Leben als Bandit. Aber jetzt könnte sich das vielleicht ändern.

»Macht, Macht. Macht, verdammte Scheiße! Ich kriege sie alle! Und dann will ich mal sehen, ob die Polizei mir hier noch auf den Sack geht, ob die Schwachköpfe vom ›Terceiro Comando‹ den Mut haben, meinen Hügel noch einmal zu überfallen, ob die feinen Madames da unten weiter so ein angeekeltes Gesicht ziehen, wenn unsere Kinder in ihre Nähe kommen. Das will ich sehen!«

Die Vereinbarung wurde bei einem kurzen Treffen zwischen Marra, Pillar, Célio und Maromba besiegelt. Eine Versammlung, auf der nur wenig gesprochen wurde, ganz anders als die der CR oder der POS. Es gab kein Protokoll, keine geschriebene Erklärung. Einfach nur einlösen, was seit Monaten ausgehandelt worden war. Keiner von beiden würde so blöd sein und einen solchen Pakt brechen.

Omelettes

Die Ermordung des Portugiesen Chico wurde im Kommando der CR mit einer Mischung aus Schrecken und Erregung aufgenommen. Célio kannte das Opfer sogar. Einmal, als er auf dem Weg zur Favela war, hatte er ein paar Läden in der Nähe der Favela abgeklappert, um sich einen Eindruck über die Gegend zu verschaffen. Keine besonders wissenschaftliche Methode zur Einschätzung der Lage, aber immerhin eine Möglichkeit, etwas mehr über das Terrain zu erfahren, auf dem man sich zukünftig bewegen wollte.

Unter dem Vorwand, ein Pfund Hackfleisch kaufen zu wollen, hatte er die Metzgerei betreten und versucht, mit dem Besitzer ins Gespräch zu kommen. Darüber, dass alles immer teurer wurde, die Erhöhung der Strompreise, doch der Portugiese hatte ihm keine besondere Aufmerksamkeit geschenkt. Gesprächen über Politik ging er stets aus dem Weg. Er war nicht auf der Flucht vor der Diktatur in seinem Land nach Brasilien gekommen, sondern um Arbeit zu finden, sein Leben zu meistern, und hatte keine Lust, seine Zeit mit Lamentieren über dies oder das zu vergeuden.

»Ihr Fleisch, bitteschön, drei Reais bitte, schönen Tag noch.«

Ein paar Monate später der Mord. Célio wusste, dass es dazugehörte – der revolutionäre Prozess durfte nicht aufgehalten werden, die alte Geschichte: Man kann kein Omelett backen, ohne dass auch ein paar Eier zu Bruch gehen. Doch das hier war Mord, nicht ein Ei, das zerdrückt worden war, ein Mord war passiert; du sollst nicht töten, hallte es irgendwo in seinem Kopf wider.

»Darf man Böses tun, um Schlimmeres zu verhindern?«, hatte er diesen Mönch einmal gefragt, der die Jugendgruppe geleitet hatte und dem er damals seine Ängste und Träume anvertraut hatte. Die Revolution zielte auf das Gute, doch sie musste nun einmal mit den Waffen des Bösen geführt werden. Eier und Omelett, »das musste sein«, wiederholte er.

Doch im Gegensatz zu dem, was er in den Versammlungen der CR vertreten musste, hielt er diese Episode nicht für eine Hinrichtung. Der Portugiese war kein Verräter, kein Gegner, sondern nur ein alter Krämer, der keine Lust gehabt hatte, Schutzgeld zu zahlen »an ein paar nichtsnutzige Neger, die den lieben langen Tag Dreck schnüffeln und Krach mit ihren Mopeds machen«.

»Er ist tot, das musste sein«, kommentierte Pillar und erlaubte sich noch einen Scherz: »Mach dir nichts draus, wahrscheinlich hat er sowieso das Hackfleisch, das du bei ihm gekauft hast, falsch abgewogen.«

Célio grinste ein wenig verunsichert und versuchte sich einzureden, dass der Tod dieses Portugiesen vielleicht Tausende andere verhindern konnte, die an Hunger und an den Verhältnissen umkommen würden. Ein erlösender Tod. Wie bei Jesus.

Pillar schätzte die Lage so ein, dass es keinen Grund zur Beunruhigung gab. Die Polizei stufte den Mord als ein Verbrechen aus Leidenschaft ein. Die Witwe hatte gestanden, dass ihr Mann hin und wieder seine kleinen Seitensprünge gemacht hatte und sie ihn zwei Mal sogar erwischt hatte, wie er über die Verkaufstheke hinweg mit ein paar Mulattinnen geflirtet hatte. Auch die Zeitungen tendierten in diese Richtung. Besser gesagt: Sie schrieben meist gar nichts. Nach einer ersten Aufregung direkt nach dem Mord gab es kaum mehr etwas zu berichten, am dritten Tag gab es ein paar kurze Aussagen der Witwe. Ein Mord in einem Vorort von Rio ist nicht besonders spektakulär.

Für Pillar war nur wichtig, die politische Ausrichtung der Aktion nicht aus den Augen zu verlieren. Man durfte sich keine Illusionen machen, was Marra betraf. Er war ein Bandit, ein Dealer, der an direktem und greifbarem Profit interessiert war. Schlimmer noch, er war ein Typ, der mit Waffen umgehen konnte und es gewohnt war zu töten. Als bekannt wurde, welche Gräuel Marra schon hatte begehen lassen, hatte dies ein gewisses Unbehagen auf den Vorbereitungssitzungen für die ersten Aktionen hervorgerufen. Aber schließlich ging es hier um ein Bündnis mit klar abgegrenzten Bereichen.

Der Prozess erforderte Kenntnis und Fingerspitzengefühl, präzises und fein abgestimmes Vorgehen. Es lag an der Führung der CR, dafür zu sorgen, dass es am Ende nicht nur zu einer Ausweitung des Aktionsradius der Drogenhändler in diesem Teil der Stadt kommen würde. Es mussten umgehend auch soziale Aktionen folgen und gleichzeitig musste über eine kontinuierliche Erweiterung der neuen Möglichkeiten nachgedacht werden. Weitere Marombas mussten gefunden werden, weitere Marras. Schon bald sollten in fünf, sechs weiteren Favelas im Großraum von Rio de Janeiro revolutionäre Fokusse aufgebaut werden.

Glaube

Drei Wochen nach der Ermordung des Metzgers erstattete Célio Bericht über die Situation vor dem elfköpfigen Exekutivkomitee der CR. Die Zusammenkunft fand in demselben Raum statt, in dem er vor fast einem Jahr diesem alten Genossen seinen revolutionären Überschwang entgegengeschleudert hatte. Damals hatte man ihn als intolerant bezeichnet und ihm fehlendes Fingerspitzengefühl vorgeworfen. Er hatte sich kindisch verhalten, hatte völlig übereilt gehandelt, als er Altino damals gegen die Wand geredet hatte.

Heute sah alles anders aus. Als er nun vor der kleinen Gruppe stand, die da an Schultischen im Kreis um ihn herum saß, war er nicht mehr der Hitzkopf, der Grünschnabel. Nach einer kurzen Vorstellung seiner Person durch Pillar legte Célio nun Rechenschaft über seine Arbeit als Feldkommandant des wahrscheinlich gewagtesten Versuchs des Aufbaus einer Guerilla seit der Episode am Araguaia in den siebziger Jahren ab.

»Die Hinrichtung eines Gewerbetreibenden, der sich geweigert hat, den Geist der revolutionären Aktion zu begreifen, hatte eine enorme Wirkung auf das Viertel. Andere Unternehmer, die bis dahin noch gezögert hatten, haben sich zur Zusammenarbeit und zur Entrichtung der Sicherheits- und Zusammenarbeitssteuer entschlossen. Die ersten Ergebnisse sind sehr ermutigend. Die Kriminalitätsrate in der Gegend ist deutlich zurückgegangen. Die aufmerksamen Genossen werden in der Zeitung gelesen haben, dass man drei Tote in der Nachbarschaft des Stadtviertels gefunden hat, auf das sich unsere revolutionäre Aktion konzentriert. Die Toten waren Personen aus anderen Stadtteilen, die geplant hatten, ein Restaurant und eine Autowerkstatt im Stadtviertel zu überfallen. Das Unterkomitee für äußere Sicherheit unseres Feldkommandos hat Kenntnis davon bekommen und ist tätig geworden und hat diese Überfälle verhindern können. Unglücklicherweise sind die Verdächtigen hingerichtet worden. Dies war notwendig, um die Entschlossenheit unserer Maßnahmen unter Beweis zu stellen.

Es ist natürlich bedauerlich, dass wir zu solchen Maßnahmen greifen müssen, schließlich gehören die Toten zu genau dem Umfeld der Ausgegrenzten, in deren Sinne wir handeln, doch es gab keine Alternative. Wir müssen klarstellen, dass in unserem Einflussbereich nun ein neues Gesetz herrscht. Die Bestrafung hat sich in den vergangenen zwei Wochen dahingehend positiv ausgewirkt, dass kein einziges Verbrechen mehr begangen worden ist, nicht einmal in den Nachbarvierteln. Die Einnahmen durch die Besteuerung der Geschäftsleute sind gestiegen. Einige, die von unseren Teams noch nicht erfasst worden waren, haben sich freiwillig gemeldet und ihre Bereitschaft erklärt, unserem Besteuerungssystem beizutreten. Ihr Interesse liegt klar darin, an den Errungenschaften unseres revolutionären Prozesses zu partizipieren.«

Die Erwähnung der Morde machte keinen besonderen Eindruck auf die Mitglieder des Exekutivkomitees. Auf die eine oder andere Weise hatten sie bereits erfahren, was mit dem Metzger und mit den Banditen passiert war. Einige hatten sogar durch Raunen oder Kopfschütteln ein leichtes Bedauern geäußert, aber schließlich ging es hier um die Durchsetzung revolutionärer Prinzipien. Anschließend kam Célio zu dem mit größerer Spannung erwarteten Punkt: dem Fortschritt der Arbeit in der Favela.

»Die Steuereinnahmen haben uns in die Lage versetzt, unsere soziale Arbeit in der Gemeinschaft auszubauen. Wir haben die Kapazitäten der Kindertagesstätten verdreifacht, einen Informatikkurs eingerichtet und stehen kurz vor Beendigung der Renovierungsarbeiten an dem Sportplatz ganz oben auf dem Hügel. Im kommenden Monat beginnen wir wahrscheinlich mit dem Verlegen der Rohre, die den offenen Abwasserkanal ersetzen werden. So gut wie alle Kinder der Favela gehen inzwischen zur Schule. Der Direktor einer Privatschule ist, sagen wir mal, für die Argumente unseres Koordinators für Erziehung sensibilisiert worden und hat 30 Stipendien für Kinder aus Mirandão zur Verfügung gestellt. Er ist auch dahingehend angeleitet worden, dass er die anderen Schüler und deren Eltern darauf hinweist, dass es weder pädagogisch noch besonders gut im Sinne ihrer persönlichen Sicherheit wäre, wenn sie die neuen Schülerinnen und Schüler in irgendeiner Weise diskriminierten.

Unsere größte Schwierigkeit, Genossinnen und Genossen, ist das Verhältnis zu den paternalistisch und anti-revolutionär ausgerichteten anderen Initiativen, die es immer noch auf dem Gelände der Favela gibt. Um keinen Verdacht zu erregen, und mit Rücksicht auf die übergeordneten Ziele unserer Tätigkeit, haben wir gemeinsam mit dem Subkommandanten für äußere Sicherheit beschlossen, diese Agenten der Reaktion – Sozialarbeiter, Gemeindeaktivisten, Mitarbeiter von Politikern, die in der Favela Büros unterhalten – erst allmählich zu entfernen. Ohne politische Begründung. Sie erhalten lediglich die Information, dass es in der Favela zunehmend gefährlich wird, dass es Hinweise auf ein Wiederaufflammen von Bandenkriegen gibt, und es deswegen besser wäre, sie würden ihre Projekte auf unbestimmte Zeit aussetzen.

Die Repräsentanten der Stadtverwaltung schienen geradezu erleichtert über ihren Hinauswurf, Probleme hatten wir eher mit den Wahlhelfern verschiedener konservativer Politiker, die behaupteten, schon lange in dem Viertel zu arbeiten. In diesen Fällen haben wir zu überzeugenderen Argumenten greifen müssen. Glücklicherweise zeichnen sich alle diese Propheten des Rückschritts nicht gerade durch Mut aus.

Die Frage der Koexistenz mit bestimmten religiösen Institutionen hat einen Gutteil unserer Zeit eingenommen.

Vom Anfang unserer Gespräche an war klar, dass wir die Anwesenheit von Mitarbeitern der Kirchen nicht würden verhindern können. Auch, weil dies eine Auseinandersetzung mit einem großen Teil der Bevölkerung mit sich gebracht hätte, die wir auf unserer Seite haben wollen. Die katholische Kirche verhält sich diskret. Einmal im Monat kommt ein Priester auf den Hügel, um einige Gläubige zu besuchen und in einer noch nicht fertig gestellten Kirche eine Messe zu lesen, in einer Kapelle, um genau zu sein.

Er ist ein alter Mann, konservativ, auf der Linie des Kardinals. Er ist sogar einmal im Mitanambu aufgetaucht und hat sich über die Ergebnisse eines Kunsthandwerk-Workshops informiert. Er hat sich lange mit der Genossin Joana unterhalten, sie über die Projekte der Kirchengemeinde informiert, über deren Sozialarbeit. Hat versprochen, sich um Gelder der Sparkasse zu kümmern. Einen Monat darauf hat er dann allerdings mitgeteilt, es gäbe Schwierigkeiten mit der Freigabe der Gelder, denn Priorität hätten bedürftigere Viertel.

Bei den Katholiken gibt es auch noch die Paulusschwestern, die in der Gemeinde verwurzelter sind. Es sind aber nur zwei. Eine ist 32 und die andere 40 Jahre alt. Ab und an bitten sie darum, unsere Räumlichkeiten nutzen zu dürfen, um Vorträge über Frauengesundheit zu halten. Sie sagen, die Räume der Kirche seien zu klein dafür. In diesen Vorträgen betonen sie, dass die Kirche sich gegen Abtreibung und Verhütung wendet, geben aber zu, dass nicht alle Menschen Heilige sein müssen. Sie haben eine bedeutende Anzahl Kondome gespendet, die wir in der Gemeinde verteilen können, sofern wir zusichern, nichts über deren Herkunft zu verraten.

Zu guter Letzt gibt es ein paar Gebetskreise, die von katholischen Laien aus der Favela selbst angeführt werden. Immer dienstags versammeln sie sich in der Kapelle zum Beten. Sie sind sehr aktiv, wenngleich auch extrem konservativ. Einmal haben sie mich im Mitanambu aufgesucht und eingeladen, sie in ihre Kapelle zu begleiten. Schließlich habe ich einem Ritual beigewohnt, das sie Taufe im Heiligen Geist nannten, eine Praxis, die von der katholischen Kirche nicht anerkannt ist, aber unter den Gläubigen großen Anklang findet. Ich fand es angebracht, ihre Einladung anzunehmen, um keinen Verdacht zu erregen.«

Als er das sagte, versuchte Célio Pillars Blick auszuweichen. Er fürchtete, dass dieser sich wieder über seine Teilnahme an dem Laienritual lustig machen würde. Als er vor zwei Wochen erfahren hatte, dass Célio »im Heiligen Geist getauft« worden war, hatte er ironisch erklärt, dass er ihn nach dem Sieg der Revolution zum Botschafter im Vatikan machen würde. »Du wirst Rom lieben. Da wimmelt es von Priestern und Nonnen. Es gibt dort die größte Pro-Kopf-Schuld des Planeten. Als Botschafter hast du dort absolut nichts zu tun, kannst den ganzen Tag lang sündigen, um anschließend all deine schönen Sünden wieder zu beichten.«

Pillars Kommentar hatte Célio geärgert. Ihm schien, als setzte Pillar seine katholische Vergangenheit ein, um ihn permanent unter Druck zu setzen. Als liege nun eine weitere Todsünde auf seiner revolutionären Seele, nämlich, dass er irgendwann in seinem Leben einmal mehr an die Macht eines fragwürdigen unsichtbaren Gottes geglaubt hatte als an die Macht des Volkes. Célio wusste, dass er diesen Druck irgendwie auch akzeptierte und dadurch stets besonders eifrig bemüht war, revolutionären Eifer unter Beweis zu stellen, zu zeigen, dass er konvertiert war.

»Die größte Gruppe ist die Gruppe der Evangelikalen, die derart präsent ist, dass es ihnen sogar gelungen ist, den Einfluss afro-brasilianischer Kulte zurückzudrängen. Es gibt sieben Kirchen in der Favela. Eine eher traditionell baptistische. Sie ist dort praktisch seit es die Favela gibt, seit Anfang der sechziger Jahre. Sie hatte früher einmal viele Anhänger, aber seit Anfang der Achtziger hat sie zugunsten anderer Strömungen aus dem Umfeld der Pfingstkirchen an Einfluss verloren. Dies scheint einige Baptisten allerdings aufgeschreckt zu haben, und seit neuestem gibt es dort eine Jugendgruppe, die sich mit sozialen Fragen beschäftigt.

Ihre Mitglieder scheinen einen kritischen Blick zu haben und haben sich zu verschiedenen Anlässen ernsthaft besorgt über die Zukunft der Jugend in der Favela geäußert. Aber vergessen wir nicht, Genossinnen und Genossen, dass die Baptisten traditionell konservativ sind und die Legitimität der Staatsmacht und der Behörden anerkennen. Wir unterhalten einige Kontakte zu den Mitgliedern dieser Jugendgruppe und arbeiten auf Allianzen hin. Selbstverständlich ohne unser höheres Ziel aus den Augen zu verlieren, das von ihnen mit Sicherheit abgelehnt wird.

Die anderen Kirchen arbeiten mehr oder weniger ähnlich, auf der Linie der Pfingstgemeinde, die sich auf die Suche nach dem Heiligen Geist konzentriert. Alle Übel der Gesellschaft – Arbeitslosigkeit, Gewalt, Drogen, Armut – werden dem Teufel zugeschrieben. Dies behindert ganz eindeutig unsere politische Arbeit mit den Jugendlichen im Viertel, doch leider haben wir keine Möglichkeit, diese Konzepte frontal anzugreifen. Wir waren lediglich gezwungen, ein etwas deutlicheres Gespräch mit einem der Pfarrer zu führen, der hartnäckig behauptete, Mitanambu hieße übersetzt ›Haus des Teufels‹.

Dieser Pfarrer ist bei den Leuten sehr beliebt und vertritt eine Richtung, die Fachleute ›Theologie der Prosperität‹ nennen: die Vorstellung, Gott wolle, dass seine Schäfchen reich und erfolgreich im Leben seien. Eine Mitgliedschaft in der Kirche ist demzufolge so etwas wie eine Investition in die Zukunft. Je mehr du investierst, desto mehr bekommst du am Ende heraus. Investitionen im wörtlichen Sinne, nicht nur Gebete, sondern richtig viel Geld. Es ist extrem schwierig, Genossinen und Genossen, die Auswirkungen dieses messianischen Diskurses einzudämmen. Nicht zuletzt weil, das muss eingestanden werden, die Mitgliedschaft in diesen Kirchen, von einem konservativen Standpunkt aus betrachtet, positive Effekte auf die Familien im Viertel hat.

Wenn das Familienoberhaupt aufhört zu trinken und daraufhin auch aufhört, seine Frau und die Kinder zu schlagen, hat das unmittelbaren Einfluss auf das Leben dieser Leute.

Das Geld, das sie fortan für die Kollekte aufwenden, ist weniger als das, was früher für Alkohol und Exzesse ausgegeben wurde, es bleibt also etwas übrig im Haushalt. Die Kirche wird zur moralischen Instanz, zum sozialen Bezugspunkt, was nicht gering zu schätzen ist in einer Gesellschaft, in der ein derartiger Mangel an Werten herrscht. All diese Veränderungen werden als Zeichen der göttlichen Gnade gedeutet, als Wunder unter dem Einfluss von Jesus. Wir müssen lernen, mit dieser Art von Werten zu leben, sie sind Teil unserer Arbeit. Wie aus unseren Dokumenten klar hervorgeht, müssen auch wir einen Lernprozess durchlaufen. Wir sind nicht nur dort, um zu lehren.

Doch selbstverständlich dürfen wir bestimmte Punkte nie aus dem Blick lassen. Wie ich bereits sagte, waren wir gezwungen, jenen Pfarrer zu einem Gespräch aufzufordern. Nach einer kurzen Unterredung mit einem unserer Subkommandanten für externe Operationen hat der ehrwürdige Repräsentant der Kirche der Erhabenen Wege des Herrn seine Ansichten über den dämonischen Charakter unserer Einrichtung revidiert. Er hat sogar eingewilligt, der Einrichtung einen Teil der Erlöse aus seiner Kollekte zukommen zu lassen.«

Kurz gesagt: Der Prozess war im Gange. Die Revolution, Genossinnen und Genossen, ist im Gange. Gérson, einer der Mitglieder des Exekutivkomitees, bat nach drei Stunden um das Wort. Er drückte seine Anerkennung über die in so kurzer Zeit gemachten Fortschritte aus. Doch er hätte auch noch ein paar Fragen zur Durchführung bestimmter Aktionen. Irgendwann musste doch der revolutionäre Charakter der gesamten Bewegung einmal auf die eine oder andere Weise erklärt werden. Dies würde die Reaktion auf den Plan rufen, die sich aller ihr zur Verfügung stehenden Mittel bedienen würde – Zeitungen, Fernsehen, Polizei, Armee –, um uns zu vernichten.

»Sind wir darauf vorbereitet?«, fragte er.

Pillar kam Célio mit der Antwort zuvor und erklärte, dass er die Besorgnis des Genossen Gérson verstehe, doch er erinnere daran, dass diese zweite Phase der Revolution detailliert im achten Kapitel des im vergangenen Jahr angenommenen Aktionsplans ausgeführt sei. Nach diesem Dokument sei der revolutionäre Charakter der Veränderungen in dem betroffenen Viertel so lange wie möglich geheim zu halten.

Alle Anstrengungen seien auf zwei Hauptaspekte zu richten: die Erweiterung des von den revolutionären Kräften kontrollierten Gebietes und die Konsolidierung der sozialen Aktion, die sich aus Beitragszahlungen finanziert. Die Konfrontation mit den Kräften der Reaktion sollte hinausgezögert werden. Zwar sollten die Genossinnen und Genossen sich mit dem Gebrauch von Schusswaffen vertraut machen, doch eine unmittelbare Auseinandersetzung sei nicht vorgesehen.

»Wir müssen Kräfte sammeln, unsere Positionen in Mirandão festigen und nach und nach andere Favelas an den revolutionären Prozess heranführen. Die Auseinandersetzung ist unvermeidbar, doch es gibt keinen Grund, sie zu forcieren. In den siebziger Jahren hat die Erklärung, dass Banküberfälle nichts anderes sind als Enteignungen durch revolutionäre Kommandos, die ganze repressive Maschinerie der Diktatur auf den Plan gerufen. Diesen Fehler wollen wir nicht noch einmal begehen. Lasst uns unsere Positionen ausbauen und an Terrain gewinnen, Fuß fassen. In der Praxis heißt das, dass wir alle mit gewissen Widersprüchen werden leben müssen, auch solchen, die mit den Geschäften zwischen den Drogenhändlern und Teilen der Polizei zusammenhängen. Diese Verbindungen dürfen nicht abrupt zerschlagen werden.«

Und Pillar weiter: Niemand sollte derzeit in der Favela von Revolution sprechen. Der Prozess sei ein pädagogischer. Nach und nach würde die unterdrückte Bevölkerung dort ihre eigene Fähigkeit erkennen, eine bessere Gesellschaft zu errichten. Der politische Gehalt dieser Veränderungen werde in den Kursen in politischer Bildung in dieser NGO vermittelt. Einiges sei schon erreicht worden, aber viel Boden sei noch zu beackern. Die unbewaffnete Basis musste noch stärker eingebunden werden, die Bevölkerung der Favela, vor allem die Jugend. Die meisten von ihnen sahen in Mitanambu noch nicht mehr als einen Laden, in dem man irgendwelche Qualifikationen erwerben konnte. Es gab wenig Interesse an den Politisierungskursen, doch die Pädagogik-Gruppe arbeitete bereits an der Modifizierung bestimmter Programme »dahingehend, dass Themen aufgenommen werden, die unsere revolutionären Positionen mit dem revolutionären Potenzial dieser Bevölkerungsteile in Einklang bringen«.

»Weniger Marx also und mehr Zumbi«, rief Gabriel, ein anderes Führungsmitglied der CR.

»Vielleicht«, antwortete Pillar. »Wir müssen Teile dieser Jugendlichen erreichen. Wir dürfen nicht nur auf die militärische Stärke vertrauen.«

Mitglieder der CR würden ihre Aktivität an der Basis verstärken und die Zusammenarbeit mit anderen Führungspersönlichkeiten unter den Bewohnern suchen, die sie, wie es Maromba getan hatte, an die Schlüsselfiguren des Drogenhandels heranführen würden. Gemäß der Resolution des Aktionsplans sollten revolutionäre Zentren, so wie das in Mirandão, überall im Stadtgebiet von Rio de Janeiro entstehen. Vorzugsweise in größerer Entfernung von dem zuerst entstandenen Fokus.

Dieser Teil, wahrscheinlich der heikelste in dem gesamten Prozess, sollte nach Rücksprache mit Maromba und Marra erfolgen. Sie durften nicht das Risiko eingehen, sich mit einem verfeindeten Hügel einzulassen. Die Politik der gemeinsamen Interessen musste strikt eingehalten werden. Die Favelas, die in den Prozess aufgenommen werden sollten, mussten auch den Erwartungen des Drogenhandels entsprechen, das heißt, es mussten Gegenden sein, an denen auch Carlinhos Marra Interesse hatte. Und das war nicht leicht. Die Organisation unter den verschiedenen Anführern des Drogenhandels war meist sehr lose und ähnelte mehr der Struktur einer Föderation autonomer Gebilde als einer Firma, in der Hierarchien und Unterordnung herrschen.

Es ging also weniger darum, Räume zu besetzen, als mehr darum, die Chefs anderer Armenviertel, die jeweils ganz unabhängig voneinander agierten, davon zu überzeugen, dass sie eine gemeinsame Logik akzeptierten. Und das alles unter Hinweis darauf, dass Marras Erlöse nach seinem Eintritt in die Organisation gestiegen waren. Seine Arbeit war sicherer und lukrativer geworden, seine Leute hatten mehr Rückhalt bei den Bewohnern, und dies minderte das Risiko, verraten zu werden. Und es gab selbstverständlich die Aussicht auf zukünftig noch bessere Gewinne, wenn die Konfrontation rivalisierender Gruppen irgendwann unvermeidbar werden würde.

»So sehr uns die Vorstellung einer Konfrontation zwischen Unterdrückten Probleme mit unserer revolutionären Ethik verursachen mag, so sehr müssen wir im Moment leider einsehen, dass diese Etappe notwendig ist. Und, ich wiederhole, wir dürfen nicht aufhören, uns darüber im Klaren zu sein, dass die Teilnahme der bewaffneten Anführer an diesem Prozess davon abhängt, dass sie Aussicht auf die Vermehrung ihrer Gewinne sehen. Wir haben Hinweise auf eine allmähliche Annäherung dieses Marra an unsere Positionen und unsere Ziele. Doch dies alles kann in Gefahr geraten, wenn wir unser Versprechen nicht einhalten können, dass unsere Arbeit auch für seine Geschäfte von Interesse ist. Ich möchte die Genossinnen und Genossen daran erinnern, dass, so seltsam es klingt, Charles Marra derzeit unser Subkommandant für externe Operationen ist«, schloss der Anführer der Conexão Revolucionária.

»Und mit Armeechefs legt man sich nicht an«, spottete Gérson, der zur Antwort einen bösen Blick von Pillar erntete.

Im Anschluss daran hob der Leiter der Organisation noch einmal hervor, wie wichtig es sei, dass über die Angelegenheit striktes Stillschweigen gewahrt wurde. Er wies darauf hin, dass ähnliche Experimente auch für São Paulo und Recife geplant waren. Städte, in denen die CR auch ganz gut organisierte Zellen unterhielt und wo es nach Einschätzung der nationalen Koordination die notwendigen Bedingungen für die Schaffung neuer revolutionärer Fokusse gab.

Anstrengung

»Lauf schon, du Sack!«

Der Ruf war weniger eine Anfeuerung als eine Drohung. Célio rannte, so schnell er konnte. Er war erschöpft, schon lange hatte er sich nicht mehr so angestrengt. »Los, Mann, nur noch dieses eine Mal«, das sagte er jetzt zu sich selbst.

Es war knapp, aber er erreichte den Ball, bevor dieser die Linie überquerte. Mit dem Innenrist stoppte er den Ball, der Verteidiger konnte mit dieser Finte nicht mithalten und stolperte über die Außenlinie. Célio hob den Kopf und passte, der Ball flog in Richtung des Kopfes des Mittelstürmers, und der hatte keine Probleme, den Ball zu verwandeln. Der Führungstreffer. Drei zu zwei. Torschütze: Marra.

»Der Langhaarige hier spielt richtig gut ...«

»Ich bin bisschen aus der Übung, hab schon lang nicht mehr gespielt ...«

Sie saßen auf einem Stein, irgendwo an der Seitenlinie des staubigen Platzes. Célio schnaufte. Er hatte SdP nicht belogen. Schon lange, mindestens seit einem Jahr, hatte er nicht mehr Fußball gespielt. Zum letzten Mal irgendwo in Barra auf einem Kunstrasenplatz. Mit einigen Freunden aus der Uni. Nun spielte er auf einem anderen Platz. Hatte die Mannschaft gewechselt.

Die Erschöpfung, das Bier und die Ausnahmesituation dieses Fußballspiels – wann hätte ich mir je träumen lassen, dass ich zum Zeitvertreib mit einer Bande von Drogenhändlern Fußball spiele – erfassten Célio in einer Art Rausch. Ein glücklicher Schwindel, ein alberner Taumel. Irgendwie losgelöst von den Bewegungen um ihn herum, lachte er in sich hinein, über sich selbst und seine Gedanken. Wie würde wohl diese neue Mannschaft heißen? Mirandão Fußball- und Koksklub? Atlético Kiff? FC Sankt Marx?

Das Bierglas in der Hand lachte er über seine Assoziationskette. Selbst für seine physische Erschöpfung fand er nun eine neue Erklärung. »Ist wahrscheinlich die Höhenluft.« Schließlich war er gewohnt, auf Höhe des Meeresspiegels zu spielen. Es war das erste Mal, dass er auf einem Platz in etwa 200 Metern Höhe spielte. Okay, es war nicht La Paz, aber es hatte auch seinen Charme und, wer weiß, vielleicht bessere Luft?

»Guter Ball, Kleiner«, die Anerkennung von Marra unterbrach Célios kurze Träumerei. Er saß auf der blanken Erde, ohne Hemd, barfuß und glücklich, das Siegestor geschossen zu haben. Carlinhos sah in diesem Moment auch nicht aus wie der große Drogenboss, den sie immer in der Zeitung beschrieben, der Herr über Mirandão, der Chef der »Bewegung«.

»Komm mal öfters vorbei zum Spielen. Wir kicken hier eigentlich immer, meist sonntags und montags, wenn weniger los ist.«

»Das mache ich, kein Problem«, antwortete Célio.

Ganz in seiner Nähe, an Steine gelehnt oder auch einfach so auf dem Boden, lagen eine Maschinenpistole, ein Gewehr, zwei oder drei Pistolen. Niemand ließ gern seine Waffe außer Sichtweite, auch Célio nicht, der inzwischen schießen gelernt hatte und auch eine Pistole trug. Aber hier drehten sich die Gespräche um andere Dinge. Um das Spiel, um das Tor von Peixinho gleich am Anfang, wie Pé Grande ausgedribbelt worden war, die gute Aktion von Fumaça, der für die Mannschaft, in der Célio spielte, im Tor stand.

Butuca reichte Marra einen Teller mit einem Häufchen Koks drauf und einen Strohhalm. Marra zog eine Grimasse, sniefte und reichte den Teller weiter. SdP machte einen Joint zurecht, zog zweimal kräftig, hielt die Luft an und reichte die Tüte an Célio weiter. Auch er rauchte.

Die Hitze, die Anstrengung, sein Stolz über die gute Aktion auf dem Feld, das Gras – langsam verzog sich der Nachmittag vor Célios Augen. Ein heißer Wind fegte über das Fußballfeld, wo nun Kinder hinter dem Ball herrannten. Die Staubwolke verwandelte sich in einen Nebel und trübte seine Sicht. Stimmen, jede Menge Stimmen: Marra, SdP, Butuca. Sie redeten über alles Mögliche und über nichts. Die geile Tussi aus der Telenovela, die sich nackt für eine Zeitschrift hatte fotografieren lassen, der Gringo, der in der nächsten Saison für Vasco da Gama spielt, eine Revolte in einem Gefängnis in São Paulo.

Fußball, Bier, Frauen und Haschisch. Reichlich benommen dachte Célio, die Stadt hier oben hatte doch einiges gemeinsam mit der da unten, in der er bisher gelebt hatte.

Anzeichen

Der Minister für Öffentliche Sicherheit des Bundesstaates Rio de Janeiro, Praxedes Siqueira, konnte gestern einen deutlichen Rückgang der Kriminalität in der Region Leopoldina vermelden. Er sprach den Polizeioffizieren Jairo Albuquerque und Zaquias Moreno de Souza seine Glückwünsche für ihre erfolgreiche Arbeit aus.

Nach den vorliegenden Statistiken ging die Kriminalität sowohl im Bereich der Tötungsdelikte zurück als auch in dem der Wohnungseinbrüche, Raubüberfälle sowie der Autodiebstähle. Im Rahmen einer Feierstunde in den Räumen des Ministeriums betonte Siqueira, dass die Region, in der sich auch die berüchtigte Favela Mirandão befindet, bislang als eine der gewalttätigsten Gegenden der Stadt galt.

Der Rückgang der Kriminalität beweise, dass die Maßnahmen der Staatsregierung zur Wiederherstellung der Öffentlichen Sicherheit Erfolg zeigten und dass dies nach und nach auch für die Bevölkerung spürbar werde.

»Unsere polizeilichen Maßnahmen verfolgen eine Strategie der Härte und Unnachgiebigkeit. Unsere Männer werden zu intelligentem Vorgehen angehalten. Dadurch können kriminelle Aktivitäten bereits im Vorfeld unterbunden und kriminelle Subjekte bereits durch die physische Präsenz der Schutzpolizei sowie der Er-

mittlungsbeamten zur Einschränkung ihrer kriminellen Aktivitäten gezwungen werden«, erklärte er.

Weiter erklärte der Minister, dass der Erfolg der Sicherheitsbehörden in absehbarer Zeit auch in anderen Regionen des Bundesstaates spürbar würde: »Es war eine strategische Entscheidung, unsere Arbeit in der Region von Leopoldina zu beginnen. Gute Ergebnisse in dieser Region mit ihren zahlreichen Favelas werden zu einer Art Visitenkarte für unsere Aktivitäten in anderen Gegenden.«

Hauptkommissar Jairo Albuquerque scherzte in seiner Dankesrede, dass Leopoldina, wenn diese Tendenz des Rückgangs der Kriminalität anhielte, in Kürze in die Tourismusroute von Rio de Janeiro aufgenommen werden könne. »Unser Stadtviertel wird dann als eine Art Insel des Friedens in der Stadt gelten«, sagte er. »Unser Konzept heißt Null-Toleranz gegenüber der Kriminalität, doch tiefer Respekt vor den Bewohnern des Viertels«, ergänzte Coronel Moreno de Souza.

Die Einladung zum Essen mit Kollegen des Ministeriums schlug Jairo ab. Er war bereits verabredet. In einem Grillrestaurant in Bonsucesso. Mit einem Pfarrer und dem Besitzer eines Omnibusunternehmens. Seit zwei Wochen schon drängten sie darauf, sich mit ihm zum Mittagessen zu treffen. Am besten in einem anderen Teil der Stadt. Das, worum es ging, verlangte eine gewisse Diskretion. Nein, nein, am Telefon können wir noch nichts sagen. »Mittagessen mit einem Priester ist die Hölle, die Typen schauen dich an, als seist du der Teufel in Person, nur weil du dir ein Bier bestellst. Scheiß auf den Pastor. Nach einer geschlagenen Stunde mit diesem Arsch von Minister muss jetzt vor allem erst einmal Whisky her, um wieder zur Ruhe zu kommen.«

Anthropologie

Joana machte sich Sorgen. Es gefiel ihr gar nicht, dass im Fernsehen und in den Zeitungen davon die Rede war, dass nun Frieden im Viertel herrschte. Im ersten Moment hatte sie noch darüber geschmunzelt, dass der Minister die Polizei für den Rückgang der Kriminalität verantwortlich gemacht hatte, der doch ausschließlich auf das Konto der Kriminellen selbst ging. Doch gleich darauf war ihr nicht mehr zum Feiern zumute. Die Nachricht würde mit Sicherheit Reporter in Scharen anlocken, die Bewohner ausfragen und in der Favela herumschnüffeln würden und ein Interview mit dem Vorsitzenden der Einwohnervertretung machen wollen. Wenn es ganz schlimm kam, drangen sie sogar bis zum Mitanambu vor.

»Ich kenne diese Leute«, sagte sie zu Maromba, der gerade eingetreten war. »Sie kommen grinsend herein, sagen ›dürfen wir reinkommen‹, loben unsere Arbeit und die schönen Räume. Vielleicht werden wir sie eine Zeit lang hinhalten können, ihnen etwas über die Nachhaltigkeit unserer Arbeit erzählen und das mit der Kriminalität außen vorlassen. Aber es wird nicht leicht sein, diese Reporter länger als nur einen Moment lang abzulenken. Die sind schlau. Sie fragen hier, fragen da, wechseln scheinbar das Thema und lassen nicht locker, bis sie den Leuten nicht wenigstens einen Satz über das entlockt haben, was der Minister da gesagt hat.«

»Du hast recht. Besser, wir verschwinden vorerst von der Bildfläche und lassen uns eine Zeit lang nicht blicken. In Deckung gehen, würde Pillar sagen ...«, erwiderte Maromba und schlürfte seinen Kaffee.

Es lief doch gerade alles so gut, sagte Joana, es war relativ ruhig auf dem Hügel, die Franzosen waren zufrieden mit den Berichten, die sie ihnen über die Arbeit in der »favelá« lieferte. Sie würden platzen vor Wut, wenn sie wüssten, dass alles nur eine Fassade für ein revolutionäres Projekt war.

Und nicht nur sie würden durchdrehen. Alle anderen NGOs in Rio de Janeiro würden sich gegen den Missbrauch ihres heiligen Kürzels verwahren. Naja, genau genommen war es ja gar kein Missbrauch, sondern nur eine Verwendung im Dienste eines etwas größeren sozialen Projektes, in dem es nun nicht mehr nur darum ging, Statistiken und Konzepte für die Stadtverwaltung zu schreiben, Entwaffnungskampagnen zu initiieren und Demonstrationen, Versammlungen und Berufsvorbereitungskurse zu organisieren.

»Ja, auch die NGOs machen wichtige Arbeit, das sehe ich ein, aber du weißt selbst, Maromba, ihre Arbeit ist ungeheuer beschränkt. Célio sagt: Sie sind Teil des Systems und sind an einem wirklichen strukturellen Wechsel nicht interessiert.«

»Célio sagt ...«, wiederholte Maromba ironisch. »Genossin, mir scheint, unser Genosse Célio hat dich mächtig beeindruckt. ›Der Genosse Célio meint‹, ›nach Einschätzung des Genossen Célio‹ ...«

»Was soll das, Genosse?«, erwiderte Joana und lächelte, weil sie damit den Titel eines Buches über eine der bekanntesten Aktionen der Stadtguerilla zitiert hatte.

Doch von Marombas ironischer Antwort einmal abgesehen, war auch Joana klar, dass Célio für sie wirklich mehr war als nur ein Kampfgefährte. Zu Anfang hatte sie ihn überhaupt nicht leiden können. Ein hübscher Kerl war er, intelligent und auch sicher voll guter Absichten, doch wenn es hart auf hart käme, glaubte sie, würde auch er garantiert einknicken. Denn im Gegensatz zu ihr hatte er keinen wirklichen Grund zu kämpfen. Er war weder in der Favela geboren noch war er schwarz. Reich war er zwar auch nicht, aber er hatte sich nicht so krummlegen müssen wie sie, um studieren zu können.

Er war aus ideologischen Gründen zu dem Projekt gekommen. Aus Überzeugung. Nichts also, was man nicht rückgängig machen konnte, wenn sich eine gute berufliche Chance ergab oder eine neue Liebe. Maromba selbst hatte ihr erzählt, dass er eine Freundin hatte. Er hatte sie einmal gesehen, als sie nur in Höschen und T-Shirt durch das Zimmer zur Toilette gegangen war, dort in Célios Wohnung in Flamengo. »Eine schöne Frau«, hatte er gesagt.

Der Genosse Célio war ein guter Kerl, aber seine Motivation waren Kopf und Herz. Joana dagegen wurde anders gesteuert: Bei ihr war es der Magen, der Hunger oder zumindest der Mangel an Essen, den sie in einem guten Teil ihres Lebens erfahren hatte. Hunger und das erniedrigende Gefühl, kein Geld zu haben, sich in den Geschäften unten in der Stadt keine Kleidung kaufen zu können, die Erniedrigung wegen der Hautfarbe, die krausen Haare, die sie mit Henna und Mutters Bügeleisen ständig zu glätten versucht hatte.

»Ich bin eher dunkelbraun«, hatte sie mit elf Jahren in einen Fragebogen geschrieben, mit der die Lehrerin den Kindern verdeutlichen wollte, wie die Volkszählung funktionierte, die die Regierung damals angesetzt hatte. Und bevor sie diese Antwort hingeschrieben hatte, hatte sie alle anderen auf dem Fragebogen vorgesehenen Möglichkeiten durchgestrichen: weiß, schwarz, gelb, Mischling.

Heute verstand sie sich als schwarz. Und das war mehr als eine Farbe. Es war ein Lebensentwurf. Célio dagegen war weiß. Er hatte nie Hunger gelitten, war noch nie mit dieser anthropologischen Neugier bestaunt worden, noch nie von den eigenen Kommilitonen für die Putzfrau oder eine Bedienstete in der Mensa gehalten worden. Er war schon in Ordnung, aber seine Grenzen würde er nie überschreiten können. Sein Mädchen von der Uni würde er nie für eine aus der Favela ziehen lassen. Aus der Favela und schwarz. Stolz, schwarz zu sein, aber eben aus der Favela.

Sie wollte auch nicht riskieren, für eine von diesen armen jungen Dingern gehalten zu werden, die in einer Beziehung mit einem von draußen ihre Chance zum sozialen Aufstieg sahen. Sich in einen Weißen zu verlieben, hatte für Joana vor allem erst einmal mit Vorurteilen zu tun. Wie bei den Fußballspielern, die auch stets blonde Freundinnen hatten.

»Aber Jô, der ist doch süß. Er sieht aus wie ein Künstler. Wenn ich du wäre, ich würde nicht locker lassen. Die ganze Favela wimmelt von Mädchen, die mit ihm etwas anfangen würden. Ist dir noch nie aufgefallen, dass seine Kurse vor allem von Mädchen besucht werden?«, sagte Roseane, ihre Freundin aus Schulzeiten, die heute im Supermarkt an der Kasse saß und im Mitanambu einen Informatikkurs besuchte.

»Ach Rose, lass doch den Blödsinn. So hübsch ist er auch wieder nicht«, log sie.

Joana war in der berühmten Favela Rocinha geboren und im Alter von fünf Jahren mit den Eltern nach Mirandão gezogen. Irgendwann war sie dann von einer dieser NGOs entdeckt worden – als ein ermutigendes Beispiel. Sie war jung, in der Favela aufgewachsen, schwarz, Arbeiterkind, und doch studierte sie an einer staatlichen Universität. Einmal hatte sie sogar ein Anthropologe in der Favela besucht, um sie zu fragen, ob er über sie promovieren durfte. Seine Arbeit hatte auch schon einen Titel: *Die Überwindung von Barrieren – Der Beitrag ausgewählter sozialer Schichten bei der Überwindung des elitistischen Modells des staatlichen Universitätswesens Brasiliens.*

Joana hatte den jungen Doktoranden fast den Berg hinuntergejagt. »Entschuldige, ich bin doch kein Indianer, an dem du anthropologische Studien durchführen kannst.« Der junge Mann war etwas verlegen geworden und hatte nicht einmal seinen Kaffee ausgetrunken. Nun musste er sich wohl ein anderes Thema suchen oder zumindest ein anderes Studienobjekt.

Natürlich wusste Joana auch, dass ihr Weg haargenau in das Schema einer solchen Studie hineinpasste und natürlich auch an der Universität untersucht werden konnte. Vielleicht hätte sie davon sogar profitieren und ein Stipendium für ein Aufbaustudium im Ausland abgreifen können. Eine gute Alternative wäre das sicher gewesen, aber letztendlich doch nichts anderes als ein individualistischer Entwurf. Wie bei den Samba-Musikern, den Fußballspielern und den zahllosen Mädchen, die sich in Nachtklubs für die Touristen auszogen, um – und davon träumten auch viele ihrer Jugendfreundinnen – einen reichen *Gringo* zu finden, der sie ins Ausland mitnahm.

Nein, nein, sie hatte keine Lust, Laborratte zu spielen oder *Mulata* in den Arsch-Titten-Macumba-Shows für die Touristen. Dafür hatte sie nicht um ihre Schulbildung gekämpft, auf Beziehungen verzichtet und im Namen ihrer Bewegungsfreiheit zweimal abgetrieben. In ihrer Situation konnte man keine Kinder bekommen. Sie hatte keine Lust, ihr Elend zu reproduzieren und wollte nicht in dieselbe Falle tappen, in der schon so viele ihrer Freundinnen ihre Träume begraben hatten. Eine andere Perspektive musste her, und dafür musste man etwas tun. Sie musste erarbeitet werden.

Eine bessere und grundlegendere Alternative. Der Erfolg der Revolution wäre mehr wert als ein popeliges Stipendium in Paris. Vor die Entscheidung gestellt, wie ein Phänomen, eine Art Lotosblume der Favela, studiert zu werden oder die Möglichkeit zu haben, Geschichte zu schreiben, zögerte sie nicht einen Moment. Wer Bescheid weiß, nutzt die Stunde.

»Joana, Telefon für dich. Jemand von der Zeitung. Sieht aus, als wollten sie vorbeikommen und ein Interview machen.« Mariângela, vom Empfang im Mitanambu, platzte in das Gespräch mit Maromba, in dem es schon längst nicht mehr um Célio ging, sondern um ein paar wichtige Termine in den nächsten Tagen.

»Sag ihnen, ich bin nicht da. Und Maromba ist auch nicht da«, schickte sie hinterher. Nicht dass der noch auf die Idee kam, mit den Journalisten zu sprechen.

Mikrowelle

»Scheiße, ich hab doch gesagt, er soll seine Leute zurückhalten. Er hat gesagt, er hätte alles im Griff und es könne nichts schief gehen. Alle hätten die Hosen voll aus Angst vor ihm und keiner tanzt aus der Reihe. Maromba, du bist unser Feldkommandant, du hättest es verhindern müssen. Zumindest hättest du uns sofort informieren müssen.

Pillar lief hektisch auf und ab, strich sich den Bart, schlug mit der Faust auf den Tisch, gegen die Tür, gegen die Wand in der Wohnung in Lapa. Célio, der auf einem Stuhl am Tisch saß, beschränkte sich mit gesenktem Kopf aufs Rauchen. Ab und zu schüttelte er den Kopf und unterstrich damit die Ausführungen des Generalkommandanten. Die Unverantwortlichkeit von zwei Leuten aus Marras Gruppe sowie die unangemessene, impulsive Reaktion des Subkommandanten für externe Operationen selbst hatte den gesamten revolutionären Prozess in Gefahr gebracht. Mehr noch, sie gefährdete die Sicherheit aller, die an diesem Projekt beteiligt waren. Maromba hörte schweigend zu. Die Anschuldigungen prasselten nur so auf ihn herab – unverantwortlich, impulsiv, Idioten, Stümper. Fast 15 Minuten lang. Er wartete, bis der Chef sich gesetzt und einen Schluck Wasser genommen hatte, dann bat er um das Wort.

Er gab zu, es war ein Fehler passiert. Ticão und Manola hätten nicht im Supermarkt klauen dürfen.

»Das war mehr als klauen. Das war ein Überfall. Sie sind reingegangen, jeder mit zwei Frauen, ließen sie ihre Einkaufswagen voll packen und am Ende sagten sie dem Besitzer, er sollte das mit ›Comandante Marra‹ abrechnen. Und den Sicherheitsleuten sagten sie noch – ja, die Sicherheitsleute kommen aus der Favela, es sind unsere Männer! –, sie sollten die Klappe halten, sie würden auch Fleisch und Bier abbekommen. Und die Idioten haben tatsächlich erst mal nichts gemacht. Sie waren verunsichert und dachten, so etwas würde niemand tun ohne Zustimmung des Chefs. Das ist total schiefgelaufen. Das gebe ich zu. Und es war auch ein Fehler, die Männer zu töten und die Frauen zu verprügeln. Und – schlimmer noch – dem Supermarktbesitzer die Finger von Ticão und Manola zu schicken und ihm damit zuzusichern, dass so etwas nie wieder vorkommen würde. Ich habe mit Marra gesprochen, dass man die Dinge so nicht lösen kann, dass er vorher mit dir hätte sprechen müssen, dass er Célio hätte rufen lassen müssen. Dass Probleme wie diese vom Kollektiv entschieden werden müssen ...«

»Vor einem revolutionären Gericht«, ergänzte Célio.

»Ja, natürlich«, erwiderte Maromba. »Vor einem revolutionären Gericht. Aber du weißt ja, wie das ist. Carlinhos ist durchgedreht. Mensch, der Kerl ist Verbrecher, seit er 14, 15 Jahre alt ist. Und plötzlich ist er eine wichtige Figur, er wird ernst genommen von Leuten, die nicht in der Favela leben, kann sich in den umliegenden Straßen plötzlich ohne Angst bewegen. Einmal hat er sich eine Frau genommen und ist mit ihr in ein Motel direkt neben dem Bahnhof gegangen. Das war vermutlich das erste Mal seit fünf Jahren, dass er eine Nummer in einem Hotelbett geschoben hat. Ich habe viel mit ihm geredet, habe ihm erklärt, dass er vorsichtig sein muss und dass die Dinge sich nicht von heute auf morgen verändern, dass es immer noch jede Menge Verräter gibt und dass viele Händler und Bewohner dieser ganzen Geschichte noch nicht ganz trauen. Es gibt jede Menge Leute, die dem Ganzen nicht trauen, dumme Leute. Aber es ist nicht leicht, vor allem nicht, wenn er wieder die Nase voll Koks hat ...«

»Nimmt er denn immer noch so viel Kokain?«

»Comandante« – Maromba betonte das Wort –, »du trinkst doch auch immer noch Bier, oder? Der Genosse Célio hat nicht aufgehört zu kiffen, oder? Also, verdammt, wollt ihr ernsthaft verlangen, dass Carlinhos, der seit mehr als zehn Jahren in dieser Scheiße hier drinsteckt, von einem Tag auf den anderen zum Heiligen wird? Einen Dealer in den revolutionären Kampf einzubeziehen ist eine Sache. Das ist uns auch mehr oder weniger gelungen. Eine andere ist es, einen Typen, der von Pulver umgeben ist, zu bitten, es nicht mehr zu nehmen. Das ist zu viel verlangt. Wenn er gekokst hat, wird er eben ein bisschen schwierig, will Kommandant genannt werden und sagt, er sei kein Bandit mehr, sondern Robin Hood ...«

»Robin Hood? Hat er sie noch alle?«, brüllte Pillar.

»Ja, Robin Hood. Er hat einmal im Fernsehen einen Film gesehen. Den Reichen nehmen und den Armen geben. Besser so als andersherum. Schlimmer wäre, er würde sich für einen neuen Che halten. Aber lasst gut sein. Er redet nicht von Revolution oder bewaffnetem Kampf oder so. Für ihn hat die Bestrafung von Ticão und Manola nichts mit Revolution zu tun, sondern mit Ungehorsam. Sie wussten, dass sie das nicht tun durften, sie hatten auch keinen Grund, diesen Supermarkt zu überfallen. Wenn sie Fleisch für ein Grillfest gebraucht hätten, hätten sie mit Carlinhos sprechen können. Er hätte es ihnen sicher besorgt. Es war für die Taufe von Ticãos Sohn. Ticão war ein angesehener Kerl auf dem Hügel, Carlinhos hätte ihm sicher etwas Geld vorgeschossen, irgendetwas mit ihm vereinbart. Aber das, was sie getan haben, hätten sie nicht tun dürfen. Und da, meine Lieben, gilt das Gesetz der Favela, ein Gesetz, das älter ist als unsere Revolution. Hätte Carlinhos nicht befohlen, diese Typen fertig zu machen, wäre das sein eigenes Ende gewesen. Sein Ende, meins, eures und das der Revolution. Wir alle wären in den Arsch gekniffen gewesen. Alle auf dem Hügel hätten dann, wie Ticão und Manola, gedacht, sie könnten tun und lassen, was sie wollten, sie dürften ...«

»Lumpenkönige«, brummte Pillar.

»Genau«, fuhr Maromba fort. »Lumpenkönige, aber auf dem Hügel, meine Freunde, da gibt es nur einen König. Mit oder ohne Revolution.«

Die Diskussion schien beendet, aber Célio traute sich, noch eine letzte Frage zu stellen, ein technisches Detail, sagte er. Was war mit den Leichen geschehen?

»Die gibt es nicht mehr. Die sind in der Mikrowelle gelandet«, antwortete Maromba.

»Mikrowelle? Was ist das?«

»Sie sind verbrannt worden, pulverisiert. In einer Art Ofen aus alten Reifen. Sie nennen es Mikrowelle.«

Die Versammlung war beendet. Keine weiteren Fragen.

Justiz

Das revolutionäre Tribunal, das auf dem Territorium von Mirandão eingerichtet worden war, war eine Weiterentwicklung der internen Schiedskommission der CR und hatte Befugnis, sich sowohl mit Problemen der Umsetzung politischer Prinzipien zu befassen als auch mit mutmaßlichem persönlichen Fehlverhalten. Die Schiedskommission selbst wurde kaum in Anspruch genommen, sie diente eher als

Druckmittel, wenn Pillars Autorität einmal stärker als sonst in Frage gestellt wurde. Ein Gutachten, ein Dokument und fertig, schon waren die programmatischen Leitlinien der CR wieder einmal bestätigt, und zwar so, dass sie denen der führenden Genossen entsprachen.

Eine Analyse der Bewohnerstruktur des Mirandão war zu dem Ergebnis gekommen, dass es eine Kluft gab zwischen der Bevölkerung und dem herrschenden Rechtssystem. Außer bei Arbeitsprozessen und gelegentlich auch in Fragen des Familienrechts wandte sich kein Mensch aus dem Viertel an die Gerichte. Im Gegenteil: die meisten Bewohner taten alles, um sich so fern wie möglich von ihnen zu halten. Alltägliche Konflikte wurden im persönlichen Streit oder in Diskussionen ausgefochten. Größere Probleme wurden an Marra herangetragen – ein Umstand, der zum Gegenstand eines der Dokumente der CR wurde, unter dem Titel »Tendenz der Überhöhung der Exekutivmacht zur Supermacht durch die herrschende Soziallogik«.

Der revolutionäre Prozess musste demnach auch zu einer Demokratisierung des Zugangs zur Gerichtsbarkeit führen, doch dafür musste eine neue Institution geschaffen werden, die den organisatorischen Bedürfnissen dieser Leute entsprach. Das wiederum würde Marras Machtfülle einschränken – also musste er zunächst der Einrichtung eines solchen Tribunals zustimmen und sich verpflichten, dessen Beschlüsse auch zu respektieren. Sonst hätte diese Institution weder Macht noch Glaubwürdigkeit. Maromba und Joana hatten das mit ihm ausgehandelt.

Es war eine der schwierigsten Aufgaben gewesen, nicht zuletzt, weil ein Gericht nur auf der Basis von Gesetzen arbeiten kann. Und welche Gesetze sollten hier zur Geltung kommen? Selbst eine gesetzgebende Versammlung abzuhalten, dazu war die Zeit noch nicht reif, die Revolution hatte ja erst begonnen. Das Strafgesetzbuch erwähnte man in Marras Anwesenheit besser nicht, denn in zu viele der Paragraphen war er eindeutig selbst verstrickt. So besann man sich auf einen so genannten »revolutionär-populären Konsens« –

das Gericht würde nach dem Gewissen seiner Mitglieder entscheiden. Und natürlich im Einklang mit den Traditionen der Gemeinschaft und den Zielen der Revolution.

Als Höchststrafe wurde die Verbannung aus Mirandão festgelegt. Doch um Marras Aktivitäten nicht zu tangieren, sollte es dem Gericht auch möglich sein, in einem speziellen Verfahren und »unter Bedingungen, welche die Konsolidierung des revolutionären Prozesses begünstigen«, so genannte Kriegsverbrechen abzuurteilen. Im Klartext: Marra und seiner Gruppe war es weiterhin gestattet zu töten, mit Rauschgift zu handeln und zu stehlen. Das war Teil der Revolution. Entweder das Kommando der CR akzeptierte diesen Punkt oder es würde in Mirandão weiterhin keine Rechtsprechung geben.

Das Tribunal bestand aus drei Mitgliedern: Einem gewählten Vertreter der Bewohner, einem aus den Reihen der Einwohnervertretung und einem Abgesandten des Subkommandanten für äußere Operationen Carlos Marra. Kriegsvergehen sollten vor ein Sondertribunal kommen, das aus Marra selbst und einem CR-Mitglied zusammengesetzt war. Den Bewohnern der Favela wurde das Tribunal als Friedensrat präsentiert, der allen zur Lösung ihrer Konflikte zur Verfügung stand. Er bestand aus Biu, dem Kneipenbesitzer und profunden Kenner der Favela, den die Bewohner direkt gewählt hatten; Joana war von der Einwohnervertretung – deren Aktivität zu diesem Zeitpunkt bereits vollständig vom Mitanambu kontrolliert wurde – entsandt, und Jorge Parada, Marras Cousin, erhielt den dritten Sitz. Die Existenz des Sondertribunals für Kriegsvergehen wurde nicht öffentlich bekannt gemacht.

Ehestreitigkeiten, kleinere Diebstähle, Probleme bei der Unterhaltszahlung: Schnell gelang es dem Friedensrat, das Vertrauen des größten Teils der Bewohner zu erlangen. Urteile wurden schnell und objektiv gefällt und über ihre Umsetzung wachten Marras Männer. Es gab weder Anwälte noch Ankläger, nur die Konfliktparteien und ihre Zeugen. Einige der Verfahren wurden bald zum Gesprächsthema auf dem

Hügel. Der Fall von Jussara zum Beispiel, die Nelson, einen Kleinbusfahrer, bezichtigte, der Vater ihres Kindes zu sein. Die Entscheidung war schnell gefallen und zwar mit einem spektakulären Plädoyer (die Richter im Friedensrat durften ihre Meinung schon vor der Urteilsverkündung äußern): »Nelson, hör auf mit dem Mist. Jeder hier weiß doch, dass du der Einzige bist, der Juça je herumgekriegt hat.«

»Trotz seiner bescheidenen Mittel und dem Fehlen eines klaren rechtlichen Instrumentariums stellt der Friedensrat ein Modell volkstümlicher Justiz dar, das den Traditionen und der Erfahrung der Bewohnerinnen und Bewohner entspricht«, schrieb Célio in seinem Bericht an die Leitung der CR.

Quelle

Fontoura fand das alles recht merkwürdig. In der Zeitung hatte nichts davon gestanden, auch im Radio hatte er nichts darüber gehört und niemand sonst hatte ihm etwas darüber erzählt. Doch sein Fahrer war sich sicher.

»Schau dir das mal näher an. Da ist was dran. Meine Schwägerin arbeitet in dem Supermarkt, sie hat alles gesehen. Erst gab es diesen Überfall, also kein richtiger Überfall. Die Kerle sind da reingegangen, jeder mit drei Schlampen im Schlepptau. Alle haben herumgebrüllt, sich Bierdosen eingesteckt und was weiß ich, kiloweise feinstes Rindfleisch, Hühnerherzen, Würste, Hähnchenschenkel. Gläser, Grillgut, Holzkohle. Über 15 Minuten blieben sie da drin. Dann haben sie den Besitzer, einem alten Knacker aus Paraíba, Nonato heißt er, glaube ich, rufen lassen. Sie sagten, er wisse ja, wie die Dinge stehen und dass er die Klappe halten soll, denn sonst würde es schlimmer kommen, und hin und her, und was weiß ich noch alles. Dann haben sie mit den Wachleuten herumdiskutiert und sich dann verkrümelt. Zwei Tage danach hat dieser Nonato eine Pappschachtel bekommen, so eine ölverschmierte, dreckverschmierte, blutverschmierte

Schachtel. Da drin war ein ganzes Sortiment Finger. Mehr als zehn. Der Paraíbaner ist ganz bleich geworden, total neben sich. Hat ins Büro gekotzt – meine Schwägerin hat geholfen, alles aufzuwischen –, er wusste gar nicht, was er tun sollte. Hat sich auf dem Klo eingeschlossen, hat sich wahrscheinlich aus Angst in die Hosen gemacht. Jedenfalls hat es tierisch gestunken. Und tierisch Schiss hat er bekommen, als Jurandir, die kleine Schwuchtel, die bei ihm im Büro arbeitet, gesagt hat, dass er die Polizei anruft. Dieser Nonato ist brüllend aus dem Klo gestürmt, hat sich im Laufen noch die Hosen hochgezogen und gesagt, nein, auf keinen Fall soll irgendwer die Polizei rufen, es sei doch gar nichts passiert, das sei doch nur eine geschmacklose Spielerei und dass er jeden rausschmeißt, der sein Maul aufmacht, das würde er tun, hundertprozentig. Alle wollte er auf die Straße setzen. Dann ist der Kerl verschwunden. Ja, der Nonato ist verschwunden. Drei Tage lang war er weg. Jetzt scheint alles wieder ruhig zu sein, aber meine Schwägerin versucht verzweifelt, irgendwo anders eine Arbeit zu finden, sie träumt nachts von Fingern, die auf Holzkohle gegrillt werden.«

Trotzdem fand der Reporter das alles noch ziemlich eigenartig. Vor zwei Wochen erst hatte er gelesen, dass genau diese Gegend sich in eine Art Paradies verwandelt hätte. Natürlich hatte er auch dies seltsam gefunden. Es klang alles sehr nach einem Gerücht. Vor gar nicht langer Zeit, vielleicht Anfang des Jahres, war er selbst doch noch dort gewesen, um über den Mord an einem Portugiesen, einem Metzger, zu schreiben. Sicher, das Motiv war damals Eifersucht gewesen, ziemlich eindeutig an den Löchern im Körper des Opfers zu erkennen. Aber kurz darauf steht dann dieser Jairo im Büro des Ministers und wird belobigt für den Rückgang der Kriminalität in dem Viertel. Seltsam, sehr seltsam das Ganze. Und jetzt kommt wiederum Almedinha mit dieser Geschichte von einem Überfall und abgeschnittenen Fingern. »Morgen versuche ich mal, mit Jairo zu sprechen.«

Feinabstimmung

»Du trinkst zu viel, weißt du? Das Problem von euch Journalisten ist, dass ihr zu viel trinkt und zu wenig vögelt. Du müsstest mehr vögeln, ficken, Mann. Wann hast du das letzte Mal eine flachgelegt? Nicht die eigene Gattin. Das gilt nicht, das gibt nur Stress. Zu Hause naschen zählt nicht. Ich verstehe euch nicht. Eure Arbeit ist hoch angesehen, dauernd steht euer Name in der Zeitung, ihr habt die ganze Zeit Frauen um euch ... und steckt trotzdem keinen weg. Ich glaube, ihr seid alle schwul. Ach quatsch, nicht mal schwul. Schwule wollen auch immer nur ficken. Aber ihr nicht. Ihr bekommt doch nur einen Steifen, wenn ihr eine gute Geschichte habt, einen guten Text geschrieben habt, euer Name auf der ersten Seite der Zeitung steht. Und wenn es auf Kosten der Polizei, unserer heiligen Institution, ist, der ihr andauernd auf die Nerven geht, stimmt's, Ferreirinha?«

Kommissar Ferreira saß in der Ecke vor einem 14-Zoll-Fernseher herum, in dem ein Krimi flimmerte, und schien nicht sehr auf das zu achten, was Jairo erzählte. Seine Aufmerksamkeit teilte sich zwischen dem auf, was im Fernsehen lief und seinen Fingernägeln, die er mit einem Taschenmesser zu reinigen versuchte. Jairo sprach weiter auf den Reporter ein.

»Fontoura, jetzt zieh nicht so ein Gesicht. Wenn du Spaß am Sex hättest, dann säßest du jetzt nicht hier am Arsch der Welt, um bei uns Kaffee zu schnorren und Blödsinn zu reden. Verdammt! Als würdest du mich nicht kennen. Erzähl diesen Mist doch deinem Chef – ist das immer noch dieser Raimundo, das Arschloch? –, erzähl ihm doch, dass zehn Neger in einen Supermarkt eingedrungen sind, ohne eine einzige Waffe einen Supermarkt überfallen haben, ohne einen einzigen Schuss ... nur durch ihre Anwesenheit, ihre Dreistigkeit. Und dann, eines Tages, kommt eine goldene Schachtel mit einer Schleife drum. Und drin liegt eine ganze Handvoll Finger …«

»Zwei Männer, zwei Männer waren es und sechs Frauen«, korrigierte der Reporter. »Und die Finger, nur von den Männern, kamen zwei Tage danach, nicht am nächsten.«

»Und wenn schon, das ist doch auch egal. Zwei Tage danach eben. Da bekommt der Paraíbaner ein Paket mit einem ganzen Haufen Finger drin. So eine Geschichte, und der zuständige Polizist im Revier erfährt nichts davon. Willst du mich verarschen, Fontoura? Willst du mir den letzten Nerv rauben? Die haben mich doch schon hier an den Arsch der Welt gesteckt. Wenn diese Geschichte in der Zeitung steht, lande ich in Italva oder Rio Bonito. Mein Lieber, du sprichst mit dem Beamten, der die Kriminalität in der Gegend auf null heruntergefahren hat. Mit dem einzigen Beamten, der diesen Scheißstadtteil hier zu einer halbwegs zivilisierten Wohngegend gemacht hat, frei von Verbrechen. Wie lange hört man schon nichts mehr von Morden, von Vergewaltigungen hier? Liest du keine Zeitung? Hast du nicht gelesen, dass mich sogar der Minister ausgezeichnet hat?«

Fontoura wollte widersprechen. Es ging doch gar nicht darum, dass er jemandem etwas auswischen wollte, er hielt die Geschichte doch selbst für höchst merkwürdig …

»Nicht merkwürdig. Absurd! Diese Geschichte ist total absurd, sie macht nicht den geringsten Sinn. Ich habe das Gefühl, du kennst mich nicht mehr, Fontourinha. Sehe ich aus, als ließe ich einem Banditen etwas durchgehen? Bei mir, mein Lieber, fährt ein Bandit eher in die Grube, als dass er berühmt wird. Und scheiß auf die Menschenrechte. Nee, das hat mich einmal hineingerissen, nein, nicht das mit der Erpressung damals, das bisschen Handgeld. Ich lasse Banditen nicht groß werden und Interviews geben und in der Zeitung stehen. So oder so kriege ich sie. Und besser noch: Jeder hat die Wahl, ob er vertikal einfährt oder horizontal. Er hat die Wahl, aber kriegen tue ich ihn.«

Fontoura wollte noch etwas sagen, aber es hatte keinen

Sinn. Jairo war wütend. Stinksauer. Er hatte ihn selten so wütend gesehen. Er fand, dass es besser sei, jetzt zu gehen. Er stand auf, streckte dem Beamten die Hand hin und sagte, er müsse sich jetzt um eine andere Sache kümmern.

»Ich hoffe, diesmal ist auch etwas dran. Nicht noch so eine Räuberpistole, die einem nur den ganzen Tag versaut«, schloss der Polizist.

Als er zum Auto ging, schaute der Reporter auf die Uhr. Es war schon nach Mittag, und er musste immer noch nach Campo Grande. Auf dem Rückweg wollte er kurz in dem Laden von diesem Herrn Nonato vorbeischauen, wenn es diesen Scheißladen überhaupt gab. Jetzt war erst einmal Mittagessen angesagt – in seinen vielen Jahren als Reporter hatte er gelernt, dass man den Fahrer nie hungern lassen durfte. Keine Recherche war wichtiger als die Laune eines Fahrers, der mehrfach betont hat, dass es genau hier, in diesem Stadtviertel – egal in welchem – ein Restaurant gibt, in dem eine fantastische Carne Seca auf den Tisch kommt.

Und traditionell erhält die Pro-Mittagessen-Lobby auch noch Verstärkung von Seiten des Fotografen. Es steht also immer zwei zu eins – dem Druck der Phalanx auf den beiden Vordersitzen ist nichts entgegenzusetzen. Für Fontoura war dies eines der großen Mysterien des Journalismus. Dass Fotografen und Fahrer permanent Hunger haben und erstere zudem niemals Zeit, vor der Arbeit zu frühstücken. Immer muss man erst einmal vor irgendeiner Bäckerei in der Nähe der Redaktion Pause machen.

Immerhin war es in Leopoldina nicht schwierig, ein billiges Restaurant zu finden, dessen Preise mit den Essensgutscheinen der Zeitung kompatibel waren. Das waren noch Zeiten, als man einfach vor dem »Porcão« oder dem »Oásis« Halt machen und Fleisch in Hülle und Fülle auffahren lassen konnte. Heutzutage bedeutete Mittagessen gehen nach Olaria zu fahren und in einem Restaurant abzusteigen, wo Essen nach Gewicht verkauft wurde. Natürlich wurde auch dieses vom Fahrer ausgesucht – Tipps des Reporters wurden stets mit Misstrauen beäugt.

Die Carne Seca mit Kürbis war immerhin besser als die Recherche in Campo Grande, die ihm nur auf den Magen geschlagen war. Nichts, was auch nur für 20 Zentimeter Text reichen würde. Immerhin blieb noch Zeit, diesen Supermarkt von diesem Herrn Nonato zu finden.

Kontrolle

Marra stand reglos auf derselben Terrasse, auf der vor genau einem Jahr dieses Gespräch mit Maromba stattgefunden hatte. Es war schon nach fünf Uhr Nachmittag, seit dem frühen Morgen hatte er kein einziges Gramm Koks mehr genommen – dafür hatte er die ganze Nacht, bis in den Morgen hinein, seine Nase im Pulver stecken gehabt. Hatte nicht einmal versucht zu schlafen. Neusa, seine jüngste Begleiterin, hatte sich darüber geärgert. »Du kommst auch nie zur Ruhe, Mann. Es ist doch alles ruhig hier, die Polizei lässt sich nicht blicken, die vom ›Terceiro‹ sind weit weg.« Marra blaffte sie an, sie sollte die Klappe halten und schlafen.

Jetzt, Stunden später, hielt seine Unruhe an. Es war eben nicht so, wie Neusa gesagt hatte. Er wusste, dass nichts von dem stimmte. Er hatte keine Probleme damit, dass Ticão und Manola tot waren, es war nicht das erste Mal, dass er einen von seinen Männern hatte töten lassen – wer Scheiße baut, fliegt. Das war Gesetz, ein Gesetz, das er auch durchzusetzen wusste. Das war nicht das Problem.

Doch zum ersten Mal seit all den Jahren, seit er Chef dieses Hügels hier geworden war, hatte Marra das Gefühl, dass die Situation seiner Kontrolle entglitt. Es war eigenartig. Auf der einen Seite war seine Macht größer geworden, hatte sich ausgeweitet auf die Straßen des ganzen Stadtteils, auch in der Favela selbst hatte er an Ansehen gewonnen, doch irgendwie war ihm, als sei selbst in Mirandão seine Welt nicht mehr dieselbe. Selbst Maromba, der sich vorher nie mit der »Bewegung« eingelassen hatte, war wegen der Sache mit dem Supermarkt zu ihm gekommen. Komische Sachen hatte er gesagt, dass die Leute sich Sorgen machten wegen des Überfalls, dass ihnen seine Entscheidung, dem Besitzer die Finger zu schicken, nicht gefallen hätte. Eine böse Sache.

»Wenn hier einer zu bestimmen hat, dann ich.«

»Bleib locker, Carlinhos. Klar, zu bestimmen hast du hier, aber wir müssen vorsichtig sein, da stecken eine Menge Leute mit drin, in dieser Geschichte.«

Zu anderen Zeiten wäre Maromba für diese Dreistigkeit aus der Favela vertrieben oder, wer weiß, sogar getötet worden. Heute nicht mehr. Die Dinge hatten sich verändert. Verbessert auch, das musste er zugeben. Das Problem mit dem Abwasserkanal war gelöst. Einige Gassen waren asphaltiert worden, das Geld von den Ladenbesitzern wurde gut eingesetzt. Die Geschäfte liefen auch gut, Kunden, die sich rar gemacht hatten, waren wieder zurückgekommen, um bei ihm Drogen zu kaufen. Sogar so etwas wie Respekt hatte sich eingestellt bei den Leuten und Einzelhändlern draußen im Stadtteil.

Mit dem Ende der Überfälle und der Diebstähle war das Leben auch dort unten ruhiger geworden. Einige Leute wagten sogar wieder, ihre Stühle auf den Bürgersteig zu stellen. Sehr zum Ärger der Autofahrer, die sich von einem Tag auf den anderen ihrer Stellplätze beraubt sahen. Autos der Schutzpolizei patrouillierten weiterhin durch die Straßen, doch Marras Leute hatten Anweisung, nicht einfach zu schießen, auch nicht, wenn sich eine gute Gelegenheit ergab, weil ein Polizist abgelenkt war, was normalerweise eine Kugel regelrecht herausforderte.

In Absprache mit »Marombas Leuten« hatte Marra auch den Kontakt mit Silviano, dem Polizeisergeanten, den er jahrelang geschmiert hatte, nicht abreißen lassen. Auch nach seiner Versetzung kontrollierte er weiterhin einen Teil der Drogen- und Munitionslieferungen nach Mirandão. Das System war ungerecht, Silviano verlangte ständig mehr Geld, sagte, er könne seine Leute nicht mehr halten, sie würden die Favela stürmen, und Marra war gezwungen, immer mehr abzudrücken. Und trotzdem kam die Polizei. Silviano sagte, er könne nicht alles kontrollieren, nicht alle Leute machten mit in dem System: Vergiss nicht, wir sind Polizisten und du bist der Bandit, Arschloch.

Marra hasste Silviano, nicht nur, weil er Polizist war, sondern wegen der Art, wie er sich benahm, weil er Vereinbarungen nicht einhielt. Er glaubte, dass Silviano sogar mit seinen Gegnern Geschäfte machte. Schon mehrfach hatte er beschlossen, ihn umzubringen, hatte sich aber jedes Mal anders entschieden, denn er wusste, dass dies Krieg bedeutete. Silviano kontrollierte eine Menge Leute, auch wenn er nicht mehr offiziell im Revier arbeitete. Sicherlich waren auch Offiziere in sein System involviert und wahrscheinlich sogar die Kriminalpolizei.

Und doch ärgerte sich Marra, dass er ihn am Leben lassen musste, er wusste nicht, wie lange er diese Vereinbarung mit der CR noch einhalten wollte. Auch weil Silviano irgendwie Verdacht geschöpft hatte. Noch am Tag zuvor war er hier gewesen, genau hier auf der Terrasse. Hatte wissen wollen, woher das ganze Geld kam für die Bauarbeiten in der Favela, er hätte da was läuten hören, hatte er gesagt, von Geldspenden der Ladenbesitzer – seit wann schenkt ein Ladenbesitzer den Banditen Geld?

»Pass auf, Carlinhos, pass auf, was du tust. Bei deinen Vagabunden hier bist du der Chef. Aber wenn du deine Fingerchen nach draußen ausstreckst, mache ich den ganzen Dreck hier platt und setze ein anderes Arschloch an deine Stelle. Wir kennen uns schon lange, du weißt, dass ich viel von dir halte, auch weil du deine Geschäfte immer anständig abwickelst. Aber komm mir nicht krumm, sonst lasse ich hier diesen ganzen verdammten Hügel abfackeln.«

Silviano war nervös auf und ab gestiefelt, auch er hatte gespürt, dass er Gefahr lief, seine Macht in der Gegend einzubüßen. Irgendetwas hatte sich verändert, er wusste nur noch nicht genau, was. Die Geschäfte gingen gut, die Nachfrage nach Drogen und Waffen stieg kontinuierlich, aber irgendetwas stimmt nicht an dieser Scheiße hier. Letztens hatte er sich mit einem Major des Polizei-Bataillons im Stadtteil unterhalten. Und hatte bei der Gelegenheit erfahren, dass die Operationen in der Favela Mirandão auf Anweisung des Kommandanten für unbestimmte Zeit ausgesetzt worden waren. Der Minister wollte Probleme vermeiden, jetzt wo die Gegend so friedlich geworden war, geradezu vorbildlich für die gesamte Stadt. »Verdammt, wenn die Polizei aufhört, diesen Typen einzuheizen, dann sind wir geliefert, wir dürfen nicht nachlassen«, hatte Silviano ausgerufen.

Marra hatte dem Sergeanten nachgeschaut, wie er den Hügel hinabgestiegen war. Dieser Scheißbulle würde es nicht mehr lange machen. Die Zeit war gekommen, zu expandieren, die Geschäfte auszuweiten, sich nicht mehr von irgendeinem Polizisten abhängig zu machen. Zeit, sich mit anderen Freunden zusammenzutun und den vom »Terceiro« die besten Verkaufsstellen abzujagen.

Schulspeisung

Schließlich fand Fontoura den Supermarkt »Flor do Sertão«. Kaum hatte sein Wagen vor dem Laden gehalten, kam ein Wachmann heraus, um mit ihm zu sprechen. »Nein, Herr Nonato ist nicht da. Nein, niemand weiß, wann er zurückkommt. Nein, hier ist sonst niemand, der mit Ihnen sprechen könnte. Ein Überfall? Hier? Nein, Sie irren sich, schon lange ist hier kein Überfall mehr passiert. Nein, Sie dürfen keinen Angestellten interviewen, der Chef mag keine Journalisten. Passen Sie auf, junger Mann, ich glaube, es ist besser, Sie gehen jetzt, es wird langsam spät. Genau, Sie können ja später anrufen. Herr Nonato kommt normalerweise ganz früh am Morgen.«

Das Gespräch hatte Fontouras Verdacht noch verstärkt.

Niemand wollte etwas sagen. Und es war ruhig im Viertel, seit der Ermordung des Metzgers war er nicht mehr hier gewesen. Der Artikel über die gute Polizeiarbeit im Stadtteil, der Rückgang der Kriminalität, war ihm merkwürdig erschienen, aber wie es schien, hatten die Zahlen gestimmt. Er bat den Fahrer, noch eine kleine Runde zu drehen und am Mirandão-Hügel vorbeizufahren. »Jetzt mach keinen Ärger, verdammt. Ich hab keine Lust, noch so kurz vor Feierabend erschossen zu werden.« Grummelnd fuhr er los.

Fontoura stieg direkt vor dem wichtigsten Zugang zur Favela aus dem Auto. Die Straße war früher einmal eine Sackgasse gewesen und mündete nun in ein Labyrinth aus Gassen und Trampelpfaden. Das Mitanambu war von hier aus noch nicht zu erkennen. Es war schon nach sechs Uhr, Kinder kamen aus der Schule zurück, ein paar Männer und Frauen kamen von der Arbeit. Alles schien ruhig zu sein. Fontoura erinnerte sich an seine Kindheit, als er noch auf einem brachliegenden Grundstück in der Nähe der Favela Urubu in Piedade Fußball gespielt hatte.

Manchmal hatte seine Mutter geschimpft, weil er sich »mit diesen Lausejungen« herumtrieb. Aber es hatte damals noch nicht diese strikte Trennung gegeben. Die Freundschaft mit den Jungs aus der Favela war noch nicht zur Bedrohung geworden für die Jungs aus der ärmeren Mittelschicht, die sich ihre Finger und Knie auf den staubigen Bolzplätzen aufscheuerten. Es waren sicher nicht die Freunde, die sich die Eltern für ihre Kinder wünschten, aber es waren damals noch Kinder, mit denen man spielen konnte.

Natürlich gab es auch damals schon Unterschiede. Der Schüler Pedro Luiz da Silva Fontoura ging in eine kleine Privatschule. Die Kumpels vom Hügel gingen früh in ihren marineblauen und weißen Schuluniformen aus dem Haus. Auf dem Hemd prangte ein Dreieck mit den Initialen der öffentlichen Grundschule: EP – »Escola Pública«. Nachmittags spielten sie Fußball zusammen, quatschten über die Mädels von der anderen Straßenseite und redeten darüber, was sie in der Schule gegessen hatten.

Pedro Luiz hatte meistens Guavenmarmelade auf seinem Schulbrot. Seine Freunde sprachen von Nudelsuppe mit Wurststückchen. Pedrinho fand es eigenartig, dass es in der Schule Mittagessen gab, und vor allem schon um zehn Uhr morgens. Doch zumindest konnte man damals noch solche Details über das Leben dieser Kinder erfahren, die schließlich im selben Stadtteil wie er wohnten. Damals galten sie noch nicht als Verbrecher, sondern ganz einfach als Arme.

Heute wusste man von den Armen, selbst von denen, die in der unmittelbaren Umgebung lebten, nur das, was über sie in der Zeitung stand. Selbst Leute, die ganz nah an einer Favela wohnten, hatten ihre Kontakte zu den ungeliebten Nachbarn auf ein Minimum reduziert. Sie waren nun nicht mehr in erster Linie arm, sondern galten als Banditen oder zumindest als deren Freunde oder Verwandte. Man versuchte inzwischen sogar zu vermeiden, Putzfrauen aus der Favela einzustellen – mag ja sein, dass sie selbst ehrlich ist, aber ihr Bruder oder ihr Freund kann doch ein Verbrecher sein. Diese Mädchen sind doch ganz verrückt nach den Männern und machen alles für sie. Der Typ setzt sie unter Druck und irgendwann geben sie ihm alles. Den Namen der Hausbesitzer, wann sie nach Hause kommen, ob sie Kinder haben, Geld, Schmuck. Besser, man hält sich von diesen Leuten fern.

Fontoura hatte gar nicht bemerkt, dass sich zwei Bewaffnete näherten.

»Suchen Sie jemanden?«

Nein, nein, er war nur zufällig vorbeigekommen, wollte nur mal einen Blick auf diese, na wie hieß sie noch mal, diese Einrichtung da werfen, in diesem gelben Haus da. Also, er wollte nur mal kurz in diesem Haus vorbeischauen, wo sie diese Kurse gaben. »Ich habe damals über die Eröffnung geschrieben. Aber lassen Sie mal, es ist schon spät. Das nächste Mal rufe ich vorher an. Wiedersehen.«

Der Fahrer atmete erleichtert auf.

Errungenschaften

Voller Sorge hatte Célio beobachtet, wie Marras Soldaten den Journalisten abgefangen hatten. Als das Team den Ort verlassen hatte, atmete er auf. Er war gerade angekommen, hatte einen Termin mit Joana. Sie wollten einige Maßnahmen erörtern, die Verteilung bestimmter Aufgabenbereiche, den Fortgang der Arbeiten. Die Unterredung fand außerhalb der üblichen Routine statt, wie sie im »Plan zur begleitenden Beurteilung der Aktivitäten« festgeschrieben war, der Versammlungen im Monatsrhythmus vorsah, zwei Plenarsitzungen im Monat und vierzehntägige Lagebesprechungen.

Jede Instanz hatte eigene, klar definierte Kompetenzen und Zuständigkeiten. An den Versammlungen nahmen das Exekutivkomitee der CR sowie Maromba und Joana teil. Es waren formalisierte Zusammenkünfte, in denen die Strategien des revolutionären Prozesses festgelegt wurden. Aus ihnen wurden die politischen Vorgaben entwickelt, an denen sich die gesamte Arbeit an der Basis zu orientieren hatte.

Die Plenarsitzungen waren breiter zusammengesetzt und in ihren Zielstellungen enger gefasst. Sie fanden im Mitanambu statt, wurden formal von der Einwohnervertretung einberufen und von einem größeren Teil der Bewohner besucht. Sie standen unter Joanas Vorsitz und beschäftigten sich mit praktischen Fragen des Alltags der Menschen, dem Fortgang der Arbeiten, Problemen des öffentlichen Nahverkehrs oder damit, dass ein Jugendlicher die Schule geschmissen hatte. Aufmerksam beobachtet wurden diese Plenarsitzungen stets von Jorge Parada, der offiziell als Repräsentant des Friedensrates daran teilnahm, aber in Wirklichkeit Auge und Ohr – und wenn es sein musste auch Stimme – von Carlinhos Marra war.

Die vierzehntägigen Lagebesprechungen waren Arbeitssitzungen zur Erledigung ausstehender Aufgaben. Célios Interesse richtete sich mehr auf die Plenarsitzungen. Sie waren interessanter als die offiziellen Versammlungen mit ihren Theoretikern, Akademikern und Rhetorikern. Hier gab es Jugendliche wie ihn, oder besser gesagt Jugendliche, wie er einer gewesen war, bevor er sich rückhaltlos der Umsetzung des revolutionären Prozesses gewidmet hatte. Er war längst kein Mensa-Revolutionär mehr, sondern stand nun mit an der Spitze einer konkreten, Praxis gewordenen Revolution, die bereits jetzt, obwohl sie erst am Anfang stand, greifbare Ergebnisse vorweisen konnte.

Célio liebte es, den Hügel hinaufzusteigen, selbst unter Missachtung von Pillars Anweisungen, dem es nicht recht war, dass Célio in Mirandão so sichtbar war. Célio liebte es, durch die Gassen zu streifen, das Wimmeln der Leute zu beobachten, sich bei einem Bier mit den Leuten zu unterhalten und zuzusehen, wie die Arbeit voran ging. »Die Basis spüren«, nannte er es. Und außerdem machte es ihm Spaß, mit den Leuten aus der »Bewegung« eine Runde Fußball zu spielen. Wenn es ruhiger geworden und der revolutionäre Prozess konsolidiert war, wollte er einmal seine Uni-Mannschaft zu einem Spiel hierher einladen, eine *Gegen-Mannschaft*, wie man ehrfurchtsvoll sagte, als er noch klein gewesen war.

An den Vollversammlungen teilzunehmen macht ihm große Freude. Echtes Vergnügen, den Fortschritten der Arbeit beizuwohnen und den Aufbau einer solidarischen, gerechteren Gesellschaft aus der Nähe verfolgen und auch gelegentlichen egoistischen Eskapaden entgegentreten zu können. Wie zum Beispiel, als vor nicht allzu langer Zeit eine Bewohnerin gegen den Bau einer Treppe durch den sowieso schon zu kleinen Gemüsegarten ihres Hauses protestiert hatte. Célio hatte ihr entgegnet, dass die Interessen der Allgemeinheit über individuelle Interessen zu stellen seien und dass auch sie und ihre Verwandten von einer breiteren und sichereren Treppe aus Zement profitieren würden. Fast vierzig Minuten hatte die Diskussion in Anspruch genommen, und die Bewohner waren gespalten gewesen: Einige waren ebenfalls der Meinung, die Bewohnerin denke nur an ihre eigenen Interessen, andere zeigten sich mit ihr solidarisch, denn auch sie seien früher einmal von solchen Baumaßnahmen betroffen gewesen.

Solche Diskussionen hatten nichts von den ritualisierten Versammlungen der CR. Hier überschlugen sich die Stimmen, die Leute fielen sich ins Wort, Anträge zur Geschäftsordnung wurden schlicht ignoriert. Célio versuchte dabei immer auf einen Konsens hinzuarbeiten, aber wenn es schwierig wurde, bat er den Repräsentanten des Friedensrates um seine Meinung, und dies brachte meist den gewünschten Erfolg. Denn Jorge Parada, das war allen klar, sprach im Namen von Marra. Seine Argumente – meist kurze Statements, die mit der Leitung des Mitanambu abgesprochen waren – stellten Konsens her und brachten die Kontrahenten zum Schweigen. Célio griff nicht gern auf Parada zurück, denn ihm war klar, dass dies die Macht der Drogenhändler über die Bewohner stärkte. Doch man musste pragmatisch bleiben, wie etwa im Fall dieser Treppe. Mit Unterstützung des Repräsentanten des Friedensrates wurde dem Bau schließlich zugestimmt.

In den vergangenen Wochen allerdings hatte seine Begeisterung für die Plenarsitzungen abgenommen zugunsten eines gesteigerten Interesses an Einzelbesprechungen mit der Genossin Joana. Jene vierzehntäglichen Treffen, an denen auch Maromba teilnehmen sollte. Doch immer öfter trafen sich Célio und Joana alleine. Der junge CR-Funktionär fühlte sich zunehmend wohl, wenn sie dabei war. Er bewunderte ihre Objektivität, ihre Arbeit, ihr Engagement in der Favela. Außerdem war sie verdammt hübsch. Revolutionärin und schön. Eine starke Frau, die es geschafft hatte, den ihr vorgezeichneten Weg zu verlassen. Eine tolle Frau.

Schließlich fanden die vierzehntäglichen Treffen wöchentlich statt. Falls nicht Célio noch außer der Reihe anrief und um ein Treffen bat oder fragte, ob sie ihn nicht begleiten wolle auf seinen Streifzügen an die Basis: »Du bist doch von hier, Genossin, und ich glaube, die Leute sind weniger befangen, wenn du dabei bist.«

Sicherheit

Es war schon nach acht Uhr morgens. Wenn die Information stimmte, würde er gleich aus dem Gebäude kommen. Das machte er immer so. Nach dem Dienst ging er immer die Arbeit seiner Leute kontrollieren, die in Getränkemärkten, dem einen oder anderen Supermarkt, in drei Bäckereien, einem Juweliergeschäft und verschiedenen Verkaufsstellen der illegalen Tierlotterie für Sicherheit sorgten.

Die meisten seiner Kunden befanden sich in der unmittelbaren Umgebung, dort, wo die ärmere Hälfte von Méier bereits in das Cachambi-Viertel übergeht. Normalerweise war er allein. Verließ das Gebäude bereits ohne Uniform – seit die Banditen es immer mehr auf Uniformierte abgesehen hatten, wurde die Anordnung, den Dienst auch uniformiert zu verlassen, zunehmend missachtet –, stieg in sein Auto und drehte seine Runde.

36 Leute arbeiteten für ihn, ihre Dienstzeiten richteten sich nach ihrem Dienst im Polizeirevier. Die meisten von ihnen kamen aus der Gegend von Leopoldina, wo er jahrelang im Einsatz gewesen war, bis die interne Ermittlungseinheit Wind von seiner Verstrickung in Drogengeschäfte, Waffenhandel und Todesschwadrone bekommen hatte. Ein paar Tage lang hatte man ihn sogar inhaftiert, doch kein Zeuge war zu einer Aussage zu bewegen gewesen. Also waren die Ermittlungen eingestellt worden.

Dennoch hatte man ihn vom Dienst in Leopldina abgezogen und vor drei Jahren nach Méier versetzt. Ein paar Monate später hatte er beschlossen, seine Aktivitäten auf eine breitere Basis zu stellen und auch in die private Sicherheitsbranche einzusteigen. Sein Ruf eines harten Bullen, seine Unnachgiebigkeit gegenüber Verbrechern, hatte die Kundenakquise erleichtert. Am kompliziertesten war es nun, die immer knapper werdende Zeit in den Griff zu bekommen. Seine Position innerhalb der Polizei durfte er nicht aufs Spiel setzen. Seine Uniform war die Basis all seiner Geschäfte.

Es war nicht schwer zu erledigen. Über einen Kilometer von seiner Dienststelle entfernt musste Silviano mit seinem schwarzen Honda an einer Ampel halten. Ein Moped mit zwei Jugendlichen darauf fiel ihm auf, die sich verdächtig benahmen. Er schaute nach links und meinte den Typen, der ohne Helm hinten auf dem Sitz saß, zu kennen. »Dieses Arschloch ist nicht von hier.«

Seine Hand tastete nach seiner Waffe, doch er hatte den Blick von den Jungs noch nicht abgewendet, da erwischte ihn der erste Schuss aus einem Auto rechts neben ihm. Insgesamt drei Schüsse aus einer Pistole. Alle drei in den Kopf – in solchen Fällen ist es immer besser, eine Kurzwaffe zu verwenden, wegen der Treffsicherheit. Trotz der Verdunkelungsfolie des Polizeiautos trafen alle drei Kugeln ihr Ziel. Das Auto und das Moped der Mörder rasten in Richtung der Stadtautobahn davon. Dort ließen sie das Auto zurück, klauten ein anderes, und die Polizei verlor ihre Spur.

Feuer

Diesmal war es nicht die Empörung über Marras Disziplinlosigkeit, sondern reine Selbstkritik, die aus Pillars Stimme klang. Er wusste, dass es nicht möglich war, den gesamten Prozess zu kontrollieren. Es wäre auch naiv gewesen, zu glauben, dass ein Dealer sich von einem Tag auf den anderen wie ein Revolutionär verhalten, sich Taktik und Strategie unterwerfen und den Anweisungen eines Kommandos gehorchen würde, das aus einem halben Dutzend Weißer bestand. Dass er Alleingänge unternehmen würde, war vorhersehbar gewesen, und dass er Dinge, die unmittelbar in sein Leben und seine Geschäfte eingriffen, selbst lösen würde. In dem kleinen Raum in der Zentrale in Lapa musste er Célio und Gérson gegenüber eingestehen:

»Es war unser Fehler, Genossen. Wir hätten Situationen wie diese vorhersehen müssen. Vor allem nach der Hinrichtung dieser beiden problematischen Genossen nach ihrer nicht abgesprochenen Expropriation. Wir hätten die theoretische Unterweisung des operativen Personals intensivieren und den Informationen von der Basis mehr Beachtung schenken müssen, vor allem denen des Genossen Maromba. Die Hinrichtung des Sergeanten Silviano kann sich zu einem ernsthaften Problem auswachsen. Noch ist nicht der geeignete Zeitpunkt für eine direkte Konfrontation mit den Kräften der Reaktion, vor allem nicht mit diesen Kräften und ihren Verbindungen zu den übelsten Auswüchsen des Repressionsapparates. Der Vorfall wird Reaktionen hervorrufen, den Korpsgeist der Polizei herausfordern. Wir können nur hoffen, dass der Mord nicht mit Problemen in unserem Operationsgebiet in Verbindung gebracht wird. So weit ich es der Presse entnehme, hatte dieser Sergeant in der Tat keine weiße Weste, sondern schon zwei Disziplinarverfahren hinter sich und ist nur um ein Haar nicht entlassen worden. Er stand also auch dort auf der Abschussliste ... Das heißt, es gibt verschiedene mögliche Verdächtige für den Mord. Wir können nur hoffen, dass der Verdacht nicht auf Marra fällt, denn dies könnte zu einer unkontrollierten Reaktion mit unvorhersehbaren Konsequenzen führen. In Momenten wie diesen können nicht einmal die umsichtigsten Offiziere ihre Truppe im Zaum halten.«

»Glaubst du, Genosse, dass wir eine Art Rückzug antreten sollten?«, fragte Gérson.

»Nein. Nicht zuletzt, weil wir uns jetzt nicht zurückziehen können, ohne dass die gesamte bis hierher geleistete Arbeit auf dem Spiel stünde. Von den Vorkommnissen am Rande abgesehen ist die Situation im Stadtteil ja relativ ruhig. Selbst der Besitzer dieses Supermarkts scheint sich beruhigt zu haben. Ein paar Tage lang war er weg, doch nun ist er zur Arbeit zurückgekehrt. Wie es scheint, redet er nicht über die Sache. Ich meine, wir sollten am Ausbau unserer Aktivitäten weiter fest halten, einige Spitzen jedoch zu verhindern versuchen. Heute früh habe ich bereits mit Joana und Maromba geredet. Wir haben vereinbart, dass der Genosse Célio sich auf den Fortgang unserer Politisierungskurse konzentriert. Hörst du, Célio?«

Célio nickte und sagte dann leise:

»Sicher, natürlich bin ich einverstanden. Ich glaube, wir haben genau diese Arbeit ein wenig vernachlässigt. Wir müssen mehr in die theoretische Bildung der Leute investieren.«

»Es ist von grundlegender Bedeutung, Führungspersönlichkeiten aus dem Kreis der Bewohner selbst zu rekrutieren«, fuhr Pillar fort, »Menschen, die zumindest teilweise Druck auf die Repräsentanten des Drogenhandels ausüben können. Wir wissen, dass unser Ausbilder-Kollektiv trotz aller Probleme einige bedeutende Erfolge erzielt hat, gerade unter Mitgliedern der ›Bewegung‹. Es ist eine sehr schwierige Arbeit, die Verhältnisse in einer Gemeinschaft wie dieser sind äußerst komplex, aber wir dürfen nicht nachlassen. Ich bin sicher, der Genosse Célio wird die Verhältnisse sorgfältig analysieren und alle notwendigen Maßnahmen treffen. Joana und Maromba haben mir außerdem mitgeteilt, dass sie bereits mit Marra geredet und ihn dafür sensibilisiert haben, Freudenfeiern wie die der vergangenen Nacht künftig zu unterlassen.«

»Das Feuerwerk…«, murmelte Célio und drückte mit dem Schuh seine Zigarette aus.

»Ja, das Feuerwerk«, bestätigte Pillar und strich sich über den Bart. »Ein absurder Ausbruch von Freude über den Tod des Sergeanten natürlich. Joana sagt, dass Marra anscheinend begriffen hat, dass er diskreter vorgehen muss und dass Exzesse wie gestern nur die Polizei und die Presse neugierig machen. Unser Glück ist, dass unsere Favela hier sich in Leopoldina befindet und nicht im Süden der Stadt. Sonst stünde das Feuerwerk heute auf den Titelseiten aller Zeitungen.«

Pillar hatte Recht. Die Zeitungen hatten an prominenter Stelle über den Mord berichtet – ein weiteres Opfer einer ganzen

Reihe von Morden an Polizisten in Rio de Janeiro –, doch das Feuerwerk auf dem Mirandão-Hügel hatten sie übersehen. Ebenso korrekt hatte der Generalsekretär der CR die weiteren Auswirkungen des Zwischenfalles eingeschätzt. Der Kommandant der Polizei in Méier teilte mit, dass das Verbrechen nicht ungesühnt bleiben, die Polizei diese Art Übergriffe nicht mehr tolerieren würde und dass Aktionen wie diese auch in Zukunft nicht unbeantwortet blieben. »Die Polizei darf sich nicht in die Hand der Verbrecher begeben«, erklärte er am Rande der Beisetzung.

Weder der Minister für Öffentliche Sicherheit noch der Kommandant der Schutzpolizei waren zur Aufbahrung und auch nicht zur Beerdigung erschienen. Die Personalakte des Sergeanten machte einen sensiblen Umgang mit der Sache erforderlich. In einer offiziellen Mitteilung bedauerte der Minister das Verbrechen, rief zu Besonnenheit auf und forderte, die Auseinandersetzung mit den Kriminellen weiterhin innerhalb der Prinzipien des Rechtsstaates und unter Wahrung der Menschenrechte zu führen. Diese Stellungnahme war auch eine Reaktion darauf, dass in der Nacht nach dem Mord mehr Leichen als gewöhnlich irgendwo auf brachliegenden Grundstücken aufgefunden worden waren. Allein in der Gegend um das Polizeiquartier von Méier hatte man vier Tote gefunden.

Verbindungen

Die Politisierungskurse wurden von Joana geleitet und von ein paar Sympathisanten der CR aus dem universitären Umfeld, die von der Revolution nichts wussten. Einzige Ausnahme war Célio, der Vorträge über die Geschichte des Sozialismus hielt. Er sprach über die Pariser Kommune, die Internationale, die ersten Theoretiker bis hin zu Marx, Engels, Lenin und natürlich Trotzki. Versuchte, eine Verbindung zwischen dem Klassenkampf als Konzept und der Realität auf dem Hügel herzustellen. Sein Eindruck war, dass seine Schüler – genau

32 an der Zahl und zwischen 15 und 22 Jahren alt – die Diagnose wohl begriffen, also die Ungerechtigkeit einer Gesellschaft, in der Wenige fast alles besitzen und die große Mehrheit fast gar nichts. Die Idee hingegen, dass alles gerecht unter allen aufgeteilt werden sollte, stieß auf Skepsis in der Gruppe. Es waren Jugendliche dabei, die keine Perspektive hatten, jemals aus ihrer Armut herauszukommen, doch genau dieses Gefühl schien für sie die Existenz von Armen und Reichen geradezu zu legitimieren. Klar wäre es gut, wenn sie, die Armen, nicht arm wären, aber das hieß nicht, dass sie auch die Existenzberechtigung der Reichen in Frage stellten. Denn ohne Reichtum gäbe es auch keine Träume mehr vom sozialen Aufstieg – folgerte Célio ein paar Stunden und mehrere Biere nach seiner dritten Veranstaltung.

Immerhin waren so gut wie alle Teilnehmer gegen das System der bürgerlichen Demokratie. Die da oben sind doch alle gleich, es sind jedes Mal andere Fliegen, doch die Scheiße bleibt dieselbe. Politiker sind alle gleich. Das Problem war nur, dass diese Art von Kritik regelmäßig in eine konservative Tonlage überging. Von wenigen Ausnahmen abgesehen setzte niemand seine Hoffnungen auf einen radikalen Wechsel.

Ein paar gab es immerhin, die sich der herrschenden Logik entzogen. Drei oder vier. Freunde von MC Mandela. Die allerdings schienen gegen alles zu sein. Auch gegen Célio. Manche versuchten, die Kurse zu schwänzen oder zeigten zumindest offen, dass sie sie nur besuchten, weil sie sie brauchten, um die anderen Kurse besuchen zu dürfen. Manchmal taten sie dies auch aggressiv: »Ihr tut so, als wärt ihr die Guten, habt dieses Haus hier gebaut, haltet eure Kurse. Die Wahrheit ist doch, dass ihr euch in die Hosen scheißt, aus Angst vor uns, uns Schwarzen, den *Brothers*. Ihr habt Angst vor unserer Wut, wollt uns ruhig stellen, Almosen verteilt ihr, speist uns mit diesen Kursen hier ab. Kann sein, dass wir die sogar annehmen. Wir haben ja fast keine Wahl. Aber an unserem Hass ändert das nichts, verstanden?«

Célio verstand. Er verstand diese Wut, ihm war klar, dass

es sie gab. Doch er hatte sich nie träumen lassen, wie schwierig es war, diese Jugendlichen davon zu überzeugen, dass er, Joana und Maromba genau für dieselben Ziele kämpften wie sie. Er selbst war doch genau deswegen hier, weil er sich für die Befreiung dieser Leute einsetzen wollte. Nicht nur für die Leute in Mirandão, sondern für die aller anderen Leute, die in einer ähnlichen Situation waren, nicht nur hier, sondern im ganzen Land. Oder etwa nicht? Hatten er, Pillar, die CR vielleicht doch andere Ziele? Hatten diese Typen nicht doch irgendwie Recht? War die Revolution der CR vielleicht auch wieder nur so ein Versuch, eine noch größere, authentischere Revolution zu verhindern?

Zweifel und viele Fragen. »Wir müssen uns Zeit lassen«, sagte Pillar. »Die Revolution schreitet voran. Bereits jetzt. Auch diese Typen werden begreifen, dass wir hier sind, um ihnen bei ihrer Befreiung zu helfen. Wir sind nur die Hefe im Teig, wie ihr Katholiken zu sagen pflegt. Sie wollen ihren Standpunkt behaupten, doch am Ende werden sie mit uns verhandeln müssen. Selbst der echte Mandela hat irgendwann mit der weißen Macht verhandelt«, sagte Pillar und bereute sofort, dass er für einen Moment diesen Vergleich mit den Rassisten in Südafrika gezogen hatte. Und Célio ärgerte sich, dass er ihn Katholik genannt hatte. Diese Phase hatte er nun wahrhaftig hinter sich. Doch er schwieg lieber. Er hatte schon genug Probleme.

Immerhin, zwei Jugendliche aus der Gruppe waren Célio aufgefallen. Der eine war Ezequiel, 17 Jahre alt, Sohn eines Gelegenheitsarbeiters und einer Putzfrau, beide aus dem Nordosten. Er studierte und arbeitete tagsüber in einem kleinen Buchhaltungsbüro, gehörte zur Jugendgruppe der Baptisten und erzählte regelmäßig, wie unzufrieden er war mit den Beschränkungen der rein religiösen Jugendarbeit. Er wollte sich eingehender mit den Evangelien befassen und hatte sogar schon vorgeschlagen, im Mitanambu einen Studienkreis zur Befreiungstheologie der Katholiken und einiger progressiver Protestanten einzurichten.

Célio mochte ihn wie einen jüngeren Bruder. Dabei störte ihn natürlich, dass Ezequiel die Welt immer nur aus der Perspektive der Bibel betrachtete. Aus eigener Erfahrung wusste er, dass man die religiösen Denkmuster überwinden und sich den humanistischen Blickwinkel aneignen musste, dass die Geschichte den Menschen gehört und nicht Gott. Doch man musste ihm Zeit lassen. Irgendwann würde er selbst darauf kommen. Jetzt musste die Saat dafür gelegt werden.

Intelligenter schien Cristiano zu sein. Er war 19 und arbeitete in einem Stahlwerk im Westen der Stadt. Maromba hatte früher schon einmal von ihm gesprochen. Er war interessiert, offen und nicht nur in der Lage, in Zusammenhängen zu denken, sondern zeigte sich vor allem begeistert für revolutionäre Ideen. Ihm schien der Kurs wirklich Spaß zu machen, er war nicht aus Verpflichtung hier. Er suchte das Gespräch mit Joana, und ihm war aufgefallen, dass sich in den vergangenen Monaten einiges verändert hatte. In der Favela und im gesamten Viertel. Sein jüngerer Bruder hatte ein Stipendium für die Privatschule bekommen, und er hatte auch mitbekommen, dass viele Jugendliche aus der Favela nun Arbeit in den umliegenden Läden und den wenigen Industriebetrieben der Gegend gefunden hatten. Die Abwasserrinne war zu, die Leute von der »Bewegung« schienen weniger nervös zu sein, es gab weniger Schießereien.

»Und dass ihr hier seid …«, sagte er leicht provokativ, mit einem Lächeln und hochgezogenen Brauen.

»Wie meinst du das?«, fragte Joana und versuchte, ihr Erstaunen über diese Bemerkung zu überspielen. »Ich verstehe nicht, was du meinst …«

»Ich bin doch nicht blöd, Joana. Du, Maromba, der andere Typ, der hier ab und zu auftaucht. Ich weiß, wie in anderen Favelas gearbeitet wird. Das ist hier anders. Nirgendwo sonst gibt es solche Kurse wie diesen hier, mit politischer Bildung. Es sind zu viele Zufälle auf einmal. Alles hat sich verändert. Maromba ist immer öfter hier oben und gibt weniger Interviews. Irgendwann haben sie sogar einmal hier angerufen, und er hat ausrichten lassen, er sei nicht zu sprechen. Dabei war es einer vom Fernsehen! Dass Maromba dem Fernsehen aus dem Weg geht, habe ich bisher noch nie erlebt, er steht doch so gern im Mittelpunkt. Und plötzlich hängt er dauernd hier herum, unterhält sich mit Carlinhos. Von dem Feuerwerk ganz zu schweigen, vergangene Woche, als sie diesen Silviano, das Arschloch, getötet haben. Der Typ hat die ›Bewegung‹ doch schon lange genervt, und nie war ihm etwas passiert, weil Carlinhos genau wusste, dass er ihm nichts tun durfte. Und jetzt, mir nichts dir nichts, bekommt dieser Kerl einen Haufen Kugeln in den Leib, auf offener Straße, am helllichten Tag. Und gleich danach steigt hier auf dem Hügel die Party. Warum wohl hat Carlinhos beschlossen, den Typ gerade jetzt fertigzumachen?«

An einem der Blechtische vor der Pinte ganz oben am Berg unterhielten sich Joana und Célio über Cristianos Verdacht. Sie waren sich sicher, dass er gut in die CR passen würde. Demnächst wollten sie eine eigene Basisorganisation mit etwas mehr Substanz und mehr solchen Jugendlichen wie ihm gründen. Doch im Moment standen andere Dinge im Vordergrund. Die Veränderungen auf dem Hügel waren vielen anderen auch aufgefallen, es gab schon Leute, die argwöhnten, dass etwas ganz anderes dahinter steckte. Das war natürlich in Ordnung so, selbstverständlich. Ein Zeichen, dass die Arbeit gut lief und die Revolution Fortschritte machte. Doch es konnte auch die Feinde auf den Plan rufen. Joana fragte sich, wie lange sie noch weitermachen konnten, ohne dass auch die Polizei misstrauisch wurde.

»Größer werden ist immer schwierig«, sagte Célio und küsste Joana. Es wurde ein inniger Kuss, dazwischen leises Kichern und zärtliches Knabbern an der Unterlippe. Drica war gestern. Nun hatte Célio eine Beziehung, die besser zu der Revolution passte, an der er mitarbeitete. Einer Revolution, die sich auch auf persönlicher Ebene vollzog. Dass er sich in diese junge Frau verliebt hatte, deren Geschichte so anders war als seine eigene und die doch ähnliche Ziele verfolgte, gefiel ihm. Die Revolution ist permanent.

Es war das erste Mal, dass er mit jemandem von außerhalb seines eigenen Umfeldes – Schule, Stadtviertel, Universität, Kirche – eine Beziehung hatte. Und zum ersten Mal auch mit einer Schwarzen. Früher hätte er sich nie träumen lassen, dass er einmal verliebt an einem Blechtisch ganz oben in der Favela mit einer Frau wie Joana ein Bier trinken würde. Von hier oben konnte man bis hinunter in die Guanabara-Bucht sehen, das Starten und Landen der Flugzeuge am Galeão-Flughafen beobachten, das Hin und Her der Autos dort unten. Als stünde er irgendwo neben der eigentlichen Welt, wie im Film, oder in einem dieser Sambas über die pittoreske Schönheit der Favela: »Du sollst wissen, wir brauchen nicht mehr / nicht mehr / als die Nacht, den silbernen Mond / der schweigend unsere Lieder anhört.«

Dass bewaffnete Männer überall herumhingen, an den umstehenden Tischen Bier tranken oder Kokain schnupften, manche auch mit Gewehren auf dem Rücken auf und ab patrouillierten, zwang ihn zu einer leichten Korrektur seiner Vorstadtromantik. Doch den Mond gab es wirklich und »einfache Menschen / so schlicht und so arm / Und nur die Sonne scheint immer / und hält sie gut warm«. Warm war es, Kinder lachten und der Lärm aus verschiedenen Fernsehgeräten vermischte sich mit dem Chor einer evangelikalen Kirche, der Funk-Musik, die aus einem anderen Haus dröhnte und dem Singen der älteren Männer, die sich ganz in der Nähe zu einer Samba-Runde zusammengefunden hatten.

Diese Mischung schuf einen ganz neuen Sound, einen, der schwer einzuordnen war. Nichts Eindeutiges eben. Ein besonderer Soundtrack für diese ganze Geschichte, deren Protagonist er geworden war. Welcher Sound genau aus dieser Mischung von Geräuschen entstehen würde, stand noch nicht fest, niemand konnte vorhersehen, was am Ende dieser Revolution stehen würde. Doch zum ersten Mal spürte er, dass die Revolution, die er so ausgiebig studiert hatte, auch einen Klang hatte, Bilder, Geruch – einen guten Geruch, den Duft von Joanas Körper, ein Duft, der sich über den Geruch der Favela legte. Die Revolution kann auch süß sein.

Finale

Chinese

Marra ließ Maromba rufen. Diesmal zu einem anderen Treffpunkt. Nicht die Terrasse wie üblich, sondern in eines der Arsenale, in denen seine Bande den größten Teil ihrer Waffen lagerte. Die Gewehre, Granaten, Pistolen und Munition befanden sich in einem Keller, der nur durch ein verstecktes Loch im Boden zugänglich war. Eine Art Bunker aus Beton, in dem auch bis zu fünf Personen Platz fanden. Mit Küche, Toilette und einem Belüftungssystem, das an verschiedenen Stellen auf dem Hügel ins Freie führte. Eines dieser Belüftungsrohre war an eine Klimaanlage angeschlossen, die auch die Temperaturen im Untergrund erträglich hielt.

Das Treffen allerdings fand im Erdgeschoss statt, einem Haus wie hunderte andere auf dem Hügel. In ihm wohnten Filó, eine von Marras Freundinnen, und ihr Bruder, Tijolo, der Soldat bei der »Bewegung« war. Der Subkommandant für externe Operationen war verärgert: Einer seiner besten Leute, der »Chinese«, war in einem Hinterhalt umgekommen. Angelockt von einer Frau, die er beim Tanzen kennen gelernt hatte, war er mit ihr in ein Motel auf der Avenida Brasil gefahren. Ihre Suite war gestürmt worden, das Paar entführt und zu einem Gelände in Duque de Caxias gebracht worden. Die Frau war mit drei Schüssen getötet worden. Den Chinesen hatten sie brutaler zugerichtet: Abgerissene Ohren, durchstochene Augen, Knochenbrüche.

Die Leiche eines Drogendealers aus der Favela Mirandão, der als »Chinese« bekannt war, sowie die einer bislang noch nicht identifizierten Frau wurden auf einem Gelände in Duque de Caxias, etwa einen Kilometer entfernt von der Washington-Luiz-Fernstraße aufgefunden.

Nach Angaben der Polizei wies der Körper des Drogenhändlers zahlreiche Folterspuren auf. Nach Einschätzung von Kom-

missar Walfrido Batista könne der Fall in Zusammenhang mit einem neuen Bandenkrieg zwischen rivalisierenden Gruppen stehen. Die Polizei ermittelt, ob das Paar identisch ist mit dem, das in den frühen Morgenstunden desselben Tages von acht Männern aus einer Suite des Motels »Desejos« an der Avenida Brasil entführt worden ist.

Die Männer hatten das Motel gegen vier Uhr morgens gestürmt, waren in verschiedene Zimmer eingedrungen, bis sie schließlich das des Paares fanden. Nach Aussage eines der Zimmermädchen des Etablissements wurden die zwei zu einem der Autos der Entführer regelrecht geschleift.

Maromba hatte die Nachricht im Radio gehört und daraufhin sofort versucht, Célio zu erreichen, ohne Erfolg allerdings. Jedenfalls war Marras Nachricht schneller gewesen. Er hatte sowieso mit ihm reden wollen, denn ihm war klar, dass die Ermordung des »Chinesen« einen neuen Krieg auslösen konnte. Schlimmer noch, einen Krieg, der von der anderen Seite ausging, von einer der beiden anderen Seiten; inzwischen gab es so viele verschiedene Leute in diesem Spiel ... Nun musste erst einmal Marra beruhigt werden.

Der Chef von Mirandão saß auf einem braunen Sofa vor einem kleinen Tisch und einem Fernsehgerät, in dem ein Kinderprogramm lief. Hinter ihm an der Wand, direkt gegenüber der Tür, ein Altar mit dem Bildnis des Heiligen Georg, umringt von weiteren Heiligen: Kosmas und Damian, der brasilianischen Muttergottes, und der Sklavin Anastácia. Der Fernseher war sehr laut gestellt, doch Marra schien nicht auf das zu achten, was sich auf dem Bildschirm abspielte. Als Maromba eintrat, hatte er gerade eine Linie Koks geschnüffelt. »Scheiße, was?«, sagte Maromba. Marra schwieg und wischte die Spuren von zwei weiteren Linien beiseite, die seine Männer geschnupft hatten. Maromba schien er zunächst zu übersehen. Ein, zwei, drei Minuten Stille. Dann schickte er seine Männer mit einer Handbewegung hinaus. Sie blieben allein, Maromba und Marra.

»Ich habe dich rufen lassen, um dir zu sagen, dass ich mir das nicht gefallen lasse. Ich schlag jetzt zurück. Jetzt wird's ernst. Sie haben einen Bruder umgelegt.«

Maromba wartete, bis Marra eine weitere Linie genommen und den Strohhalm zurück auf den Tisch gelegt hatte, und dann antwortete er:

»Ich mag dich sehr und du weißt das, ich muss es nicht extra sagen. Bis heute hast du immer alles alleine entschieden: dass der Portugiese getötet wurde, Ticão und Manola, die Prügel für die Mädchen, diese Geschichte mit den Fingern, die du an den Paraíbaner geschickt hast. Und natürlich hast du auch den Silviano kaltmachen lassen. Aber jetzt, Carlinhos, musst du vorsichtig sein. Die Schweine, die den Chinesen umgebracht haben, haben das getan, um zu zeigen, dass es sie gibt, um zu zeigen, dass sie das können. Sie haben ein Flittchen angeheuert, haben die Tussi auf ihn angesetzt und ihn kaltgemacht. Der Typ hat nicht geschnallt, dass es eine Finte war und ist in die Grube gefahren. Gute Arbeit. Zu gut.«

Marra sagte nichts, nahm nur eine weitere Nase. Dann brauchte er ein paar Sekunden, bis er auf Marombas Frage, was er denn nun tun wolle, antwortete. Vor allem anderen würde er jetzt erst einmal alle Läden schließen lassen. »Heute macht hier kein einziges Geschäft auf.«

»Willst du, dass alles von Polizei wimmelt und von Journalisten?«, erwiderte Maromba, der damit schon gerechnet hatte. »Die liegen doch alle schon auf der Lauer, hier hat sich zu viel verändert und zu schnell. Der Tod des Portugiesen, das Ende der Überfälle, die Verbesserungen hier auf dem Hügel, diese ganzen Scheißreportagen, dass der Stadtteil ein Paradies geworden sei, dass dieser Polizist da ein Held ist ...«

»Das Arschloch ...«

»Ja, dieses Arschloch, genau der, der dich einmal hochgenommen hat, dir eine reingehauen hat, dir einen Haufen Geld abgeknöpft hat. Genau der. Vor ein paar Tagen erst war er hier, hat sich in Heldenpose aufgestellt. Glaubst du, er hat keine Ahnung von dem, was hier läuft? Glaubst du wirklich, hier gibt es keinen einzigen V-Mann mehr, keinen einzigen Spitzel?«

»An Schweinen fehlt es nicht, und selbst deine Freunde da… ich weiß nicht. Bis jetzt hab ich noch nicht gehört, dass sie Scheiße gebaut hätten, aber…«

Marra kniff die Augen zusammen. Es sah aus, als zielte er auf etwas, irgendeinen Punkt zwischen ihm und Maromba.

»Die Typen sind in Ordnung, Carlinhos. Sie würden nie ein Ding gegen dich drehen. Die sind doch nicht bescheuert, sie kennen die Regeln. Sie haben keine Lust zu sterben. Das würden sie nicht riskieren.«

»Kann sein, aber sag ihnen, dass auch hier keiner blöd ist. Nur dass sie Bescheid wissen.«

»Sie wissen Bescheid, das ist klar. Aber Carlinhos, vertraue mir. Halt dich zurück, diesmal. Lass die Läden offen, fast alle von denen haben gezahlt…«

»Klar, keiner wollte so wie der Portugiese enden.«

»Ja, aber jeder von denen kann auch plötzlich vor der Polizei singen, ich kann mir sogar vorstellen, dass es der eine oder andere schon getan hat.«

»Was weißt du, he?«

»Wissen tue ich nichts, es ist nur so ein Gefühl. Oder Angst, was weiß ich denn. Aber es ist besser, nichts zu riskieren. Wenn du die Läden zumachen lässt, kommen die Bullen und die Reporter. Und plötzlich redet einer. Nicht offen, aber er redet. Und dann, mein Lieber, geht alles in' Arsch.«

Zweifel

Célio kam zehn Minuten zu spät zu dem vereinbarten Treffen mit Pillar und Maromba. Fünf Minuten länger, und sie hätten das Treffen aus Sicherheitsgründen platzen lassen. Eine Verspätung von mehr als 15 Minuten konnte bedeuten, dass ein Genosse gefangen oder getötet worden war. Célio rang nach Atem und schwitzte. Er war nicht festgenommen worden, doch er hatte einen riesigen Schrecken bekommen.

Der Bus, in dem er gesessen hatte, war in eine Polizeikontrolle geraten. Die Polizisten hatten die Papiere aller Passagiere kontrolliert, viele waren auch durchsucht worden. Ihm war klar gewesen, dass man ihn, jung, langhaarig, totsicher einer Leibesvisitation unterziehen würde. Auf der Suche nach Rauschgift würde die Polizei schließlich die 9-mm-Pistole finden. Célio stand kurz davor, enttarnt zu werden. Auf der Polizeistation würde dann schnell wieder Ricardo aus ihm werden.

»Es war Glück, dass ich entkommen bin. Als der Polizist direkt vor mir stand, hat ein Auto versucht, durch die Sperre zu brechen. Die Bullen haben auf den Fahrer geschossen, gebrüllt wie die Blöden, der Typ, der mich durchsuchen wollte, hat sich auf den Boden geworfen, ist nach vorne gerobbt und hat auch angefangen zu schießen. Als die Schießerei aufgehört hat, begannen die Passagiere hektisch den Bus zu verlassen. Es ist mir gelungen, aus dem Fenster zu springen. Das war Glück«, wiederholte er.

Pillar wies in diesem Zusammenhang erneut darauf hin, dass alle Genossen extrem vorsichtig sein mussten. Jedes unnötige Risiko musste vermieden werden. Alle nächtlichen Bewegungen sollten von nun an im Taxi stattfinden.

Maromba beschränkte sich darauf, leise murmelnd seine Zustimmung zu signalisieren. Er wollte diese Unterredung schnell beenden und vermeiden, dass das Ganze in eine andere Richtung ging. Er hatte die Versammlung mit Pillar und Célio aus einem ganz klaren Grund einberufen. Vor allem, um die Ernsthaftigkeit der beiden Aktivisten auf die Probe zu stellen, die nämlich ihrerseits keine Gelegenheit ausließen, um an seiner Arbeit und seiner Befähigung zu zweifeln.

Er selbst hatte Zeitpunkt – den frühen Abend – und Ort der Zusammenkunft ausgewählt: eine Bar in Tijuca, mit Blick auf einen Platz, der sich an Wochenenden mit Kindern, Ponys und Ziegen füllte. Zwei oder drei Mal war er mit seinen Kindern hier gewesen. Seine Strategie ging auf: Pillar hörte auf, über die Polizeikontrolle zu reden und bat um Marombas Bericht über seine Unterredung mit Marra.

»Also? Wie ist die Geschichte ausgegangen?«

Maromba beugte sich nach vorne über den Tisch, Pillar und Célio auch. Bei dem Versuch, konspirativ zu sein, fielen sie deutlich auf, denn sie waren die einzigen, die leise miteinander sprachen. Vom Platz her tönte das Geschrei der Kinder, die sich unter die Männer und Frauen gemischt hatten, die auf der anderen Straßenseite an Blechtischen oder direkt am Tresen stehend ihr Bier tranken und frittierte Stockfischbällchen knabberten. Maromba flüsterte fast:

»Es war schwierig, aber es ist mir gelungen, den Mann noch einmal zurückzuhalten. Er wird diesmal auf seine Rache verzichten. Auch die Beerdigung wird diskret ablaufen: Kein Bus für alle Bewohner, keine Show auf dem Friedhof. Nur die Verwandten werden hingehen, ein paar enge Freunde, das war's. Carlinhos hat der Witwe Bescheid sagen lassen, hat ihr etwas Geld gegeben und ihr gesagt, er würde die Familie solange wie nötig unterstützen. Trotzdem müssen wir aufpassen. Die Geschichte ist noch nicht ausgestanden. Carlinhos wird reagieren müssen, er darf nicht den Anschein von Schwäche erwecken. Es hat ihn schon Überwindung gekostet, die Läden nicht schließen zu lassen, kein Tamtam um die Totenwache zu machen, denn er weiß, dass die Leute, wenn er jetzt still hält, versuchen werden, ihn fertigzumachen.«

Pillar nahm noch einen Schluck Bier. Dann lobte er Maromba:

»Du hast korrekt gehandelt, Genosse, auch wenn du zuvor die Entscheidung des Kollektivs hättest abwarten müssen.«

»Wer Bescheid weiß, nutzt die Stunde«, sagte Maromba ironisch und mit Blick auf Célio.

»Wer nicht Bescheid weiß, glaubt auch, dass er die Stunde nutzt, und macht am Ende einen Haufen Scheiße«, erwiderte Pillar und fuhr fort, ohne auf eine Antwort zu warten: »Wir müssen nun ganz ruhig weiterarbeiten. Wir müssen wachsam sein, aber aus dem, was du sagst, schließe ich, dass es keineswegs sicher ist, dass die Ermordung des Chinesen in irgendeiner Form mit unserer Arbeit zu tun hat. Es kann auch ein einfacher Mord sein, eine alte Rechnung zwischen rivalisierenden Banden, ein Verbrechen, wie es Tag für Tag vorkommt. Am wahrscheinlichsten ist doch, dass es so ein alltäglicher Fall ist, ein Problem unter Dealern.«

»Genosse«, diesmal betonte Maromba das Wort, das er sonst zu vermeiden versuchte, »ich glaube, da ist ein kleiner Widerspruch in deiner Analyse der Gesamtsituation. Zum jetzigen Zeitpunkt unseres Spiels ist es nicht mehr so einfach, die Probleme der Weißen von den Problemen der Schwarzen zu trennen, Guerilla oder Drogenhandel zu unterscheiden, Hinrichtung oder Ermordung. Inzwischen sitzen wir alle im selben Boot. Wie du, Genosse Pillar, immer so schön sagst: ›Geschrieben hast du, gelesen nicht …‹«

Weder Pillar noch Célio antworteten. Kurz musste Pillar an Altino denken. An die vielen Gespräche, die sie geführt hatten. Über die letzten zwei Jahre der Guerilla in den siebziger Jahren, die vielen Niederlagen, die Strukturen, die nach und nach zerschlagen worden waren, die Unfähigkeit, eine zweite Entführung eines Diplomaten zu organisieren und weitere Genossen aus Haft und Folter zu befreien. Er erinnerte sich auch an die Bitterkeit, mit der Altino von der Gleichgültigkeit der Straße gesprochen hatte, von einer Mittelschicht, die fröhlich und in vollen Zügen das »brasilianische Wunder« auskostete, den *Run* auf die Wertpapierbörse, den Taumel, als Brasilien schließlich groß, stark und zum dritten Mal Weltmeister wurde.

Und er erinnerte sich, wie er selbst, Pillar, der damals gerade elf, zwölf Jahre alt gewesen war, Sympathie für den General-Präsidenten gehabt hatte. Einmal hatte er sogar eine Weihnachtskarte an den Diktator geschrieben – und Antwort bekommen. Ein Telegramm, in dem dieser sich bedankt und die guten Wünsche zu Weihnachten erwidert hatte und erfolgr. neu. jahr. pt. emilio. garrastazu. medici. pt. praesid. d. republ. brasilien. pt. »Ich war so scheiße«, dachte Pillar.

Klima

Die Beerdigung des Chinesen war für die Presse eine Enttäuschung. Kaum Leute, fast keine Blumen, ein billiger Sarg. Eine ganz normale Armeleute-Beerdigung, wie meistens auf dem Friedhof von Irajá. Vermutlich mehr Journalisten und Polizei als Verwandte und Freunde des Dealers. Keine Spur dieser Spannung, die Journalisten so gern bei Beerdigungen von Verbrechern beschreiben. Die Stimmung hier war anders.

Ein Verwandter erklärte, Sérgio sei nur ein einfacher Arbeiter gewesen, und ein Fernsehjournalist sprach daraufhin, während der kleine Trauerzug sich im Hintergrund auf ihn zubewegte, in seine Kamera, es sei ein Klima der Trauer und der Empörung zu spüren. Diese Passage wurde allerdings von der Regie später herausgeschnitten und nie gesendet.

»Ein Klima der Trauer und der Empörung auf der Beerdigung eines Dealers, das ist verboten. Trauer und Empörung ist den unschuldigen Opfern vorbehalten. Den unschuldigen Opfern der grenzenlosen Gewalt hier in Rio. Grenzenlos, wie die Dreistigkeit dieser Banditen!«, brüllte der Chef vom Dienst und schmiss dann gleich noch ein paar Plattitüden mehr quer durch den Schneideraum.

Nicht herausgeschnitten wurde das Interview mit Hauptkommissar Jairo Albuquerque, der die Beerdigung mit fünf weiteren Polizisten aus der Ferne beobachtet hatte. Darin begründete er die Ruhe auf dem Friedhof mit der erfolgreichen Polizeiarbeit im Stadtteil. Die Dealer hätten gelernt, dass sie sich nicht straflos bewegen und unbescholtene Bürger nicht damit belästigen durften, dass sie die Beerdigung eines Gangsters zu einer pompösen Zeremonie machten.

Am Ende des Berichts informierte der Sprecher die Zuschauer noch darüber, dass die Polizei rivalisierende Dealerbanden hinter dem Verbrechen vermutete und eine interne Auseinandersetzung um den Rauschgifthandel in der Favela Mirandão.

Fontoura wunderte sich, als er zurück in der Redaktion war, über das, was er gesehen hatte, erst live auf der Beerdigung und nun im Fernsehen. Es war alles so ruhig gewesen, zu ruhig, erklärte er Clara. Der Chinese war eine wichtige Figur in der Bande von diesem Carlinhos Marra gewesen. Ein Armenbegräbnis wie dieses, das war nicht normal. Er erzählte ihr auch, dass er noch während der Beisetzung diesen Jairo beiseite genommen und sich diskret mit ihm unterhalten hatte. Aber vergeblich. Der Polizist hatte erklärt, er habe im Moment nichts für ihn, aber dass sich vielleicht, möglicherweise, in den nächsten Tagen etwas ergeben würde. Eine gute Geschichte. Aber kein Grund zur Hektik.

»Manchmal müssen wir Geduld haben. Gute Themen fallen nicht vom Himmel. Man muss das Vertrauen der Informanten gewinnen und beweisen, dass man selbst vertrauenswürdig ist.« Aufmerksam, wie es schien, lauschte die Praktikantin Fontouras Erläuterungen.

Was er ihr allerdings nicht erzählte, war, dass Jairo ihn provoziert hatte: »Na, hast du inzwischen wieder eine Freundin gefunden, Fontoura? Klappt es im Bett wieder? Du musst lockerer werden. Ruf mich mal an Mann, ein Freund von mir, ein Inspektor im 14. Revier, hat einen Massagesalon in Bento Ribeiro eröffnet. Was ganz Feines, absoluter Erste-Welt-Standard. Frauen nur vom Feinsten. Ruf mich mal an, und dann gehen wir das mal gemeinsam überprüfen, falls du noch Spaß an solchen Dingen hast. Ach so, und natürlich gibt es Rabatt für die Polizei und für Journalisten.«

Fontoura hasste es, wenn Jairo derart vom Thema ablenkte. Er wusste, dass er das nur tat, um von einer guten Geschichte abzulenken.

Pläne (2)

Célio stieg an der Adolfo Bergamini aus dem Bus und ging in Richtung seines Elternhauses. Schon lange hatte er sich nicht mehr so gut gefühlt, selbst die Hitze dieses Nachmittags fühlte sich weniger drückend an. Die Arbeit ging gut voran, seine Beziehung zu Joana noch besser. Fast jede Nacht schliefen sie inzwischen zusammen, bei ihr in der Favela oder in seinem Apartment, das von der CR finanziert wurde – ein Teil des Geldes aus der Schutzsteuer ging an die Organisation zur Verbesserung der finanziellen Ausstattung der Gruppe selbst sowie derjenigen Mitglieder, die, wie Célio, nunmehr in der Illegalität lebten. Er war nun Berufsrevolutionär.

Die Nacht zuvor hatten Célio und Joana im Mitanambu verbracht. Nach mehreren Besprechungen waren sie endlich alleine geblieben. Nach und nach hatten sich auch alle Themen erschöpft, die mit ihrer Arbeit zu tun hatten, und an ihre Stelle waren persönliche Dinge getreten. Zum ersten Mal, seit sie zusammen waren, hatten sie begonnen, gemeinsame Pläne zu schmieden. Pläne, die allerdings wenig gemeinsam hatten mit denen von anderen Paaren, die weniger als sie vom Lauf der Geschichte abhingen, jungen Leuten, die Stunden um Stunden damit verbringen, über Geld nachzudenken, über ihre Arbeit, das Gehalt, die neue Wohnung, die Kinder.

Célios und Joanas Zukunft war verknüpft mit dem Verlauf der Revolution, an der sie mitarbeiteten. Auch sie dachten über das Leben nach, aber über das Leben von vielen. Eine bessere Zukunft bedeutete für sie, Pläne, Hoffnungen, Arbeit für viele zu ermöglichen. Leute, die sie nicht einmal kannten und die doch in all ihren Projekten präsent waren. Unmöglich anscheinend, und doch lief alles, von kleinen Pannen abgesehen, sehr gut. Vorsichtig waren ihre Erwartungen, aber optimistisch. Alles wird gut. Selbstverständlich.

Doch in dieser Nacht im Mitanambu bekamen sie zum ersten Mal das Gefühl, dass sie auch verlieren könnten. Sie hatten miteinander geschlafen, direkt dort, auf dem großen Tisch des Versammlungsraumes. Endloser Sex, wie zwischen Liebenden, die sich gut kennen und die nichts als den Wunsch haben, mehr und mehr Zeit miteinander zu verbringen. Danach lagen sie still, zehn Minuten und länger, auf dem Boden, an Kissen gelehnt. Célio hielt Joana im Arm, drückte seinen Körper gegen ihren Körper, als wolle er verhindern, dass sie ihm aus den Armen glitt. Er war schon fast eingeschlafen, da bemerkte er, dass sie weinte, ganz leise.

»Was ist denn? Alles in Ordnung mit dir?«

Mit den Händen vor dem Gesicht versuchte Joana ihre Tränen zu trocknen, die ihr in feinen Fäden über die Wangen liefen. Sie legte sich ein Kissen zurecht, lehnte sich an die Wand, legte Célios Kopf in ihren Schoß und strich mit ihren Fingern durch seine Haare.

»Ich weiß nicht, Unsinn wahrscheinlich. Ich habe nur plötzlich Angst, so ein komisches Gefühl …«

»Angst, vor was denn?«

»Vor allem … dass wir den Kampf verlieren, dass ich dich verliere. Dass alles schief geht …«

»Wir haben keine andere Wahl«, sagte Célio nach ein paar Sekunden, in denen er still über Joanas Worte nachgedacht hatte. »Wir sind zusammen, weil wir uns hier, im Kampf, bei der Arbeit, kennen gelernt haben. Unser Leben ist ein Teil von all dem hier. Wir können nicht einfach alles hinter uns lassen, uns eine Arbeit suchen, eine Wohnung. Wir würden nicht glücklich werden. Wir brauchen dieses Projekt. Glaub mir, Joana, auch ich will dich nicht verlieren. Es wird alles gut werden. Glaub mir …«

»Genosse Célio …« Joana nahm ihre Hand von Célios Kopf, als wolle sie ihn zwingen, sie anzusehen.

»Ja …«, lächelte Célio, der noch nie so zärtlich »Genosse« genannt worden war.

»Ich glaube, ich liebe dich.«

»Ich glaube auch, dass ich dich liebe, Genossin Joana. Komm, gib mir einen Kuss.«

Schon lange war Célio nicht mehr bei seinen Eltern gewesen. Es war gut, wieder einmal dort vorbeizuschauen. Außerdem musste er ein paar Papiere zusammensuchen. Dokumente im Haus der Alten aufzubewahren war inzwischen leichtsinnig. Den Wählerausweis, seinen Reservistenausweis, er wollte alles noch am selben Abend verbrennen. Alle Spuren seines früheren Lebens als Ricardo mussten verwischt werden. Außerdem riefen seine Eltern zu oft auf seinem offiziellen Handy an, dem Telefon für Leute von außerhalb der Organisation. Ständig wollten sie wissen, wie es ihm ging, glaubten ihm irgendwie nicht, dass er nur deswegen immer seltener nach Hause kam, weil er sich auf sein Studium konzentrieren wollte. Er musste sie unbedingt beruhigen.

Sie hatten sich auch gewundert, dass er so schnell eine Arbeit gefunden hatte. Noch dazu eine solche Arbeit, eine so anspruchsvolle Arbeit. »Wir wissen ja nicht einmal, wo das Büro ist, in dem du arbeitest. Du hast uns nicht einmal die Telefonnummer gegeben.« »Mein Chef mag es nicht, wenn die Leute dort anrufen, ihr habt doch meine Handynummer.« »Steckt eine Frau dahinter, Ricardinho? Du hast eine Frau kennen gelernt und wohnst jetzt bei ihr, ist es so? Es ist dir unangenehm, mit uns darüber zu reden? Das macht nichts, mein Sohn, wir verstehen das doch, heutzutage ist alles anders, alles viel schneller ... Du kannst das Mädchen ruhig einmal mitbringen, wir haben kein Problem damit, stimmt es, Augusto? Aber, mein Sohn, niemals vergessen, Kondome zu benutzen! Du weißt doch, wie die jungen Mädchen sind, sie gehen mit dem Erstbesten mit. Ach entschuldige, ich wollte das Mädchen natürlich nicht beleidigen, ich kenne sie ja nicht einmal ...« »Nein, Mama, da ist keine Frau, das heißt, ja, ich habe eine Freundin, aber ich wohne nicht mit ihr zusammen. Ich wohne alleine, könnt ihr das nicht verstehen?« »Also, wenn es keine Frau ist ... nein, nein, das darf nicht sein, mein Sohn, sag es deiner alten Mutter: Hast du etwas ausgefressen? Hast du mit Rauschgift zu tun? Diese komische Zigarette, die ich neulich in deiner Jackentasche gefunden habe...« »Mama, das war vor drei

Jahren.« »Für mich ist es, als wäre es gestern gewesen. Sprich doch mit uns, mein Sohn, du kannst immer auf uns zählen. Ich habe im Fernsehen gesehen, dass die Regierung eine Klinik aufgemacht hat für Leute, die nicht so viel Geld haben ...« »Mama, nein, ich bin nicht süchtig, ich rauche nur Zigaretten, ganz normale Zigaretten, wie man sie überall in der Kneipe kaufen kann.« »Rauchen ist tödlich, mein Sohn. Du weißt, was mit dem Jungen aus der Avenida Suburbana passiert ist, dem Sohn von Dona Neusinha? Er hat geraucht, seit er 14 war. Er ist gestorben ... die Lungen ... beide Lungen.« »Mutter, das ist 20 Jahre her, da war ich noch nicht einmal geboren, ich kenne die Geschichte nur, weil du sie ständig erzählst.« »Aber es ist gut, dass du sie kennst, es ist doch nur zu deinem Besten, mein Sohn. Du bist so mager, isst du denn auch immer gut? Wer kocht denn für dich? Dieses Essen auf der Straße, das ist doch nichts für dich, das ist so ungesund. Dein Vater hat neulich gelesen, dass in Restaurants, sogar in Luxusrestaurants, in der *Zona Sul*, das Essen drei Mal mehr Cholesterin enthält als das Essen zu Hause. Von der Sauberkeit einmal ganz abgesehen, nicht wahr? Ich ekele mich richtig vor dem Essen auf der Straße. Wie bitte? Soll ich etwa meine Bohnen, meinen körnigen Reis, meinen blitzsauberen Kohl, mein Hühnerfleisch ohne Haut, ohne Fett, vergleichen lassen mit diesem fettigen Essen von Frauen, die sich nicht einmal die Hände waschen?«

Er blieb kaum länger als eine halbe Stunde, ging noch ein paar Meter zu Fuß und nahm dann in der Rua Dias da Cruz den Bus. Nein, nicht einmal die Revolution würde jemals die Mütter verändern. Wie wohl Lenins Mutter gewesen war? Oder die von Karl Marx? Von Che, der doch an Asthma erkrankt war ... Ob Stalin wohl eine Mutter gehabt hatte? In Célios Gedanken platzte die Durchsage, dass der Bus überfallen wurde. Alles ging ganz schnell. Einer der Gangster postierte sich neben dem Kassierer, ein anderer neben der Tür und ein dritter, der jüngste, sammelte bei den Passagieren das Geld ein. Als Célio sich umdrehte, sah er in das Gesicht des Mannes, der beim Kassierer stand.

»Kopf runter!«, brüllte der, der an der Tür stand.

Célio versuchte ruhig zu bleiben. Nein, er würde nichts tun. Die Pistole blieb, wo sie war, am Gürtel, sie drückte, aber sie steckte gut getarnt unter der Jacke. Er wartete, bis der Mann kam, um auch sein Geld einzusammeln. Einen angemessenen Betrag für einen, der auf dieser Linie fuhr, 80 Reais vielleicht, und alles war gut. Nur der Schreck. Er streckte die rechte Hand mit dem Geld aus, seine Linke lehnte am Fenster. Da er den Kopf gesenkt hielt, bemerkte er nicht, dass der Gangster auf seine Schläfe zielte, er hörte nur, dass ein paar Frauen aufschrien. Reflexartig hob er den Kopf. Drei Schüsse krachten. Du hast verloren. Verloren.

Konvoi

Nach fünf Monaten Frieden bedroht der Krieg um die Kontrolle des Drogengeschäfts wieder die Bewohner in Leopoldina, rund um die Favela Mirandão. Mindestens sechs Personen, darunter fünf Drogenhändler, kamen in einer Schießerei um, die gegen 22 Uhr gestern Abend begann und erst in den frühen Morgenstunden beendet wurde. Unter den Toten soll auch Charles Roberto dos Santos sein, der unter dem Namen Carlinhos Marra bislang den Drogenhandel in der Favela kontrollierte.

Bis Redaktionsschluss um 1 Uhr konnte lediglich ein Leichnam identifiziert werden. Dabei handelt es sich um die Studentin Joana Santos Teixeira, Leiterin des Projekts Mitanambu, die von einem Querschläger getroffen wurde. Mindestens 12 Verletzte wurden ins Getúlio-Vargas-Krankenhaus im Stadtteil Penha eingeliefert.

Bewohner, die ihre Namen nicht nennen wollten, berichteten verängstigt von der außergewöhnlichen Brutalität der Schießerei. »Ich lebe seit 15 Jahren hier, aber so etwas habe ich noch nie erlebt. Ich dachte, es sei das Ende. Sie kamen sogar mit Granatwerfern«, erklärte J., ein 35-jähriger Kellner. Nach Angaben von Hauptkommissar Jairo Albuquerque ging der Überfall von Dro-

genhändlern aus der Favela Valão aus, die sich ebenfalls in Leopoldina befindet. Der dortige Drogenhandel, so der Kommissar weiter, werde von Neguinho Bozó, vom so genannten »Terceiro Comando« kontrolliert, der als Carlinhos Marras Gegenspieler galt.

Die Leiche der Joana Teixeira wurde in den Räumen des Mitanambu aufgefunden, das sich an einem der wichtigsten Zugänge zu der Favela befindet. Eine Zeugin, die ebenfalls nicht namentlich genannt werden möchte, erklärte, die Studentin sei im Innern des Hauses erschossen worden. Sie behauptet, gesehen zu haben, wie die Leiche von den Eindringlingen aus dem Haus geschleift worden sei. Joana war mit nur einem einzigen Schuss in den Kopf getötet worden. Die anderen vier Toten konnten noch nicht identifiziert werden.

Einen solchen Angriff hatte Marra nicht erwarten können. Die bereits zahlreichen Sicherheitskräfte in der Favela waren, als die Zusammenarbeit mit der CR begonnen hatte, verstärkt, fast verdoppelt worden. Sogar in den Straßen des Stadtteils hatte er seine Soldaten postiert, und jeder Wachmann in jedem Laden, in jeder Fabrik dort im Stadtteil war zugleich auch Sicherheitsmann der »Bewegung«. Viele von ihnen besaßen Handys oder Funkgeräte. Die wichtigsten Zugänge zur Favela waren rund um die Uhr bewacht. Kein Posten blieb unbesetzt.

Zwei Häuser ganz oben am Berg waren von Marras Leuten beschlagnahmt worden, sie waren strategisch wichtig und erlaubten den Blick in verschiedene Richtungen. Eine der Familien hatte zugestimmt, dass die »Bewegung« bei ihnen einzog, die andere hatte versucht, Widerstand zu leisten und war aus der Favela vertrieben worden. Der Kontrolle von Marras gut bewaffneten Männern entging eigentlich nichts.

Doch diesmal hatten die Wachposten nichts ausrichten können. Die Angreifer hatten eine Strategie gewählt, die Marra nicht kannte. Ein massiver Angriff, heftig und schnell. Die Eindringlinge schienen sich gut auszukennen in der Favela, suchten die richtigen Häuser auf, fanden sofort alle geheimen Verstecke. Und es waren viele, mehr als 80 Leute. Sie kamen aus verschiedenen Richtungen und besetzten sofort alle vier Zugänge zur Favela. Eine fünfte Gruppe kam aus dem Busch. Dies verwirrte die Abwehr. Kaum hatte jemand gemeldet, dass eine Bande aus der Richtung der Bahnlinie kam, hieß es auf der anderen Seite: Sie kommen aus der Straße des Supermarkts. Und der nächste rief nach Verstärkung in die Gasse am Fußballplatz.

Aus einem Konvoi von mehr als 20 Autos stiegen die Angreifer, als hätten sie dies zuvor trainiert, und schossen um sich: aus Gewehren, Maschinengewehren, Granatwerfern. Alle Waffen, alle Kugeln schienen in diesem Moment auf der Seite der Angreifer zu sein. Der Handyempfang funktionierte nicht, denn eine halbe Stunde vor dem Angriff hatte jemand den Sendemast gesprengt, und der Lärm verhinderte jede Kommunikation über Funk.

»Das ist kein Überfall von Banditen. Das können keine Banditen sein«, wiederholte Marra, während er von oben aus seiner Festung heraus feuerte. Ab und an umklammerte er mit der linken Hand das Amulett des Heiligen Georg, das er an einer Halskette trug.

Doch es waren Banditen. Zumindest waren keine Polizisten dabei, jedenfalls nicht in Uniform. Es waren junge Leute wie seine Leute. Sie sahen aus wie sie und es war schwierig, sie von seinen zu unterscheiden. Sie waren nur besser ausgebildet und besser instruiert. Zum ersten Mal, seit er Chef über Mirandão geworden war, hatte Marra das Gefühl, dass seine Position in Gefahr war. Nur blieb jetzt nicht mehr viel Zeit nachzudenken. Schießen musste er, den Feinden widerstehen, das »Terceiro Comando« zurückschlagen. Er war mächtiger geworden. Da hatte Maromba recht behalten, doch die Kraft seiner Feinde war auch größer geworden. »Scheiße, noch nie habe ich so viele Schweine gesehen!« Eine Flucht war ausgeschlossen, das wusste Marra, denn SdP hatte sich umgesehen auf dem Hügel und festgestellt, dass sie umzingelt waren.

Der Chef über Mirandão starb durch einen Gewehrschuss. Eine Kugel traf seinen Bauch, als er auf seiner Terrasse hin und her hetzte. Seine Leiche blieb den ganzen Vormittag dort liegen. Die Leiche eines Verbrechers einzusammeln hatte keine Eile – je mehr Leute sie sahen desto besser. Zur Abschreckung.

Unter den Verwundeten waren vier, die keine Verbindung zum Drogengeschäft hatten: Martha, die als Maniküre in einem Salon in Brás de Pina arbeitete, Olavo, ein Gelegenheitsarbeiter, der kürzlich das Büro von Herrn Nonato, dem Supermarktbesitzer, neu gestrichen hatte, Jefferson, der Enkel von Deuzidete, und Ezequiel aus der baptistischen Jugendgruppe.

Treffer

Fontoura war glücklich an diesem Freitagabend. Sein Artikel über die Schlacht in der Favela – »Angst und Schrecken in Leopoldina« – war Aufmacher der Regionalausgabe geworden, und von Jairo hatte er zudem exklusive Informationen über den Drogenhandel in der Favela Mirandão bekommen. Der Polizist war eine verlässliche Quelle. Er hatte angerufen und Bescheid gesagt, als es auf dem Hügel ernst wurde, »Mach dich auf die Socken, aber schnell!« Am Tag darauf waren all diese Dinge passiert.

Er war sicher, dass sein Artikel auch in der Sonntagsausgabe ein Knaller werden würde. Es war alles noch viel größer, als es zunächst ausgesehen hatte: Die Ladenbesitzer waren gezwungen worden, an die Dealer Schutzgeld zu zahlen. Zahlten sie nicht, riskierten sie, getötet zu werden. Die Geschichte mit dem Supermarkt hatte gestimmt, hatte Jairo endlich eingestanden. »Endlich hast du einmal den richtigen Riecher gehabt, Fontourinha«, hatte Madureira gesagt, und das war ein großes Lob.

Außerdem wollte Fontoura für Sonntag auch schreiben, dass die Polizei die Ermittlungen zum Tod von Francisco Antônio Nogueira, diesem Metzger, der Silvester ermordet worden war, wieder aufgenommen hatte. Und mehr noch: Ein Abgeordneter hatte ihm einen vertraulichen Bericht aus dem Büro des Gouverneurs zugespielt, mit Hinweisen auf Unregelmäßigkeiten im Zusammenhang mit diesem Mitanambu. Demnach war diese Joana alles andere als eine Heilige und stand im Verdacht, einen Großteil des Geldes, das sie von verschiedenen ausländischen Organisationen bekam, in die eigene Tasche zu stecken, zumindest in eine Art schwarze Kasse, denn in dem Tresor der Einrichtung, den die Polizei geöffnet hatte, hatte man kaum mehr als 30 Reais gefunden.

Es gab Hinweise auf Verbindungen dieser Hilfsorganisation zum organisierten Drogenhandel, andere Hilfsorganisationen waren gezielt in ihrer Arbeit behindert worden, damit Mitanambu deren Arbeitsbereiche schließlich übernehmen konnte. Zahlreiche Dokumente waren verbrannt worden, vermutlich von dieser Joana selbst, noch während der Schießerei. Doch an der Universität von Campinas gab es Experten, die zumindest den Teil der Papiere, der nicht vollends zu Asche zerfallen war, rekonstruieren sollten.

Sein Artikel würde nicht ohne Folgen bleiben. Der Gouverneur hatte wiederholt erklärt, dass die Arbeit der NGOs in den Favelas besser kontrolliert werden müsse. »Wir müssen Zugriff auf diese schwarzen Kassen bekommen«, hatte er gesagt. Und die Pressestelle des Gouverneurs hatte ihm eine weitere exklusive Erklärung in der Sache in Aussicht gestellt. Auch diesen nervigen Maromba wollte Fontoura interviewen, doch der war irgendwie verschwunden. Raimundo hatte ihn darauf aufmerksam gemacht, dass der Gemeindeassistent aus genau dieser Favela stammte und bestimmt etwas mit der Sache zu tun hatte. Vielleicht war er ja direkt beteiligt. Er musste ihn ausfindig machen. Schon lange war der Reporter nicht mehr so motiviert gewesen.

»Ich weiß nicht, ich weiß nicht, aber ich glaube, diesmal kann ich mir Hoffnungen auf eine Auszeichnung machen. Verdammt noch einmal, das ist ein geiler Beruf.«

Selbstkritik

Die Nachricht von Célios Tod erreichte Pillar und Maromba, als sie im Taxi saßen, auf dem Weg zum Flughafen. Der Generalsekretär der CR war auf dem Weg nach São Paulo. Eine kurze Nachricht nur, der Student Ricardo Lima Bueno sei bei einem Überfall auf einen Bus im Stadtteil Méier ermordet worden. Die Beerdigung sollte am kommenden Tag in Caju stattfinden.

»Mein Gott, das ist Célio«, sagte Pillar tonlos.

»Wieso Célio? Der Sprecher hat Roberto, Ricardo oder so etwas gesagt, irgendein Name mit R…«

»Ricardo, das war sein richtiger Name.«

Sie ließen den Fahrer umkehren und zum Friedhof fahren. In der Kapelle lag Ricardos Mutter in den Armen einer Nachbarin und weinte. Maromba beschloss, in Mirandão anzurufen, denn Joana wusste vermutlich auch noch von nichts. Selbst wenn sie die Nachricht gehört hatte. Denn auch für sie war Ricardo nur Célio. Im Mitanambu ging niemand ans Telefon und Joanas Handy war ausgeschaltet. Maromba versuchte es weiter und erreichte schließlich eine Bar in der Nähe der Favela. Erst da erfuhr er von der Erstürmung, die bereits eine Stunde zuvor begonnen hatte.

»Erst das mit dem Chinesen, dann die Ermordung von Célio, jetzt die Erstürmung. Das sind zu viele Zufälle auf einmal. Ich glaube, wir sind geliefert«, sagte er zu Pillar am Tresen der Friedhofscafeteria.

Auch Pillar schien dies so. Sicherheitshalber rief er eine der Nummern in Lapa an. Jemand hob ab – entgegen allen Sicherheitsvorschriften –, sagte aber nichts. Dieses Telefon durfte nur zum Anrufen benutzt werden, niemals aber, um Anrufe entgegenzunehmen. Alle Mitglieder der CR kannten diese Vorschrift. Also war auch diese Wohnung aufgeflogen.

»Kommst du an das Geld heran?«, fragte Maromba.

»Natürlich nicht, das Geld liegt im Tresor in der Wohnung. Ich habe erst gestern nachgezählt. Es waren an die achttausend, aber nun kommen wir da unmöglich ran. Ich hoffe nur, dass Joana mit dem Geld da rausgekommen ist.«

»Das hoffe ich auch ...« Pillar schaute zu Boden, strich sich über den Bart und überlegte, was jetzt zu tun sei. »Deine Frau, deine Kinder, wo sind sie, Maromba?«

»Im Haus meiner Tante, in Santa Cruz. Vergangene Woche sind sie zu Hause ausgezogen. Kátia war eifersüchtig auf meine Arbeit, sie dachte, es stecke eine andere Frau dahinter, dass ich etwas mit Joana hätte ... Klar, und für sie ist das alles Teufelswerk. Auf jeden Fall ist es besser, sie bleiben für eine Weile dort.«

Weiter konnten sie nicht reden. Ein paar Männer kamen herein, die aussahen wie Polizisten. Sie schlichen sich durch die Hintertür, wollten irgendwie versuchen, über die Friedhofsmauer zu entkommen und über die Avenida Brasil abhauen. Es war schon dunkel, und es war nicht schwer, zwischen den Gräbern zu verschwinden.

Maromba beschloss, nach Sumaré zu fahren und den Kardinal um Hilfe zu bitten. Ein Haus, in dem schon einmal der Papst übernachtet hatte, würde die Polizei nicht so einfach stürmen. Sein Name stand in keinem Dokument der CR, aber dass man ihn suchen würde, war sicher. Er war zu bekannt in Mirandão, um nicht zumindest verhört zu werden.

Also war es besser, im Moment auf die kirchliche Tradition der Zuflucht für politisch Verfolgte zurückzugreifen, eine Auszeit von vielleicht sechs Monaten zu nehmen und sich dem Studium der Sozialenzykliken zu widmen – natürlich nicht ohne zuvor eine gehörige Abreibung von Seiner Eminenz über sich ergehen zu lassen, der allerdings in der alten katholischen Tradition, dass schmutzige Wäsche stets zuhause gewaschen wurde, sein diskretes Schweigen über die ganze Geschichte legen würde. Marombas Brücke war eine Zugbrücke, und er wollte sie nun für eine ganze Weile oben halten.

Pillar hatte natürlich einen ausgefeilteren Plan. Die CR hatte noch eine kleine Wohnung in Penha, ein Quartier für Notfälle, so wie jetzt. Dort hatte Pillar ein paar Dollars deponiert und einen gefälschten Reisepass. Viel Zeit war nicht. Er musste eine Telefonzelle finden, ein paar Genossen anrufen, ein paar Codes murmeln und dann schnell abhauen. In der Wohnung in Lapa lagen nur wenige Dokumente, aber genug, um ihn schwer zu belasten. Nach Hause durfte er auch nicht mehr gehen. Die Rua Cândido Mendes wimmelte vermutlich bereits von Agenten, vom einen Ende in Glória bis zum anderen in Santa Teresa.

Unnötige Risiken waren zu vermeiden. Wenn er festgenommen oder, noch schlimmer, erschossen würde, wäre dies das Ende der CR. Heute ging es demokratischer zu als früher, und das Risiko, im Gefängnis gefoltert zu werden, war nicht mehr so groß – zumindest nicht für Gefangene aus seiner sozialen Schicht –, doch eine Guerilla zu organisieren war immer noch ein Verbrechen. Der Text der Verfassung traf hier genau auf ihn zu: »Das bewaffnete Vorgehen gegen die verfassungsmäßige Ordnung und die demokratische Staatsmacht stellt ein Kapitalverbrechen dar, das keine Verjährung zulässt.«

Pillar wollte nicht ins Gefängnis gehen. Also hieß es, sich zurückziehen, die Kräfte neu ordnen und retten, was von der Organisation übrig geblieben war. Der Mord an Célio hatte ihn erschüttert, erst recht jetzt, wo er wusste, dass das Verbrechen in Zusammenhang mit einer Reihe von repressiven Maßnahmen stand. Aber: Das Risiko war Teil der revolutionären Logik. Célio war im Kampf um die Sache gefallen. Er war ein wertvoller und überzeugter Genosse gewesen. Gläubig sogar. An Gott und die Revolution – nicht unbedingt in dieser Reihenfolge. Womöglich war beides das Gleiche für ihn, eine Art Mysterium, eine heilige Zweieinigkeit. »Katholiken sind gute Genossen, aber sie sind sehr kompliziert, es ist leichter, dass ein Kamel durch ein Nadelöhr geht, als dass ich jemals die christlich-revolutionäre Logik verstehe«, dachte er.

Im Taxi richtete Pillar seinen Blick bereits wieder in die Zukunft. »Vergossene Milch zu beweinen ist nutzlos, jetzt heißt es abhauen, die Beine unter den Arm nehmen. Die Revolution ist nicht zu Ende, den historischen Prozess kann man nicht aufhalten: These, Antithese, Synthese; die Dialektik zumindest hat der Neoliberalismus nicht abschaffen können. Wir haben es hier mit einem strategischen Rückzug zu tun. Mehr nicht. In wenigen Tagen und unter besseren Sicherheitsbedingungen werde ich in der Lage sein, Selbstkritik zu formulieren. Vermutlich haben wir die Artikulationsfähigkeit der repressiven Sektoren unterschätzt, haben dem militärischen Bereich zu wenig Bedeutung beigemessen, und ganz offensichtlich ist es uns nicht gelungen, die Menschen in der Favela auf unsere Seite zu bringen. Die rebellischen, kritischen Jugendlichen haben sich uns nicht angeschlossen. Unsere Niederlage wird niemals in einen Rap-Text einfließen, schon gar nicht in einen Samba. Doch der Kampf geht weiter. Es wird viel Analyse brauchen und Diskussionen bis zum Umfallen. Doch immerhin haben wir Erfahrungen gesammelt. Scheiße ist nur, dass die Revolution am Arsch ist, ohne dass ich einen einzigen Schuss abfeuern konnte. Selbst Altino, dieser Depp, hat herumballern dürfen, und ich nicht ein einziges Mal.«

Joanas Eltern erlaubten es nicht, dass ihre Tochter neben den erschossenen Dealern aus der Favela aufgebahrt wurde. Diesen wurden die üblichen Ehren zuteil: Die Läden blieben geschlossen, gut besuchte Beisetzungen mit Berichterstattung in Zeitungen, Zeitschriften und Fernsehen – das Leben war wieder zur Normalität zurückgekehrt.

Zur Beerdigung ihrer Tochter lud Joanas Mutter die Nachbarn ein. Ihr Körper wurde in den Räumen des Mitanambu aufgebahrt.

Zeitschrift

Es reichte nicht ganz für das ganz große Glück. Fontouras Reportage für die Sonntagsausgabe – zum zweiten Mal innerhalb weniger Tage hatte er einen Aufmacher – war sehr gut geworden, der Chefredakteur hatte ihn gelobt, und endlich hatte sein Name, Pedro Fontoura, einmal auf der ersten Seite gestanden. Doch die wirkliche Sensation des Tages hatte diese Zeitschrift aus São Paulo gebracht. In derselben Nacht, als Mirandão gebrannt hatte, war es der Bundespolizei gelungen, in Lapa die Zentrale von einem Ding namens CR-»Conexão Revolucionária« auszuheben.

Einer Organisation, die, so hatte es in der Zeitschrift gestanden, geplant hatte, in ein paar Monaten und mit Unterstützung von zumindest sechs Größen aus dem Drogengeschäft, eine sozialistische Revolution anzuzetteln. Wer genau diese Drogenbosse waren, stand noch nicht fest, aber erste Informationen deuteten auf Vereinbarungen mit Favelas in den südlichen Stadtteilen von Rio de Janeiro. »Seit den sechziger Jahren scheut sich die brasilianische Linke vor jeder Aktion, die sie zwingen würde, die Tunnel in den Norden der Stadt zu durchqueren. Fast scheint es, als vermisse sie dort den Salzgeruch in der Luft«, schrieb der Reporter in dieser Illustrierten.

Außerdem hatten die Revolutionäre, so schrieb die Zeitschrift, Verbindungen zu kolumbianischen Guerilleros. Die Polizei hatte Dokumente der FARC gefunden und der Hausmeister des Wohnhauses hatte ausgesagt, dass vor zwei Monaten »so merkwürdige Typen, die wie Gringos gesprochen haben«, in der Wohnung gewesen waren. Nun konzentrierten die Beamten ihre Suche auf Pillar Buccarini, den Mitarbeiter eines Parlamentsabgeordneten der POS, der mit der Gruppe in Verbindung stehen solle. Buccarini, so der Artikel, hatte in den vergangenen fünf Jahren mehrere Reisen zu Lehrgängen nach Kolumbien unternommen.

Der Abgeordnete, Eugênio Leão, dementierte jede Verbindung mit dieser Gruppe. Ihm sei keine verbotene Aktivität seines Mitarbeiters bekannt, er würde die Angelegenheit gern in einem persönlichen Gespräch klären, von Reisen nach Kolumbien wüsste er nichts, und sein Mitarbeiter sei seit vier Monaten krankgeschrieben. Der Parteivorstand der POS wies in einer Presseerklärung jede Verbindung zu Untergrundorganisationen zurück und versicherte, den Kampf um die Macht strikt nach demokratischen Prinzipien zu führen. Der Staatspräsident vermied jede persönliche Erklärung in der Angelegenheit, einem Freund gegenüber äußerte er sich jedoch besorgt über ein mögliches Wiederaufkeimen des bewaffneten Kampfes im Land.

Sauna

Zwei Männer hatten an diesem Samstagabend allen Grund zur Freude. An der Bar des Wellness-Centers vom Inspektor des 14. Polizeireviers saßen Hauptkommissar Jairo Albuquerque von der Kriminalpolizei und Manfredo Carraro von der Bundespolizei und feierten. Mit den Zeitungen und Zeitschriften des Tages in Händen stießen sie auf ihren Erfolg an: Es war alles nach Plan verlaufen. Jairo freute sich am meisten. In Mirandão war alles wieder so, wie es sein sollte. Marra war tot und diese kleinen Arschlöcher hatten sich in alle Winde zerstreut.

Der Minister für Öffentliche Sicherheit hatte die erfolgreiche Ermittlungsarbeit und die Operationen der Polizei ausdrücklich gelobt. Alles würde wieder so werden wie früher. Die Arbeit der Stadtverwaltung konnte wieder aufgenommen werden, die Ausbeutung der Ladenbesitzer war zu Ende, die Kirchen mussten niemandem mehr Rechenschaft ablegen und unsere lieben Stadtverordneten werden ihre Büros wieder aufmachen können und der Not leidenden und bedürftigen Bevölkerung der Favela wieder beistehen. Das Mitanambu würde wohl zumachen müssen; die Geschichte mit den umgeleiteten Geldern war gut angekommen und im Ausland sah man so etwas überhaupt nicht gern. Viel Geld war ja nicht in dem Tresor gewesen, aber für die Kaffeekasse hatte es gereicht. Diese arrogante Schwarze, die diesen Laden geführt hatte, war leider gestorben und konnte nun nichts mehr erzählen. Ein Schuss, der sich aus Versehen gelöst hatte …

Coronel Moreno, dieser Idiot, hatte auch nichts gemerkt, er glaubt, es sei alles korrekt abgelaufen. Marras Nachfolge war auch geregelt, der neue Chef hatte die Stelle bereits angetreten. Ein junger Kerl, verlässlich und zumindest zur Zeit noch nicht in der Lage, so eine Sauerei zu begehen wie die, der unser armer Silviano zum Opfer gefallen ist. Eigentlich war alles ganz einfach gewesen. Unser Glück, dass diese Typen sich für zu schlau halten.

Am Anfang hatte Jairo geglaubt, das sei alles übertrieben gewesen: Hirngespinste dieses Busbesitzers und dieses Pfarrers – abenteuerliche Geschichten um Schutzgelderpressung und die Ermordung dieses Metzgers. Arbeitsplätze und Schulstipendien für Leute aus der Favela, Behinderung der Arbeit der Politiker und der Eingriff in die Gottesdienste. Teufelszeug, hatte der Pfarrer diagnostiziert, während er sein Steak zerteilte. Jetzt übertreiben sie, diese Verbrecher, hatte der Unternehmer gepoltert. Jairo hatte versprochen, sich darum zu kümmern, er wollte gleich nachsehen, was da los war – und hatte Tisch und Whisky stehen und auch die Rechnung liegen lassen, noch bevor der Nachtisch auf den Tisch kam.

Die Lage war ernst: Wenn der Rückgang der Kriminalität mit diesen Bekloppten zu tun hatte, hatte er ein Problem. Es wäre ein herber Schlag gegen die Strukturen, die er mit ein paar anderen Kollegen vor noch gar nicht langer Zeit aufgebaut hatte. Kein Mensch würde mehr einen privaten Sicherheitsdienst in Anspruch nehmen, wenn es ruhig war im Viertel. Wie soll man Sand in der Wüste verkaufen? Junge Bäume am Amazonas? Polizei – auch nach Dienstschluss – ist für

Leute da, die Polizei brauchen. Wer braucht schon Sicherheit, wenn es keine Verbrechen gibt?

Schlimmer noch: Wenn dieser Pfarrer und der Busunternehmer wirklich nicht fantasierten, war das private Sicherheitsgewerbe auf den Straßen des Viertels und in den Betrieben dabei, in die Hände dieser ungewaschenen Arschlöcher zu geraten. Dealer, die für Sicherheit sorgten. Stell dir mal vor, das macht Schule in Rio de Janeiro. Diese Typen, die schon jetzt viel zu dreist sind, werden Tag für Tag mächtiger, immer unangreifbarer, scheren sich immer weniger um das Gesetz und haben das klärende Gespräch mit dem zuständigen Polizeibeamten auch immer weniger nötig. Dieses Land ist am Ende, so geht es wirklich nicht weiter.

Zurück in der Dienststelle hatte er Ferreirinha sofort befohlen, sich mit der Angelegenheit zu befassen. Er hatte noch einmal die Akte des ermordeten Portugiesen angefordert, einen Freund im Finanzministerium angerufen – und tatsächlich: das Steueraufkommen in der Gegend war gesunken, doch da es ohnehin ein armes Viertel war, hatte man dem keine besondere Bedeutung beigemessen. Dem Finanzministerium mag es egal sein, für die Polizei gab es nichts Wichtigeres.

Ferreirinha hatte einen V-Mann auf die Sache angesetzt und erfuhr, dass es in diesem Mitanambu nicht nur Informatik- und Nähkurse gab, sondern auch Politik-Schulungen und dass eine ganze Menge Typen von außerhalb dort herumhingen. Dann hatte Jairo Coronel Moreno angerufen und ihn gebeten, wenn möglich in nächster Zeit auf Aktionen in Mirandão zu verzichten. Es sei alles ruhig dort und er müsse einem bestimmten Hinweis nachgehen. »Ich erkläre es dir später genauer.«

Von da an war Célio beschattet worden, und rasch hatte man herausgefunden, dass Célio nicht sein richtiger Name war. Das hatte Jairo stutzig gemacht. »Warum benutzt der Kerl nicht seinen wirklichen Namen?« Und bald hatte die Polizei auch die Wohnung in Lapa gefunden und herausbekommen, das sie etwas mit einer illegalen Organisation zu tun hatte. Irgendwas mit Kommunismus oder Revolution, irgend so ein Mist.

Daraufhin hatte Jairo es für angebracht gehalten, Carraro zu Rate zu ziehen, der in den siebziger Jahren in São Paulo, ganz zu Anfang seiner Laufbahn, noch an Anti-Guerilla-Aktionen beteiligt gewesen war. Nachdem man ihn nach Rio versetzt hatte, war er Jairos Freund und auch hin und wieder sein Partner geworden, wenn die eine oder andere Aktion Unterstützung von Seiten der Bundespolizei benötigte.

»Mit so etwas kennst du dich besser aus. Schau dir das doch bitte mal an. Es könnte sich lohnen.«

Dann wurden die Telefone des Mitanambu, der Organisation sowie ihrer Mitarbeiter abgehört. Die CR-Leute versuchten, stets konspirativ zu arbeiten und sprachen nicht viel am Telefon, aber immer noch genug, dass man seine Schlüsse daraus ziehen konnte. Das mit den falschen Namen, die Sache mit Pillar – »Ich glaube der Typ hat erst vor Kurzem mit irgendeiner Scheiße zu tun gehabt, Landlosenbewegung, Landbesetzung oder so was. Es ist gar nicht so lange her.« Pillars Akte wurde angefordert, und Carraro behielt recht, der Typ hatte eine verdächtige Vergangenheit.

In weniger als zwei Monaten war es den beiden Beamten gelungen, sich ein brauchbares Bild von den Aktivitäten der CR und ihrer eigenartigen Verbindung zum organisierten Verbrechen in Mirandão zu machen. Daraus erklärte sich einiges: die Ruhe im Viertel, der Mord an Silviano, diese Geschichte mit den Fingern, die sie dem Supermarktbesitzer geschickt hatten. Dieser wurde vorgeladen, erst versuchte er alles zu leugnen, behauptete, er wisse von gar nichts und wollte nur weiter in Frieden seine Arbeit tun. Als sie ihm aber drohten, erzählte er alles und bestätigte, was andere Händler bereits ausgesagt hatten.

Auch die Entführung des Chinesen und seine Befragung hatten gute Resultate gebracht. Nach der ersten Tracht Prügel hatte er gesungen. Hatte alle Details ausgeplaudert: Marras Expansionspläne, die geplanten Überfälle auf andere Favelas, hatte verraten, wie viele Waffen sie hatten und wo sie versteckt waren, wo die wichtigsten Wachposten aufgestellt waren. Leider hatte ihm dies nicht das Ende der Folter erspart. Irgendwann, nachdem er noch ewig darum gebettelt hatte, kurz und schmerzlos getötet zu werden, war er dann gestorben.

Die Ermittlungen waren abgeschlossen, nun musste gehandelt werden. Jeder auf seine Weise, aber alle zusammen und in einer simultanen Aktion, die diese Schweinebande ein für alle Mal erledigen und die Ordnung, den Frieden und die traditionellen Rechte der in Mirandão tätigen Leute wieder herstellen sollte. Nicht alles immer legal, manchmal ist es auch besser, man greift auf externe Hilfe zurück und auf Unterstützung bei der Drecksarbeit. Dieses Milchgesicht von Célio zu erledigen, ist leicht. Das kann jeder Straßenjunge. Marra selbst hat eigene Feinde, die wir ruhig zu dem Fest einladen können. Die brauchen auch keinen richterlichen Beschluss, haben keine Revision im Nacken, keine Journalisten, die ihnen auf den Sack gehen und sind, wie wir, ganz wild darauf, dieses dreiste Arschloch zu erledigen. Alles, was sie brauchen, sind ein paar Informationen, ein paar Details über die Favela. Die Hinweise des Chinesen werden ihnen gefallen.

Mit einem Champagnerglas in der Hand – »heute ist ein besonderer Tag!« – war auch Carraro sehr glücklich. Die Information über die Existenz dieser CR war sehr wertvoll gewesen, selbst aus Brasilia hatte er hohes Lob bekommen, und in der Reportage dieser Zeitschrift hatte er sehr gut ausgesehen. »Eine effiziente und sorgfältige Aktion, Resultat einer minutiösen Ermittlung, die sich, man möchte es kaum glauben, sogar streng innerhalb der engen Grenzen des Gesetzes abgespielt hat.« Niemand, nicht einmal seine eigenen Vorgesetzten bei der Bundespolizei, hatte von der Verbindung der CR mit der Favela Mirandão erfahren.

»Du hattest recht, Jairo, wenn das alles herausgekommen wäre, es hätte für alle gereicht. Ein Armutszeugnis wäre das gewesen, für die Polizei und für die Geheimdienste.«

Carraro war immer noch wütend darüber, dass es eine so kleine Organisation wie die CR geschafft hatte, eine Guerilla »direkt vor unserer Nase aufzubauen, mitten in Rio de Janeiro«. Aber das war nun vorbei. Nun konnte sich alles wieder beruhigen. Schließlich hatte die Revolution letztlich nicht stattgefunden. Maromba war unter die Fittiche des Kardinals geflüchtet und würde eine ganze Weile sein Maul halten. Natürlich haben wir ihn bis Sumaré noch beschattet. Dort ist er jetzt sicher und wir haben erst einmal unsere Ruhe. Später kümmern wir uns um ihn.

»Pillar ist nach Kolumbien geflogen mit einem Pass auf den Namen Alfredo Marques da Costa. Ein grauenhafter Pass, schlecht gemacht, schlecht gefälscht. Ohne mein Zutun hätte der Kollege am Flughafen – ein Freund, der mit mir aus São Paulo gekommen ist – ihn nicht einmal ausreisen lassen. Um Gottes Willen, lass den Kerl bloß verschwinden. Wenn er festgenommen wird, quatscht er und demoralisiert uns die halbe Polizei. Wenn er bei der Festnahme ums Leben kommt, ist es noch schlimmer. Schließlich ist er Mitarbeiter eines Abgeordneten und ehemaliges Vorstandsmitglied einer Partei. Die Beerdigung würde zur Demonstration ausarten, eine riesige Scheiße. Lass ihn doch in den Urwald ziehen und selbst sehen, wie schön es ist, ein echter Guerillero zu sein. Soll er doch seinen Spaß haben. Früher sind solche Typen nach Paris abgehauen, verdammt noch mal.

Klar, offiziell ist er flüchtig. Ich habe meine Pflicht erfüllt und Interpol informiert, ein Foto von ihm herumgeschickt, die Routine eben. Ein paar kleine Fische aus dieser CR haben wir auch gefangen. Sie haben gesagt, dass sie von nichts wissen, dass das ein Seminar war, in dem sie Theorie diskutiert haben ... Ich habe so getan, als glaubte ich ihnen, und der Idiot von Staatsanwalt hat es tatsächlich geglaubt. Oder er hat so getan, als glaubte er mir, um diese Burschen nicht weiter zu belasten. Kommunisten wie er selbst höchstwahrscheinlich. Bis jetzt hat zumindest niemand Verdacht geschöpft, niemand hat die Verbindung tatsächlich erkannt. Nicht einmal die Leute von dieser

Zeitschrift. Die freuen sich ein Loch in den Bauch über ihren Coup.«

Carraro hatte alle Papiere der CR studiert.

»Es ist alles ziemlich konfus, ein Schwall von Schlagworten, nichts Konkretes, es hat mich alles an meine Zeit bei der Terrorismusbekämpfung erinnert. In dem einen oder anderen Papier stand etwas über Mirandão drin. Das waren die, die ich dir gegeben habe. Du hast sie doch ordentlich verbrannt, oder?«

»Klar«, antwortete Jairo.

»Na gut, unser Deal ist gelaufen: Du hast mir den Fall übertragen und ich habe die Kerle auffliegen lassen. Die Journalisten sind glücklich, wir wurden gebührend belobigt, Mirandão funktioniert wieder, wie es sich gehört. Ein gutes Geschäft, das allen genützt hat.«

Suite

Der Artikel über diese Guerilla-Truppe, einziges Titelthema der Illustrierten, beherrschte die Presse am Sonntag. Auch Fontouras Zeitung entschloss sich, dem Fall äußerste Priorität einzuräumen, schließlich stand nicht weniger auf dem Spiel als das Überleben der Demokratie. Dass jemand das System in Gefahr brachte, war nicht hinnehmbar. Also musste die ganze Geschichte nachrecherchiert werden, ehemalige Guerilleros interviewt und alte Militärs aufgespürt werden, die noch an der Bekämpfung von bewaffneten Gruppen in der Zeit der Diktatur beteiligt gewesen waren. Es mussten Archive gewälzt werden, um so viele Informationen wie möglich über diesen Pillar zusammenzutragen – und über diese CR.

Auch Fontoura sollte mit seiner Reportage weitermachen. Schließlich ist es unsere eigene Geschichte, eine gute Geschichte. Klar musste man an der Sache dran bleiben, selbstverständlich fand sie Beachtung, auch in anderen Zeitungen, doch sie war natürlich nicht zu vergleichen mit dem Versuch, in Brasilien wieder eine Stadtguerilla aufzubauen, hatte einfach nicht diese nationale oder sogar internationale Tragweite – die Kerle hatten Verbindung zur FARC!

Fontoura kam in die Redaktion, warf einen Blick auf den Redaktionsplan, wechselte ein paar Worte mit dem Chef vom Dienst und atmete tief durch. Ja klar, diese Sache in Mirandão war durch die Geschichte mit der Guerilla in den Hintergrund gedrängt worden. Sein bester Artikel in zehn Jahren Berufsleben war nicht einmal mehr Aufmacher der Wochenendausgabe. Die Sache mit der CR war einfach stärker. Seine Reportage war gut, aber es war eine lokale Geschichte ohne weitere Tragweite, ohne politische Verstrickungen.

Er grüßte den einen oder anderen Kollegen und verdrückte sich dann in die Kantine, um einen Kaffee zu trinken. Ach, ganz so schlecht war das alles nicht. Es hatte ihm ein wenig Anerkennung gebracht, vielleicht kam er so um die Schießereien der kommenden Woche herum, vielleicht bekam er ein Angebot von einer Konkurrenzzeitung. Vielleicht gelang es ihm sogar, einmal mit Clara auszugehen. Schließlich war sie ganz begeistert gewesen, als er ihr von der Reportage erzählt hatte.

Den Esso-Preis würde er auch diesmal nicht bekommen. Ein andermal vielleicht. Aber eine Gehaltserhöhung vielleicht? Eine Gehaltserhöhung war vielleicht drin.

INTERVIEW MIT FERNANDO MOLICA

Sie sind gebürtiger Carioca. Was lieben Sie an Ihrer Stadt?

Ich liebe Rio; ich bin zutiefst verliebt in diese Stadt. Zuallererst, weil die Stadt schön ist, spektakulär. Es ist angenehm, in einer Stadt zu leben, die, obwohl sie groß ist, sehr groß sogar, Strände hat, wo man hingehen kann, und einen ganzen Wald beherbergt, einen Nationalpark (zwei Nationalparks, um genau zu sein, der zweite liegt im Bundesstaat Rio de Janeiro). Ich glaube, Rio steht für etwas sehr Wichtiges, nämlich die Möglichkeit, ein Brasilien zu errichten, in dem weniger Menschen ausgegrenzt werden. Im Gegensatz zu anderen brasilianischen Städten, auch anderen Städten an der brasilianischen Küste, war hier das Zusammenleben von Gegensätzen, Armen und Reichen, immer ein wenig entspannter und produktiver. Die geographischen Gegebenheiten der Stadt – wir haben hier viele Berge und Hügel – tragen dazu bei. Vor über 100 Jahren begann die Besiedelung eines Teils dieser Hügel und Berghänge, auch die in besseren Wohngegenden, durch arme Leute. Dies hat zwangsläufig zu einem Zusammenleben der beiden Extreme geführt. Die Leute begegneten sich am Strand, und das hat dazu beigetragen, Vorurteile abzubauen. Für lange Zeit war Rio auch die Hauptstadt des Landes, des Kaiserreichs und der Republik. Und das führte zur Begegnung mit Brasilianern aus anderen Bundesstaaten und mit Ausländern, die Rio immer gern besuchen. Es ist eine Hafenstadt, eine Touristenstadt, wir haben uns immer gut verstanden mit Leuten von außerhalb – im Gegensatz zu anderen Regionen Brasiliens, vor allem jenen, in denen der Anteil an Einwanderern sehr hoch ist. Da versuchen die einzelnen Einwanderergruppen sich eher einzuigeln.

Die Nähe von Armen und Reichen, Schwarzen und Weißen hat einen großen Teil der brasilianischen Kultur geprägt.

Hier in Rio hörte der Samba auf, eine Musik nur der Schwarzen, der Armen, zu sein und wurde zu einer brasilianischen Stilrichtung. Bossa nova mit seiner Mischung aus Samba und Jazz entstand hier. Das Problem ist, dass all diese Qualitäten keinen Bestand haben angesichts der gravierenden Probleme dieses Landes, eines Landes, von dem man sagt, dass es nicht funktionieren kann. Die Widersprüche treten hier stärker zu Tage, und die Probleme auch.

Rio ist berüchtigt für die Gewalt in der Stadt. Die Schnellstraße, die von der Zona Sul zum internationalen Flughafen führt, wird »Rua Gaza« genannt: sie wird von Favelas gesäumt und man muss immer mit einem bewaffneten Überfall rechnen. Wie geht man als normaler Einwohner Rios mit dieser Gewalt um?
Die Linha Vermelha verbindet den internationalen Flughafen mit dem Zentrum und den Zubringern zur Zona Sul. Der so genannte Gazastreifen liegt dort ganz in der Nähe. Es ist ein Abschnitt einer anderen Schnellstraße, der Linha Amarela, die vom Flughafen bis zur Barra da Tijuca, im Westen, in der Zona Oeste, führt. Heute ist diese Bezeichnung Allgemeingut geworden. Es gibt einige Gegenden in der Stadt, die so genannt werden. Gegenden, in denen die Auseinandersetzungen zwischen rivalisierenden Drogenbanden offener zu Tage treten. Die beiden genannten Schnellstraßen werden buchstäblich von Favelas gesäumt. Alle Favelas in Rio de Janeiro leiden unter der starken Präsenz von bewaffneten Verbrechern. Sehr gut bewaffneten Verbrechern, die mit dem Drogenhandel zu tun haben. Es ist absurd: die meisten Bosse dieser Banden sind arm, leben mehr schlecht als recht in der Favela. Es sind keine reichen Drogenhändler vom Stil eines Pablo Escobar. Und doch besitzen sie modernste Waffen, Kriegsgerät, Karabiner und Maschinenpistolen. Waffen, die sie nicht selten aus Polizeikreisen bekommen. Diese Dealer sind gewalttätig. Die Waffen, die zunächst der Verteidigung ihrer Reviere dienen, werden regelmäßig auch bei Überfällen eingesetzt. Es ist eine komplizierte Situation. Der Umgang mit der Gewalt ist auf erschreckende Weise Teil unseres

Alltags geworden und schränkt sogar unser Recht auf Bewegungsfreiheit ein, in bestimmten Gegenden der Stadt. Wie alles in Brasilien ist die Gewalt am stärksten in den ärmsten Vierteln der Stadt. Doch sie betrifft letztendlich uns alle.

Die Favelas sind auf keinem Stadtplan verzeichnet, obwohl sie mitten in der Stadt liegen. Etwa 40 % der Einwohner der brasilianischen Großstädte leben in diesen »informellen« Siedlungen. Wie treffen die zwei »Welten« aufeinander?

40 % ist vielleicht eine übertriebene Größe. So viele sind es nicht. Man muss die armen Stadtviertel von den Favelas unterscheiden. Doch wie auch immer, in Rio ist etwas Besorgnis Erregendes geschehen: eine Art Favelaisierung der armen Stadtviertel. Gegenden in der Nähe von Favelas haben Züge derselben angenommen. Die Gewalt ist auch hierfür zu einem großen Teil verantwortlich, denn wer nur ein wenig mehr Geld hat, versucht, aus den Gegenden in der Nähe der Favelas wegzuziehen, der Wegzug führt zu noch mehr Verarmung, zum Entstehen einer neuen Favela. Das Zusammentreffen dieser beiden Welten – die der Reicheren und die der Ärmeren – war früher einmal produktiv. Das Entstehen der Sambaschulen, ein außergewöhnliches, grandioses Schauspiel, war nur möglich durch dieses Zusammenleben (in São Paulo, zum Beispiel, hat sich die Mittelschicht niemals mit den Sambaschulen eingelassen). Das Problem ist, dass die Gesellschaft sich im Großen und Ganzen an die Idee der Ungleichheit gewöhnt hat, daran, dass es sehr Reiche gibt und sehr Arme. Es wurde wenig investiert in Maßnahmen zur Verringerung der Kluft. Die Favela wurde mehr oder weniger folklorisiert, idealisiert und in die Logik der Stadt eingefügt. In die Trennung wurde investiert: Die Armen gehen in die staatliche Schule, die weniger Armen und die Reichen besuchen Privatschulen. Diese Kinder und Jugendlichen leben getrennt, wissen nichts voneinander, werden nie Freunde. Ich glaube, niemand möchte dazu verurteilt sein, arm zu bleiben, Generation für Generation, vor allem nicht in einer so quirligen, überbordenden Stadt, die ihren Reichtum

gern zur Schau stellt. Die brasilianische Gesellschaft hat sich auf wirtschaftlichem Gebiet entwickelt, die Logik des Konsums hat sich verschärft. Und das hat dazu beigetragen, die Dinge zu verschlimmern.

Der Roman entstand vor dem Amtsantritt von Präsident Lula. Hat die Zeit unter dessen Regierung irgendetwas verändert in Großstädten wie Rio de Janeiro?
Nein, so leid es mir auch tut. Die Situation heute ist noch ähnlich wie damals. Die Regierung hat in Sozialprogramme investiert, Geld an die ärmsten Familien verteilt, wenig zwar, aber das ist schon bedeutend in den allerärmsten Regionen des Landes, vor allem im Nordosten Brasiliens. Doch das sind Programme, die in Großstädten wie Rio de Janeiro oder São Paulo wenig ausrichten. Unsere Städte sind in den vergangenen Jahrzehnten regelrecht angeschwollen, die Urbanisierung Brasiliens war dramatisch, gewaltig, und es ist nicht gelungen, Bedingungen zu schaffen, um so viele Menschen auch aufzunehmen. Die Enttäuschung ist so groß, dass einige Anhänger der PT die PSOL gegründet haben, eine Partei links von der PT. Sicher keine CR, wie in meinem Roman, aber es verdeutlicht die Desillusionierung in Teilen der Linken über die Regierung Lula.

Krieg in Mirandão handelt von dem Versuch, die Guerilla in Brasilien wiederzubeleben. Halten Sie so etwas für wahrscheinlich?
Nun, ich weiß, die Leute von der CR (der revolutionären Gruppe aus dem Roman) halten es für möglich … Spaß beiseite: Das Buch ist ein Roman, eine Fiktion. Ich habe versucht, eine Geschichte so zu erzählen, dass sie glaubhaft wirkt. Zufällig geht es in dieser Geschichte um die Guerilla.

Im Moment sehe ich die Bedingungen dafür nicht, aber ich bin kein Spezialist. Vermutlich gibt es Leute, die sich mit so etwas beschäftigen, sehr wahrscheinlich sogar. Die Idee des Buches ist entstanden, als ich vor etwa zehn Jahren mit einem Pfarrer gesprochen habe, der mit Basis-Initiativen

arbeitete. Er erzählte mir, dass er Leute kannte, für die e
Wiederaufnahme der Guerilla eine Option darstellte. Leu
die nicht mehr daran glaubten, dass soziale Veränderung
mit Wahlen herbeizuführen sind. Es ist diesen Leuten aber nicht gelungen, sich zu organisieren. Es blieb bei den Plänen ... Aber vor zwei, drei Jahren haben ein paar Leute eine Polizeistation überfallen, ich glaube, es war eine Station der PM, der Schutzpolizei, hier im Innern von Rio de Janeiro, um Waffen und Uniformen für die Revolution zu erbeuten. Sie sitzen nun im Gefängnis und bezeichnen sich als politische Gefangene.

Die Idee von der Verbindung dieser Revolutionäre mit dem Drogenmilieu. Woher kam diese Idee?
Das ist eine Form, den bewaffneten Kampf zu ermöglichen. Die Typen in meinem Roman wollen die Guerilla wieder beleben. Aber wie? Durch die Verbindung mit Leuten, die Waffen hatten und eine gewisse Erfahrung im Kampf.

Neben der Guerilla haben alle Protagonisten eines gemeinsam: ein Projekt, das sie verwirklichen wollen.
Das stimmt. Aber das ist mir selbst erst aufgefallen, als das Buch fertig war. Da habe ich selbst erst begriffen, dass es mehr noch als ein Buch über die Guerilla ein Roman über Sehnsüchte ist, über Wünsche und ihre Protagonisten. Es sind Personen, die etwas dafür tun, dass ihr Traum Wirklichkeit wird, einige haben große Träume: Revolution, die Erlösung. Andere begnügen sich mit kleineren Dingen: ein besseres Leben, eine Auszeichnung, ein Kind ... Aber alle wollen etwas anderes als das, was sie haben.

Fasziniert Sie das Thema Stadtguerilla?
Ich glaube schon. Mich interessiert dabei weniger die Guerilla selbst als mehr die Geschichte der Militärdiktatur und die der Leute, die sich diesem Regime entgegenstellten. Ich kam 1979 an die Universität, in einer Zeit, in der viel von

Amnestie die Rede war und von politischer Öffnung. In dieser Zeit kamen die ersten Bücher heraus über die Guerilla, kurz danach kamen die ersten Exilanten zurück. Einige Kommilitonen von mir arbeiteten in illegalen Organisationen. Das war damals schon ein bisschen unzeitgemäß, aber es gab sie noch. Es wäre schwer gewesen, diesen Kontext nicht mitzubekommen. Ich war nie selbst organisiert, habe mich nie an diesen Dingen beteiligt, aber ich war auf Demos, beteiligte mich an den Filmclubs, die in dieser Zeit sehr politisch waren. Später, als Journalist, habe ich Reportagen über Themen der 60er und 70er Jahre gemacht. Ich glaube, dieser politische Kampf hat meine gesamte Generation geprägt, so wie der Selbstmord von Getúlio Vargas die Generation davor prägte.

Sie sagten, die Idee zu dem Buch sei schon alt. Warum brauchten Sie so lange, um es zu schreiben?
Das ist schwer zu sagen. Das erste Kapitel war schon fünf oder sechs Jahre fertig. Daran ist auch wenig geändert worden. Ich habe es geschrieben, und dann habe ich aufgehört. Ein Jahr später schrieb ich ein weiteres Kapitel, das heute das dritte oder vierte ist, ich weiß nicht mehr genau, und dann hörte ich wieder auf. Ich kam nicht weiter, ich glaube, es fehlte auch eine gewisse Disziplin. Und Mut. Es ist nicht so einfach morgens aufzustehen, Kaffee zu trinken, die Zeitung zu lesen ... und dann einen Roman zu schreiben. Ich bin Journalist, ich bin es gewohnt, mit Fakten umzugehen, nicht mit dem, was sein könnte.

Und wie sind Sie aus dieser Zwickmühle herausgekommen?
Ich habe mir zuallererst eine eigene Herausforderung gegeben. Ich wusste, dass da ein paar gute Ideen waren, ein guter Ausgangspunkt. Ich wusste nur nicht, wohin ich damit wollte. Dann habe ich versucht, die Geschichte zu strukturieren, die Ereignisse. Das hat aber nicht funktioniert. Und dann merkte ich, dass ich im Gegenteil zu dem, was ich seit 20 Jahren als Journalist tue, erst schreiben musste und dann

recherchieren. Das ist das totale Gegenteil. Ich glaube, im zweiten Halbjahr 1999 habe ich beschlossen, das Buch zu Ende zu schreiben, ohne genau zu wissen, wie es ausgehen würde … Ein Jahr darauf war die erste Version fertig.

Ist es schwieriger, mit realen Personen umzugehen, solchen, die Sie als Journalist jeden Tag treffen, oder mit diesen anderen, den fiktiven?
Es ist immer schwierig. Wenn du mit echten Personen umgehst, sie interviewst, ihre Geschichte erzählst, musst du vorsichtig sein und sehr darauf achten, was sie erzählen, aus ihren Worten die Essenz heraushören. Wenn du einen Fehler machst, fügst du dieser realen Person Schaden zu, ruinierst womöglich mit einem einzigen Interview ihr Leben. Doch dass diese Person existiert, ist genau auch der Vorteil bei der Sache. Und Brasilien bietet noch einen weiteren Vorteil für Journalisten. Es ist voll von guten, wunderbaren Persönlichkeiten. In jeglicher Hinsicht. Tragische Figuren und komische.

Mir ist aufgefallen, dass die katholische Kirche eine große Rolle spielt in dem Buch. Warum? Hat das mit dem Priester zu tun, der Sie unwillkürlich zu dem Buch inspirierte?
Vielleicht. Aber ich glaube, die entscheidenden Faktoren waren andere. Ich bin katholisch erzogen worden. Als ich für die Zeitung arbeitete, habe ich verschiedene Leute interviewt, die sich vom Christentum aus radikalere soziale Positionen erarbeitet haben. In den 60er, 70er Jahren gab es viele, Priester und vor allem Laien, die aus ihrem Glauben heraus in linke Organisationen gegangen sind. Im Christentum steckt diese ganze Geschichte mit Solidarität, soziale Gerechtigkeit auch drin. Die Befreiungstheologie ist nicht zufällig entstanden. Ein Christ, der katholische vor allem, hat auch dieses Problem mit der Schuld. Die Idee von der christlichen Erlösung hat viel mit der Idee eines sozialistischen Paradieses zu tun …

Das spiegelt die Figur des Célio wieder.
Ja, Célio ist die Figur, die diese Hoffnungen und Widersprüche am meisten verkörpert. Er changiert zwischen extremer Hoffnung und tiefen Schuldgefühlen. Einmal sagt er, Brasilien sei so ungerecht, dass sogar einer wie er, aus der armen Mittelschicht und aus einer Vorstadt von Rio de Janeiro, sich schuldig fühlen müsste, wenn er im Stadtteil Méier eine Pizza essen geht.

A propos Vorstadt … fast das gesamte Buch spielt in der Vorstadt …
Ich bin durch und durch suburban. Ich bin in Quintino geboren, in Piedade aufgewachsen und habe meine Jugend in Méier verbracht. Das ist sehr gut, denn ich habe einen besseren Blick für die Stadt bekommen. Auch wenn ich heute in der Südstadt, der Zona Sul wohne, glaube ich, dass ich diesen vorstädtischen Blick nie verlieren werde.

Also ist Célio die Figur, mit der Sie sich identifizieren?
Mehr oder weniger. Es gibt auch einen Journalisten, diesen Fontoura, den anderen Protagonisten. Er ist sehr wichtig. Um ihn herum organisiert sich die Geschichte …

Das Buch hat starke Bezüge zum Journalismus …
Daran führte kein Weg vorbei. Zum einen ist ein Journalist eine sehr gute Figur für eine Fiktion. Das amerikanische Kino ist voll von ihnen. Der Journalist hat den Vorteil, dass er viel herumkommt. Sozial und geographisch. Das ist gut, um Orte zusammenzuführen und Geschichten festzumachen. Und man darf nicht vergessen, dass ich selbst Journalist bin und die Ängste in ihren verschiedenen Ausprägungen kenne, die unsere Spezies bedrücken. Ich hätte dem nie widerstehen können, einen Journalisten mit in die Geschichte einzubauen.

In den letzten Jahren hat es eine Reihe von Romanen in Brasilien gegeben, die sich mit der Kriminalität in der Favela auseinander-

setzen: Cidade de Deus *von Paulo Lins beispielsweise, oder* Inferno *von Patrícia Melo. Folgt der Idealisierung der Favela in Musiktexten der 50er und 60er Jahre nun eine Ästhetisierung der Gewalt in der Literatur?*
Ich glaube, dass alle Bücher, die von der Favela handeln, ganz unterschiedlich sind. An eine neue Ästhetisierung glaube ich nicht. Es sind einige Bücher erschienen, die das Thema ansprechen, doch sie stellen keine Tendenz der zeitgenössischen brasilianischen Literatur dar. Im Gegenteil: Ich glaube, sie stellen nur eine Minderheit dar, im positiven wie im negativen Sinne. Ich meine sogar, es gibt in bestimmten literarischen Kreisen einen gewissen Widerstand dagegen, Themen der Gegenwart aufzugreifen und sich eher auf das Individuum in seinen unmittelbaren Verstrickungen zu konzentrieren, seine Zweifel, seine Fragestellungen. Brasilien ist komplexer geworden in den letzten Jahren, Dichotomien wie gut/böse, richtig/falsch, rechts/links haben sich aufgelöst und dies hat zu einer gewissen Verwirrung geführt, auch bei den Autoren. Es gibt keine großen Rettungsentwürfe mehr, und das ist gut, nur gleichzeitig fehlen die Entwürfe, die alte Frage nach dem »Was tun?«. Im Zweifel zieht man eben die Mauern um die Häuser ein wenig höher, und die Verkaufszahlen von gepanzerten Autos steigen.

Favela und Armut werden nicht mehr idealisiert. Im Gegenteil, sie werden gewissermaßen als Bedrohung empfunden. Das löst Unsicherheit aus, keine Frage. Ich glaube sogar, es gibt in bestimmten Kreisen eine gewisse Abstumpfung gegenüber Themen der Armut, so etwas wie ein Sichabfinden mit der Realität, ein Sichergeben, das Gefühl der Niederlage, dass es sowieso nichts bringt, groß darüber zu reden: Ich lebe mein Leben, und dieses Land kommt sowieso nie auf die Füße. Das ist sehr menschlich, erklärbar.

Ich glaube, wir alle versuchen permanent unsere Rolle zu finden in einer Gesellschaft, die so ungerecht ist wie die brasilianische, und das spiegelt sich in der Literatur wieder. Nun, ich bin keineswegs auf die Favela fixiert und auf Armut, Gewalt. Doch ich finde es schwierig, einem Thema auszuweichen, das den Alltag der Menschen derart prägt. Vielleicht versuche ich zu begreifen, was diese Faktoren mit den Menschen machen, mit unseren Wünschen, unseren Erwartungen. Und das gilt auch, meiner Meinung nach, für alle Figuren des Buches, jede mit ihren Träumen, ihren Zielen, ihren Zweifeln und Sicherheiten. Zumindest glaube ich das ...

GLOSSAR

Afro-Bloco: Afro-brasilianische Perkussionsgruppe

Alemão: Complexo do Alemão, Favela in Rio de Janeiro

Araguaia: *Guerrilha do Araguaia.* Der von der Kommunistischen Partei Brasiliens (PCdoB) in den frühen siebziger Jahren initiierte Versuch eines gewaltsamen Sturzes der Militärdiktatur. Nach chinesischem und kubanischem Vorbild sollte der Aufstand in ländlichen Regionen ausbrechen. Daher konzentrierten sich die Operationen dieser Guerilla auf abgelegene Regionen an den Ufern des Araguaia-Flusses. Die Niederschlagung des Araguaia-Aufstandes führte zu einer gigantischen Repressionswelle in Brasilien.

Barra: Stadtviertel in Rio de Janeiro

Barros, Adhemar (1901-1969): Mehrmals Bürgermeister der Stadt São Paulo und Gouverneur des gleichnamigen Bundesstaates. Erfolgreicher Unternehmer und schillernde politische Figur. Aktiv beteiligt an den Vorbereitungen zum Militärputsch von 1964. Später aber in Opposition zur Militärdiktatur. 1966 wird ihm jede politische Betätigung verboten und er geht nach Paris ins Exil.

Befreiungstheologie: Christliche Strömung, die sich seit etwa 1960 vor allem in Lateinamerika entwickelte. Sie bezieht sich auf sozialkritische Bibeltraditionen und fordert von daher eine sozialistische Umgestaltung der Gesellschaftsordnung im Interesse der Armen. Prominentester Vertreter der Befreiungstheologie ist Leonardo Boff, der 1985 vom Vatikan mit einem Schweigegebot belegt wurde.

Bento Ribeiro: Stadtteil im Norden (Zona Norte) von Rio de Janeiro

Bewegung: »Movimento«, umgangssprachliche Bezeichnung für die Drogenbanden Rio de Janeiros

Boff, Leonardo (geb. 1938): Einer der Hauptvertreter der Befreiungstheologie. 1985 wegen seiner politisch-religiösen Betätigung mit einem einjährigen Rede- und Lehrverbot belegt, 1992 kommt er einem weiteren Lehrverbot zuvor und tritt vom Priesteramt zurück. 2001 erhielt er den alternativen Nobelpreis.

Bonsucesso: Stadtteil in der Zona da Leopoldina in Rio de Janeiro

Botafogo: 1. Stadtteil im Süden (Zona Sul) von Rio de Janeiro; 2. Fußballverein im gleichnamigen Stadtteil

Brás de Pina: Stadtteil in der Zona da Leopoldina in Rio de Janeiro

Búzios: Armação dos Búzios, beliebter Ferienort 170 Kilometer nordöstlich von Rio de Janeiro

Cachambi: Stadtteil im Norden (Zona Norte) von Rio de Janeiro

Campo Grande: Stadtteil im Westen (Zona Oeste) von Rio de Janeiro

Carne Seca: Dörrfleisch, Spezialität aus dem Nordosten Brasiliens

CR: Conexão Revolucionária: Revolutionäres Bündnis, fiktive revolutionäre Gruppe

Dendê-Öl: Palmöl, unverzichtbarer Bestandteil der afro-brasilianischen Küche Bahias

Duque de Caxias: Stadt in der »Baixada Fluminense«, die zum metropolitanen Umland der Stadt Rio de Janeiro gehört

Engenho do Dentro: Stadtteil im Norden (Zona Norte) von Rio de Janeiro

Esso-Preis: Einer der wichtigsten und renommiertesten Journalistenpreise in Brasilien

Eglédio: Fiktiver Parlamentsabgeordneter der ebenso fiktiven POS

Eugênio (Leão): Fiktiver Parlamentsabgeordneter der ebenso fiktiven POS

Flamengo: 1. Stadtteil im Süden (Zona Sul) von Rio de Janeiro; 2. *Clube de Regatas do Flamengo*, traditioneller Fußballklub aus dem gleichnamigen Stadtteil von Rio de Janeiro

Freitas: Fiktiver Parlamentsabgeordneter der ebenso fiktiven POS

Galvão Bueno: Bekannter Sportreporter in Brasilien

Geraldo Vandré: Brasilianischer Protestsänger. Sein größter Erfolg, *Pra não dizer que não falei das flores* von 1968 wurde zu einer Hymne der verschiedenen Protestbewegungen gegen die brasilianische Militärdiktatur. Die Phrase »Wer Bescheid weiß, nutzt die Stunde« (*quem sabe faz a hora*) ist eine der bekanntesten Textstellen aus diesem Lied.

Guaraná: Brasilianisches Erfrischungsgetränk auf der Basis der amazonischen Guaraná-Beere

Ipanema: Mondäner Stadtteil von Rio

Irajá: Stadtteil in der Innenstadt (Zona Central) von Rio de Janeiro

Italva: Kleinstadt im Bundesstaat Rio de Janeiro

Januário de Oliveira: Sportreporter

Lapa: Mondäner Stadtteil von Rio, bekannt als die Wiege der Bohème von Rio de Janeiro

Leopoldina: Zona da Leopoldina, eine von acht Verwaltungsregionen der Stadt Rio de Janeiro. Mit den Stadtteilen Ramos, Penha, Bonsucesso, Olaria, Manguinhos, Brás de Pina, Vila da Penha, Higienopólis, Vila Kosmos, Engenho da Rainha, Complexo do Alemão, Complexo da Maré, Inhaúma, Del Castilho, Maria da Graça, Ilha do Governador, Vista Alegre. In Leopoldina ist auch die fiktive Favela Mirandão angesiedelt.

Luciano do Vale: Legendärer Sportreporter

Macumba: Afro-brasilianische Religion

Méier: Stadtteil im Norden (Zona Norte) von Rio de Janeiro

Monza: Automarke der General Motors in Brasilien

NGO: Nichtregierungsorganisation (NRO)

Nova Iguaçu: Stadt im Bundesstaat Rio de Janeiro

Olaria: Stadtteil im Verwaltungsbezirk Leopoldina, Rio de Janeiro

Olodum: Die weltweit bekannteste afro-brasilianische Perkussionsgruppe (Afro-Bloco). 1979 als Sozialprojekt gegründet, wurde Olodum in den späten Achtzigern durch die Zusammenarbeit mit Paul Simon, David Byrne und Michael Jackson weltweit bekannt.

Olodumrandão: Aus Olodum und Mirandão zusammengesetzter Name einer fiktiven Perkussionsgruppe aus Mirandão

Paul Simon: Für sein 1990 veröffentlichtes Album *The Rhythm of the Saints* entstand ein Stück in Zusammenarbeit mit der Perkussionsgruppe Olodum aus Salvador da Bahia. Dies löste einen Boom von afro-brasilianischen Musikprojekten in Brasilien aus.

Pelourinho: Historische Stadtmitte von Salvador da Bahia und zentraler Platz (ehemaliger Pranger), auf dem die bekanntesten Auftritte der zahlreichen Afro-Blocos von Salvador zelebriert werden

Penha: Stadtteil im Norden (Zona Norte) von Rio de Janeiro

Piedade: Stadtteil im Norden (Zona Norte) von Rio de Janeiro

POS: Partido Operário Socialista – fiktive Sozialistische Arbeiterpartei

Realengo: Stadtteil im Westen (Zona Oeste) von Rio de Janeiro

Rio Bonito: Kleinstadt im Bundesstaat Rio de Janeiro

Rocinha: Stadtteil im wohlhabenderen Süden (Zona Sul) der Stadt Rio de Janeiro, zugleich aber auch eine der berühmtesten Favelas der Stadt

Sumaré: »Palácio Apostólico do Sumaré« im Nationalpark »Floresta da Tijuca«, zwischen dem Nordteil (Zona Norte) und dem Südteil (Zona Sul) der Stadt Rio de Janeiro gelegen, Wohnsitz des Erzbischofs von Rio de Janeiro und Studienzentrum. Papst Johannes

Paul II. übernachtete dort, als er 1980 zum ersten Mal Brasilien besuchte.

Terceiro; Terceiro Comando: Berüchtigte Drogenbande in Rio de Janeiro

Tijuca: Es gibt in Rio de Janeiro zwei Stadtteile, einen Nationalpark und einen Strand mit dem Namen Tijuca. Im Text ist die mondäne »Barra da Tijuca« im Westen (Zona Oeste) gemeint, deren Strand fast so berühmt ist wie die Copacabana.

Was soll das, Genosse? – *O que é isso, companheiro?* Brasilianischer Titel des Buches von Fernando Gabeira über die Entführung des amerikanischen Botschafters durch Aktivisten der Stadtguerilla im Jahr 1968. Deutsch: *Die Guerilleros sind müde,* Frankfurt/Main 1982

São Gonçalo: Landkreis im metropolitanen Umland von Rio de Janeiro

Umbanda: Afro-brasilianische Religion

Urubu: Name einer Favela im Stadtteil Piedade in der Zona Norte von Rio de Janeiro

Zona Sul: Einer von acht Verwaltungsbezirken der Stadt Rio de Janeiro. Die Zona Sul im Süden der Stadt umfasst die wohlhabenderen Stadtviertel Botafogo, Copacabana, Lagoa, Rocinha, Flamengo, Glória, Catete, São Conrado, Humaitá, Jardim Botânico, Gávea, Ipanema, Leblon, Joá und Urca.

Zumbi dos Palmares: Legendärer letzter Anführer des *Quilombo* von Palmares und Identifikationsfigur der brasilianischen Schwarzenbewegung. *Quilombos* waren Fluchtburgen entflohener Sklaven, die teilweise beachtliche Größe und eigene staatliche Organisationsformen erlangten. Palmares als vermutlich größter Quilombo Brasiliens existierte von ca. 1600 bis zu seiner militärischen Vernichtung im Jahr 1694. Zumbi (der im Quilombo selbst zur Welt kam) war der letzte Herrscher von Palmares. Nach der militärischen Niederlage gelang ihm zunächst die Flucht. 1695 wurde er gefangen und am 20. November hingerichtet. Dieser Tag wird von der Schwarzenbewegung Brasiliens als Tag des schwarzen Widerstands begangen.